鳳心不悅

4

風文創

516

桐心 著

目錄

第九十一章 陷阱

明啟帝一句報應，讓白荷被嚇得白了臉色。

她到現在都不記得自己是怎麼被囚禁的。

她只記得，那一日，她抱著孩子跪在太上皇的門前，那時候天下著大雨。

孩子的襁褓被雨水打濕了，越來越沈。孩子先是撕心裂肺地哭著，後來，哭聲慢慢地弱了下去，最後連一點聲息也沒有了。襁褓越來越沈，孩子身上的熱氣也一點一點地消失。

她當時害怕極了。孩子！她的孩子，正在慢慢地離她而去。

這些年，她不止一次恨自己當年的愚蠢，怎麼會一味地想討好太上皇呢？

她記得，當時還有個從她身邊經過的宮女，小聲對她道：「太上皇睡下了，只有黃丞相在，快走！」

她知道，那一定是皇上的人，在提醒她太上皇根本就不知道她的到來，是她自己為了表示誠意，要跪著等太上皇的。

緊接著，皇上來了，帶走了孩子。

後來，她知道她的孩子死了，活下來的，卻是瑤娘那個賤婢生下的孩子。她憤怒極了，沒有人可以取代她的兒子，沒有！

可是，等待她的卻是止不住的夢魘。在夢裡，到處都是檀香的味道，有和尚、道士唸經的聲音，還有不停的哭喪聲。

她心想自己一定是死了，原來人死了還是有感知的。可她想不起來自己是怎麼死的，但就是感覺自己渾身都不能動，只能躺在棺木裡，聽著外面的哭嚎聲和一篇篇華麗的悼詞。

然後，有好長一段時間，她身處黑暗中，沒有人，也沒有絲毫聲音。她曾以為自己身在地獄，就在閻王爺的閻羅殿中。

她想，她是作惡太多了，所以只能下地獄。都說皇上是天上的紫微星帝，那麼皇后也該是天上的星宿吧？原來假的就是假的，能騙得了天下人，卻騙不了滿天的神佛。她沒有變成星宿，不是嗎？

白荷陷入了痛苦的回憶中……最終她沒有死，過的卻是地獄般的日子。

要是自己的兒子還活著，皇上就不會這般無情。是誰害死了她的兒子？是黃斌！是那個狐假虎威的惡鬼。

白荷猛地撲過去，一巴掌掄在黃斌的臉上。「你害死了我的兒子！你害死了我的兒子！我要你償命！」

明啟帝眼睛一瞇，瞬間想到了什麼，看向黃斌的眼神，透著刻骨銘心的恨意。

他是不喜歡白荷，也憎惡這個女人，但他還沒有喪心病狂到跟自己的孩子過不去。那個在他懷裡逝去的小生命，就如一個死結般綁在心裡，讓他對太上皇無法釋懷。而今日白荷的話，讓他的想法轉了一個彎——或許當時太上皇的確是全然不知情的。畢竟那時候，也有可能是黃斌自作主張，不讓白荷見太上皇，而不是太上皇不願意見她。

他不由得想起四兒子前些日子所說的話——黃斌一直在挑撥您和皇祖父的關係。

而眾人不由得一愣。白氏說黃斌害死了她的孩子？可太子不是還好端端地在那裡嗎？要是太子不是白氏的孩子，那麼這些年他占著太子之位，又算什麼呢？

誠親王看著太子，神色有些複雜。這個人擋在他的面前，猶如一道鴻溝般不可跨越，但如今，這個太子可能什麼也不是！

蘇清河驚詫得差點將手裡的杯子給掉了，她看向明啟帝，眼裡全是佩服。

白荷的「死而復生」，竟然有這麼多的用處。

第一，高氏被貶為貴妃，空出了皇后之位，同時也壓下了高家，就連六皇子，也順勢被折了翅膀。

第二，太子身世曝光，一旦失去原配嫡子的光環，太子就相當於廢了。他當年被立為太子的緣由，不就是因為身分的優勢嗎？

第三，白荷的一巴掌，不只是打在黃斌的臉上，更是掀開了黃斌臉上的面具，露出了他的真面目。而有這樣的外家加上岳家，大皇子誠親王還有什麼優勢可言？哪個朝臣還敢往上湊？

第四，也可以說是最終的目的。賢妃順理成章地奪回了后位，更為安親王上位掃清了一切障礙。

至於文遠侯府白家，不過是順手的事，跟這幾個大目標比起來，白家那就不叫事。

安親王只覺得自己的心跳太快，幾乎要蹦出胸腔。蘇清河能想到的，安親王怎麼會想不到。

驀地，他的眼圈就紅了，這些年吃的苦、受的罪，所有的委屈，在這一刻都釋然了。父皇為了他，不知道算計了多少年。

眾人都被白荷的話唬得愣住了，誰也沒有上前阻止。雖然白荷虛弱不堪，可她身上憋屈了幾十年的怨氣，黃斌就是這個宣洩口。

她長長的、烏黑的指甲劃過黃斌的臉，頓時多了五道鮮紅的血印。

黃斌年邁，這些年又養尊處優，即便是皇上要治罪，也不會讓他受皮肉之苦，從沒想過會有人敢對他這般不敬，連他自己都愣住了。

白荷頓時又揮舞著雙手朝黃斌臉上招呼，一道道血印子掛在黃斌臉上，他不由得大怒，奮力推了白荷一下。

白荷心裡有一股子氣，哪裡肯鬆手？這一推，她便拽著黃斌一起滾到了地上。

見黃斌就要掙脫開來，她一口咬在黃斌的耳朵上，黃斌痛苦地叫了一聲，眾人才醒過神來。

離得近的人想上前，但是又不敢，不時地將視線落在誠親王身上，再怎麼說，黃丞相也是誠親王的親祖父啊！

可今兒的誠親王卻格外不同，他只是表情淡淡地看著一切。如果仔細觀察，還能看見他眼裡一閃而逝的冷意。

最後還是大駙馬上前，努力將二人分開。

白荷站起身來，嘴角流著鮮血，「呸」的一聲，吐出一塊血紅的東西。她張著滿是鮮血的嘴，發出陰森森的笑聲。

眾人這才驚駭地看向躺在地上的黃斌，他正摀著右側的耳朵，發出痛苦的呻吟，那鮮血順著手指縫隙往下流，好不可怖。

大駙馬的臉色都白了，他看向誠親王，一臉的求助。

只見誠親王捧著茶杯坐在那裡，連眼皮都沒抬一下。而明啟帝深深地看了誠親王一眼，知道他這個大兒子，終於是想明白了。

明啟帝看著下面，淡淡地吩咐道：「大駙馬，扶你祖父坐下。」然後轉頭問黃斌。「黃丞相，可要宣御醫？」

黃斌壓下心中的怒意，雲淡風輕地道：「一點小傷，不用了。」

今日大殿上的一切，完全出乎他的意料，已不在他的掌控之中。可越是如此，他越是要冷靜。

明啟帝知道，黃斌是不敢用宮中御醫的，他怕有人在暗中動了手腳。於是他越發溫和地問道：「宮裡有上好的傷藥，不若給愛卿取來？再不然，讓清河瞧瞧也行，她的醫術還是不錯的。」

皇上的語氣還是一樣，溫和得沒有一點火氣，但黃斌卻覺得這些話裡面，帶著徹骨的冷意。

他是一點一點看著皇上長大的。他從沒小看過皇上，但也沒預料到皇上的忍功居然如此了得。今日這一齣戲，肯定是皇上的手筆。

宮裡的藥當然是好藥，但裡面要是偷偷加了什麼，他未必能發現，他可不想自尋死路。至於醫術高明的清河公主，還是算了吧，只看著她那雙似笑非笑的眼，他就沒那個膽子讓她給自己醫治。

黃斌搖搖頭道：「一點小傷，不勞皇上過問。公主也是千金玉體，更不敢麻煩公主親自動手。在座的將軍身上，想必都帶著外傷藥，不拘是誰的，借來用用也就是了。」事發突然，隨身帶的藥不可能會有問題。

在場的人都不是傻子，一聽黃斌這般推脫，就知道有蹊蹺。這是在防備皇上啊！而且已經防到了明面上。

大駙馬從幾個將軍身上討要了傷藥，親自給黃斌上了，這才默默地退到一旁。

白荷被兩個嬤嬤扶著，她顫抖地用手指著黃斌道：「皇上，你一定要為咱們的孩子報仇。當年，就是他假傳太上皇的旨意，讓我在雨裡抱著孩子跪了大半天。要不然，孩子也不會死……」

「真是荒謬。」黃斌恥笑一聲。「什麼假傳旨意？妳有證據嗎？老夫害死了妳的孩子，更是無稽之談，太子還好端端地坐在那兒呢。」

他雖然心裡懷疑，但他是真的不知道太子的真實身分；而且，太子是國之儲君，他就不相信皇上會對儲君動手。

白荷聽了這話，雙目圓瞪，指著太子道：「他？他也配做太子？不過是一個宮婢所生的婢生子，也敢冒充嫡子！皇上，咱們的孩子被掉包了。」

眾人都驚訝極了，連黃斌也不敢置信地看向皇上，此刻他才真的冷靜下來，他好似知道皇上要做什麼了。

這個帝王一直在他的眼皮子底下布局，可笑的是，他還以為一切都在自己的掌控中。他默默地低下頭，不打算說話了。

過去的事情已經過去了，那個孩子究竟是怎麼死的，根本不需要證據，皇上心裡有判斷就足夠了。如今，眾人自然也不會去關注那個死去的孩子，他們只想弄清楚，如今的太子究竟是怎麼一回事？

連一些跟皇上親近的宗室們，也暗暗吃驚。皇上的這手段，未免也太高端了些，這麼多年了，愣是沒人懷疑過太子的真假。

文遠侯和白榮在一旁，恨不得能鑽到地底下。以前，他們覺得至少還有太子可以依靠，如今才知道，自家跟太子可能一點關係都沒有。

蘇清河明顯能感覺到太子輕輕地吁了一口氣。原來太子也知道自己的身世，才會這麼急於擺脫跟白氏的關係。

明啟帝看向白荷的目光，帶著幾分嘲諷。「若妳不趕著過去讓人暗算，別人就是想下手也沒機會。老三是死得冤枉，但害死他的人，妳不也是其中之一嗎？」

白荷一張臉驀然變色。

明啟帝冷聲道：「老二確實是宮婢所生，這一點朕一直都知道。」

白荷按住胸口，怒道：「皇上連瑤娘那賤婢生下來的是老二，我生的是老三都知道？」

明啟帝蔑視地看了她一眼。「妳調換了兩個孩子的生辰八字，以為瞞得住朕嗎？或許冥冥中自有天意。」

白荷難以置信地看著明啟帝。「皇上可真是欺騙了天下所有人……嫡子為太子，而你冊封的這個太子又是什麼？豈不是欺民？」

明啟帝嘴角露出幾分笑意。「朕誰也沒騙。」他看著大殿中的眾人，揚聲道：「福順，取當年冊封太子的聖旨來，讓大家瞧一瞧，朕的旨意是怎麼說的？」

福順躬身退下，不一時就回來了。

「唸吧。」明啟帝往椅背上一靠，吩咐道。

眾人都愣住了，這一道旨意上難道還有什麼玄機？

「奉天承運皇帝，詔曰，今冊封原配嫡妻白家嫡長女所出之子為太子，欽此。」

福順的聲音一落，眾人這才恍然。

當時聽不出什麼蹊蹺，只是覺得用詞累贅，原配嫡妻不就是白家嫡長女？不就是白荷嗎？可如今看來，卻是個陷阱，皇上冊封的太子，從來都不是身穿太子服的二皇子。

安親王聽懂了這旨意裡的涵義，眼淚頓時禁不住地往下流，他趕緊低下頭，掩飾了過去。

太子跟安親王的心情則截然相反，他的臉色瞬間就蒼白起來。原來，他從來都不是父皇的選擇，從來都不是……自始至終，他都是一個擋箭牌！

明啟帝用眼角餘光看到了太子的神情，開口道：「其實二皇子……他一直都知道自己的身世。」

粟遠凌聽著皇上沒有再稱呼他為「太子」，身子有些搖晃。好半天，他才收斂神色，心中已明白了皇上的意思。

他的身世曝光，這太子之位是沒辦法再做下去了，與其如此，還不如主動退一步。有了這個替真太子擋刀的說法，也算有一條安全的退路。

歷朝歷代，哪個被廢的太子能有好結果？但他不同，因為他從來就不是真的太子。

他此刻不知道是該哭還是該笑。一方面是父皇冷酷地坦承真相，讓他心碎；一方面他又不得不感念父皇的維護之情。

一旦有了這個恩情在，那個一直在幕後的真太子就必須照顧好他，這一輩子，他都會是安全無憂的。

他動了動嘴，手控制不住地顫抖著，好半天才找回自己的聲音。「沒錯，孤……我一直知道自己的身世，父皇從未瞞過我。」

下面的人頓時議論紛紛，原來這個太子一直都是假的，這讓人情何以堪啊？有多少人已經在太子身邊占好了位置，可此刻卻告訴眾人這個太子是假的，那麼大家過去的努力又算什麼？

此時誠親王的腦子裡，不斷迴旋著母妃說過的一句話——你父皇的心思，從來都沒有變過。

他無比同情地看向二弟，他比自己更可憐。

蘇清河眨了眨眼睛，慢慢地吐出一口氣。賢妃的話沒錯，他們兄妹現在確實還需要父親，尤其需要這種偏心的父親。連她都能感覺到來自粟遠凌身上的頹然和喪氣，想來，這個昔日的太子所受的打擊不小。

整個大殿上，充斥著一股躁動的氣息。

沒想到就這麼一會兒工夫，皇后換人了，連太子都換了。

第九十二章 回護

太子的更換，意味著權力將重新劃分，若要打破如今的朝廷格局，可以說是足以讓天下震動。

粟遠凌這些年的太子也不是白當的，總有自己的支持者。比如翰林院的大學士任梓萁任大人，他已是年逾古稀之人。除了大學士，他還有另一個身分，就是粟遠凌的授業師傅。

任梓萁站起身來，揚聲問道：「陛下，太子這些年，並沒有太大的過錯；況且，他能力出眾……」

明啟帝擺擺手，說道：「那依愛卿之見，該怎麼辦呢？若二皇子繼續當太子，愛卿可想過，其他皇子服不服？大皇子是長子，他的母親為貴妃，他差嗎？四皇子是朕真正的原配嫡子，他能服嗎？六皇子就更不用說了，高氏即便犯了錯，他的出身仍在那兒擺著呢。你來告訴朕，朕的這些兒子們，哪個沒出息了？說到底，不過是無規矩，不成方圓。難道要讓朕看著他們兄弟鬩牆不成？」

明啟帝看著這位大學士，又把視線對準大殿上的眾人。「這些年，朝廷中總有些魑魅魍魎在四處興風作浪，沒有半刻消停。三皇子殤了，朕不得不想辦法護著這幾個孩子，這就是為什麼要讓二皇子站在人前充當太子的原因。如今，眾卿家也都知道事情的始末了，嫡子是四皇子，他這些年的作為，眾卿家也都看在眼裡了。涼州被他治理得井井有條，當年那個荒涼的邊塞之城，已有了西北重鎮的風采。他更是熟知軍事，驍勇善戰，軍功卓著。這樣的人，不堪為太子嗎？」

明啟帝的問話，讓眾人無法回答。

安親王的能力堪為太子嗎？答案是肯定的！不論是文治武功，他都比眾位皇子高出一截。眾人這才恍然，原來除了安親王，其他幾位王爺，包括太子，從來沒有一個人是單獨處理過政事的。

粟遠凌和大皇子對視了一眼，兩人這才發現，以前的爭鬥不過全是笑話。他們手裡的權力如同泡沫，都是虛的，只有老四手裡的，才是實的。老四如今將西北經營得如同鐵桶一般，雖然回京了，但西北的軍權卻一直攥在手裡呢。

事實上，任何一個家族，對繼承人的要求都是嚴苛的，也就出現了許多好似更偏愛幼子的傳言。或許是皇上這個父親對幾個皇子都異常和善，甚至關愛有加，才使得眾人忽略了這一點。

安親王從小到大，過的是什麼日子？這個大家也都知道一二。一時之間，眾人都默然。

白荷哈哈大笑。「原來如此、原來如此。」她指著明啟帝。「你不過是念著白……」話說到這裡，白荷就只能張著嘴，卻一點聲音也發不出來。她接下來的話，無非是要攀咬賢妃，但是，她如同被點了啞穴一般，一點聲音都發不出來了。

蘇清河用眼角餘光瞥了一下坐在身側的沈懷孝。她可以肯定，是他動的手。原來功夫真的可以練到隔空點穴的境界！

見眾人的視線都落在她身上，蘇清河才解釋道：「剛才本公主只是激發了她的潛能，她才能開口說話。如今氣力耗盡了，還必須養上一段時間，才能開口說話，急不得啊。」

明啟帝似笑非笑的看了蘇清河一眼，才開口道：「事情大致上都交代清楚了，著人擬旨吧。」明啟帝用眼神示意福順。

福順低頭應了一聲，趕緊去偏殿叫人。

「高氏降為皇貴妃，因私設囚室，再降為貴妃。」明啟帝淡淡地道。副后見了皇后是不用下跪行禮的，她不配分享玫兒的尊榮！

高氏面無表情地謝了恩。

良國公長長地吁了一口氣，而榮親王心裡也不怎麼失落了。畢竟，他的情況跟太子比起來，還算是好的。

「二皇子粟遠凌，護佑幼弟有功，深明大義，封為醇親王，享親王雙俸，賜免死金牌一塊，除謀反之罪，皆可赦免。另，追封瑤貴人為德妃。」

粟遠凌跪下謝恩，彷彿身上的力氣都被抽空了一般。

父皇是冷酷的，也是無情的。他當了二十多年的太子，說廢就廢了，還廢得這般理直氣壯、名正言順。

他恨嗎？恨不起來啊。旨意中的回護之意，讓人無法忽視，只要不謀反，就憑這一道聖旨，可保他富貴綿長。

也許，他能成為歷史上唯一得了善終的廢太子……而這一切都是父皇賜予的。

「賢妃本為先帝賜予的原配正妻，如今歸位，是為皇后。其所育之子四皇子，乃正宮嫡出，深肖朕躬，人品貴重，正位東宮太子，為國之儲君。」

粟遠冽緩緩地站起身來，又重重地跪了下去。回京以來的徬徨不安，一點一點的退去。他的太子之位，是父皇耗盡心力為他謀劃來的。

蘇清河跟著站起身謝恩。這一禮，是代賢妃行的。

明啟帝看著兩個孩子，平穩了自己的思緒。「都起來吧。這些年，苦了你們了。」

坐在下面的眾人，也不免唏噓。這兩人的尊位，來得著實艱辛。剛才還覺得太子可憐，六皇子可惜，可如今這麼一比，就覺得這兩位更不容易。

賢妃本來就該是原配嫡妻，結果被自己的父親和庶姊聯手取代了。好不容易進宮為妃，沒過兩年好日子，又進了冷宮，一進去就是二十年，不但見不得兒子，也失去了女兒，她就不可憐嗎？

四皇子本該是中宮嫡子，尊貴非常，可實際上卻是在宮中舉步維艱地長大，之後又被放逐西北，上戰場廝殺，九死一生才有了今天。二皇子失去的本就是不屬於他的東西，而四皇子為了得到本就屬於他的東西，卻付出了更多。

文遠侯看著四皇子成了太子，心裡反倒安心起來，畢竟四皇子可是他的親外孫。他站起身來。「陛下，老臣糊塗，都是老臣的罪過，老臣受女色所惑，做下了糊塗事，竟然不知大女兒如此不堪為人婦。老臣回去後就將她從族譜上劃去，白家再沒有這樣的女子。」

明啟帝看著文遠侯，恨不能將他千刀萬剮。他千難萬難的求得了賜婚，歡天喜地地等著迎娶心上人過門，可等待他的是什麼？那紅蓋頭下的是另一個人，打破了他所有的憧憬，讓他第一次意識到權力意味著什麼……沒有權力，他連自己心愛的女人都保護不了，連一個早已過氣的文遠侯都敢不拿自己當一回事。

他看著文遠侯，瞇了瞇眼。「白廣安，你可還記得一個叫李貴的？」

李貴？這個名字沒什麼特別的，可他為什麼覺得這個名字如此熟悉呢？

明啟帝又提醒道：「如果你不記得李貴這個人，那他的媳婦，人稱李大嫂子的，你是否還記得呢？」

文遠侯臉色一白。這個名字他何止是記得，簡直是刻骨銘心。

當年，他的原配妻子李氏身邊，有個伺候飲食的媳婦，就是李大嫂子，而給李氏下藥的，正是這個李大嫂子！

「記起來了吧。」明啟帝冷笑道：「你怕被李家牽連，竟讓人在自己結髮妻子的飲食中下藥，毒死自己的結髮妻子。你這比畜生還不如的東西，可有一點人性嗎？」

大殿裡頓時響起了抽氣之聲。

文遠侯給人的印象始終是不成大器，終日沈迷女色，且為人糊塗得很，卻沒想到暗地裡竟是如此的心狠手辣。

誠親王一聽見這話，卻把視線落在黃斌的身上。那也是一個殺妻的畜生！

殿後，傳來急促的腳步聲。

賢妃和白坤腳步匆匆地進來，顯然是已經聽到了這一段話。

賢妃面色蒼白，搖搖欲墜。儘管心中早有猜測，沒想到竟然是真的。自己的父親居然毒殺了自己的母親。

「午夜夢迴，你就不怕我娘來找你索命？」賢妃瞪著文遠侯。

在進宮以前，他們姊弟一年也未必能見到這個親爹一面。自從她進宮，二十多年了，父女二人才第一次這麼近距離的面對面。

白坤雙手緊握成拳。他都是快當祖父的人了，才知道自己的母親死得如此冤枉。

文遠侯沒有否認，面對賢妃的質問，他抬起頭，看到一雙早已人到中年的兒女。那兩雙眼睛，跟亡妻的一模一樣。

「我早就想過會有這麼一天。」文遠侯呵呵一笑，沒有否認。

「畜生！」白坤吼了一聲，就要上前。

「舅舅。」蘇清河和粟遠冽同時喊了一聲。

文遠侯是白坤的親生父親，再怎麼樣，也不能在大庭廣眾之下動手。

白坤被賢妃拉住，心痛不已。「姊……」

賢妃收斂了臉上的神色，拍了拍白坤的胳膊，揚聲道：「福順，給舅爺賜座。」

說完，就起身，坐在了明啟帝的身邊。

福順不敢馬虎，馬上讓人添了凳子給白坤坐下。

明啟帝拍拍賢妃的手，察覺到她的身體在微微顫抖，想必是氣炸了。

粟遠冽站起身來，回稟道：「兒臣以為文遠侯殺妻一案，應該交由刑部主審，按照律法，該怎麼判就怎麼判。」

蘇清河眼睛一閃。如此一來，任誰也說不出錯處。

畢竟真由皇上審的話，文遠侯依舊是賢妃的父親，真要讓文遠侯死，賢妃是求情還是不求情？

賢妃若是求情，自己都過不了心裡的坎；若是不求情，時過境遷之後，是不是又有人吹毛求疵，認為賢妃對父親太過於冷漠無情了呢？

交給刑部，一是一，二是二，不管暗地裡動什麼樣的手腳，至少明面上都要讓人挑不出錯來。

明啟帝讚賞地看了粟遠冽一眼，點點頭道：「就按你說的辦吧。」

然後，他看向文遠侯道：「該刑部管的，交給刑部。但你違背先帝聖旨，也該先算一算這筆帳。」這是說以庶女代替嫡女一事。

文遠侯一愣，馬上道：「請陛下明鑑，當日換人，全是老臣和長女的主意，跟白家的其他人，沒有絲毫關係。再說了，皇后不能沒有一個體面的娘家，新太子和護國公主不能沒有一個體面的外家。請皇上看在他們的面子上，給白家一個恩典。」

明啟帝險些被這無恥的老東西給氣笑了。「朕的皇后，自該有個體面的娘家……可白家卻不止你這一脈。」

他冷笑一聲，才對白坤道：「白坤聽旨，朕將你們姊弟與白廣安一脈分宗，給你三天的時間處理這件事，從此以後，白廣安一系跟你們沒有絲毫關係。另加恩白坤為承恩公。」

白坤眼圈一紅。他和姊姊總算從白家這個泥潭裡掙扎出來了，離開白家，是他從小便夢寐以求的事。

「謝皇上恩典。」白坤結結實實地磕了個頭。

明啟帝看向文遠侯，冷笑著道：「白廣安聽旨，今削去文遠侯府爵位，收回丹書鐵券，沒收家產，貶為庶民，五代內不得為官。」

文遠侯頓時就懵了。他千般算計，萬般謀算，怎麼會是這樣一個結果？

白家沒了，什麼都沒了……雖然女兒成了皇后，兒子成了承恩公，連太子也是白家的女子生養的。但是，偏偏跟他一點關係也沒有。

這都是誰的錯？一切本來都好好的，究竟是誰的錯？

是了，都是白荷這死丫頭的錯！她早就該死了，她活過來究竟是為了什麼？

第九十三章　歧路

白家的噩運，都是從白荷再次出現開始的。
文遠侯抬起頭，看向白荷，就見她正一臉的幸災樂禍。
他心中的怒火被白荷輕蔑的眼神瞬間激了出來，他站起身來，一把掐住白荷的脖子。
「妳這死丫頭，人不人、鬼不鬼的還出來幹什麼？妳說妳出來幹什麼？」
白荷嘴裡發不出任何聲音，只是本能地揮舞著手臂，在文遠侯的身上抓扯著。
扶著白荷的兩個嬤嬤已經撒了手，撤到了一旁。
文遠侯被那鋒利的指甲抓在臉上，頓時惱怒異常。「妳就跟妳那死鬼母親一樣，蠢人還偏偏喜歡自作聰明。」
挑破了太子的身世，到底有什麼好處？既然親生兒子已經死了，那麼平白多了一個太子兒子，有什麼不好？一切都被這個蠢貨給搞砸了。
白荷眼裡閃過噬人的光芒。誰都有權力說她，唯獨眼前的這個男人沒有。她可不是母親那個蠢女人，人家給根針，她就當作棒槌。
她脖子被掐著，喘不上半點氣，於是便抬起膝蓋，朝文遠侯的胯下頂了上去。
蘇清河愕然地睜大眼睛，想不到親生女兒對自己的親爹，還能使出這般不要臉面的招數。

大殿中的人一時之間全都愕然，有幾位老大人更是臊紅了臉。「這是……成何體統啊？」

可偏偏坐在上面的明啟帝看得津津有味，一點都沒有要阻止的意思。

沈懷孝拉了拉蘇清河的手，不讓她再盯著看。蘇清河哪裡捨得這麼精采的大戲，只裝作不知。

文遠侯即便再老，那也是男人，是男人就受不了這個招數。

他被白荷狠狠地一頂，馬上手一鬆，夾著腿半蹲在地上，頓時又羞又惱。「妳個賤丫頭，不愧是跟著幾個窯姊兒學過本事的，這般不要臉面。」

蘇清河差點把嘴裡的茶給噴了。

方才紅嬷嬷一出現，不用人說，只看作態就能看出其出身。在座的眾人心裡即便嘀咕，也不敢把話說在明面上。

白荷好歹跟皇上也是夫妻一場，還給皇上生了個兒子，眾人不給白家面子，也要給皇上面子。於是，大家都心照不宣，沒人能說得出口。

可文遠侯這個傻貨，不等別人爆出來，就把自己大閨女的底給掀了出來。

白榮看著扭打在一起的父女二人，只覺得再也沒臉見人了。他見皇上沒有發話制止，也不敢上前。

白荷最痛恨的就是那段隨著窯姊兒學習的過往，趁文遠侯還沒有緩過勁來，她如同餓狼般撲了過去，騎在文遠侯的身上，一口咬在他的脖子上。

就見鮮血順著文遠侯的脖子往下流，大殿裡充斥著他殺豬般的嚎叫聲。

見賢妃白了臉色，明啟帝這才遞給福順一個眼神，示意他可以分開那兩人了。

兩個嬤嬤接到福順的暗示，上前將兩人拉開，文遠侯到底還是被白荷咬下了一塊肉來。

蘇清河遠遠地看了一眼。白荷那一口沒咬到氣管上，暫時死不了。她的嘴角挑起笑意，這個人渣，剩下的日子就該活在地獄裡，可不能讓他死得那麼痛快。

賢妃看著躺在地上、脖子上淌著鮮血的男人，眼裡滿是複雜。她握著拳，慢慢地攥緊，看著文遠侯猶如死魚般掙扎著，她嘴角一點一點地翹起，輕聲道：「陛下，他到底是妾身的親生父親，請您看在妾身的分上，給他一個恩典。」

「哦？」明啟帝詫異地挑挑眉。「妳說。」他可不相信自己的女人，是個以德報怨的女子。

賢妃看了躺在地上的人。「他們一個是妾身的父親，一個是妾身的姊姊，雖然他們對不起妾身，但終究血脈相連，妾身也不能看著他們喪命而無動於衷。可妾身也不是要干擾刑律，妾身的意思是，若刑部的證據確鑿，那麼該怎麼判，就怎麼判，妾身絕不多言；若是證據不足，那麼，請留下妾身的父親一條命，改為終身監禁吧。至於白荷，她一直頗得文遠侯喜愛，就讓她在一旁伺候文遠侯，以全了他們父女間的一場緣分。再說了，白荷終究伺候過陛下，情分還是要顧的。」

意思就是要將兩人囚禁在一處了。

蘇清河挑挑眉。這個主意不錯，白荷被囚禁了這麼多年，最怕的就是回到那暗無天日的地獄中去。以前是一個人，如今是兩個人，就不知道這個已經被關押得有些變態的女人，會如何折磨文遠侯？而文遠侯呢，畢竟是個男人，等傷勢好一些，又會怎麼報復這個他一直引以為傲的女兒？

粟遠冽自然明白了賢妃的意思，便朝著明啟帝點點頭。是他提出要將這父女二人交由刑部處置，只要刑部不傻，就知道該怎麼處理。交給刑部只是做做表面，至於其他的，下面的人自會看上面的眼色行事。想要讓這二人活著受罪，有得是整人的辦法。

明啟帝心裡一笑。都是些睚眥必報的主兒啊！

他看了福順一眼，福順立刻會意，示意下面的人將二人抬下去。

白荷憤恨地抬起頭，看著賢妃的眼神好似淬了毒一般。

抬她的兩個嬤嬤都是有眼色的人，手裡暗藏的針立即就朝白荷身上招呼去。她一聲也喊不出來，只能不停地掙扎。

蘇清河暗暗點頭。這兩人一定要活得越長久越好。

大殿裡的氣氛看似慢慢地平靜下來，殊不知，每個人心裡仍是心有餘悸。

明啟帝把目光對準大駙馬，誇讚道：「多虧了江生，才讓許多事情真相大白。朕該怎麼賞賜你？朕瞧著，你那暢音閣不錯，要不，你也替朕管一管升平署。」

升平署是什麼？蘇清河有些疑惑。

沈懷孝在她背後輕聲解釋道：「升平署隸屬內務府，管著宮裡的歌舞雜耍。」

蘇清河點點頭。那不就是皇家養的戲班子嗎？這個官職，要油水沒油水，要前途沒前途，但對駙馬而言，卻是個不錯的差事。至少做得好了，很容易露臉，不至於讓皇上好幾年都想不起你這個人來。

可黃江生卻恨不得皇上可以收回成命。今天的事，他算是犯了眾怒，要不是他這個大駙馬帶了小白玉來，事情怎會演變成如此局面？連自己的祖父都想將他千刀萬剮了，若是再封賞他，不就將所有的仇恨妥妥地都拉到他身上？

可是他能拒絕嗎？不能啊！至少在皇上跟前露臉，還能保住自己的小命，也省得被祖父毒打。

「謝陛下。」大駙馬誠惶誠恐地跪下，接下了這個差事。

明啟帝睇著眼看了黃斌一眼，才道：「說起來，大駙馬還真不像黃家的人呢。黃家向來沒有長相這般出眾的，也不知道隨了誰？」說完他看著沈中璣。「你說呢？沈愛卿。」

黃斌猛地變了臉色。

沈中璣看著明啟帝頗有深意的眼神，不由得一愣。皇上這是什麼意思？黃家人的長相問他做什麼？他不由得將視線落在大駙馬的身上，眼裡露出幾分沈思之色。

蘇清河不由得看了沈懷孝一眼，只見沈懷孝也是滿眼的錯愕。

江生……江生……江氏所生……難道真是她所猜想的意思？

明啟帝不待二人說話，就站起身來。「都熬了這麼長時間，朕也乏了，都早早散了吧。」說罷，就拉著賢妃一起離開。

原來，已經一個晚上過去了，也許是太過緊張的緣故，蘇清河一點也沒察覺到時間的流逝。

蘇清河跟在粟遠洌身後，出了大殿，早晨的第一縷陽光，剛剛越出地平線。粟遠洌看著那一抹亮色，不免感慨萬千。過了這一夜，竟是天翻地覆啊。

蘇清河沒有上前打擾哥哥的思緒，默默地跟著沈懷孝出了宮。

一路上，蘇清河都沒有說話，她靜靜地躺在馬車裡，還是有一種恍然如夢的感覺。

直到梳洗後，用過早飯，蘇清河才看著沈懷孝道：「想來外面如今已翻了天。」

京城裡，乃至整個天下，都要經歷一段時間的震盪。換太子可不是那麼容易的事，人心惶惶，這是必然的。

沈懷孝抱著她去床上。「妳歇著吧，外面如何都不關妳的事。太子不是一個人，而是一方勢力，如何處理這一方勢力，就是他這個新太子的事了，這也是對他的一次歷練和考驗，妳無須擔心。」

蘇清河點點頭。「真正的艱難，才剛開始呢。大千歲會退讓嗎？前太子醇親王會甘心嗎？榮親王能安分嗎？不到最後，萬事皆有可能啊。」

安親王府裡，眾人都歡騰了起來。突然之間，自己的主子就是太子了，能不讓人歡欣鼓舞嗎？

粟遠洌一回府，就進了書房，沒叫人伺候，也沒有叫幕僚。他需要靜一靜，才能知道自己以後的路該怎麼走。

萬氏來到書房外，想要進去，卻被白遠擋下了。

「你這是做什麼？」萬氏皺眉看著白遠。「連本宮也要攔嗎？」

「王妃，殿下讓小的守在這裡，任何人都不得打擾。」白遠解釋道。

他一副公事公辦的模樣，沒有絲毫妥協的意思。如今的主子跟以前可是不一樣了……過去，主子跟王妃的利益是一致的，他對王妃還會禮讓幾分，但從今以後，王妃跟主子的分歧恐怕只會越來越大，他也必須做好自己的職責。

更何況，王妃對主子的態度，讓他很是不滿。「書房重地，殿下向來不許任何人未經他的許可就隨意進出，還請王妃不要難為小的。」

萬氏一愣。她還是第一次主動來見王爺，並不知道書房有這樣的規矩。她尷尬了一瞬，才笑道：「王爺從昨天起就沒用膳了，那本宮就把吃的留下吧。」

白遠沒有拒絕，但主子的吃食，以後會有專人打理，王妃送的東西，也不是說吃就能吃的。

萬氏回到正院，心裡不由得有幾分不安。

自家王爺能走到這一步，是她連想都不敢想的。而宮裡的賢妃，也就是她的婆婆，如今也已經是皇后了……

這些年，賢妃在冷宮雖說不能見人，但自己若想要往宮裡孝敬一些東西給賢妃，也還是有辦法的。但她卻過於謹慎小心，什麼都沒做，往後難免會落人口實，說她對自己的婆婆不聞不問許多年，毫無孝心。

而在以前，自家王爺作為一個王爺，守著她一個王妃過日子，也沒人說什麼；可一旦成為太子，那就不一樣了。

王爺若只要她一人，皇上想必不會同意，就算皇上同意了，朝臣也會有意見。到時候，倒楣的是誰？還不是她這個嫡妻。

萬氏皺起了眉頭。

歷史上，有許多堪為典範的皇后，她不敢與之比肩，但至少不能背上不孝和嫉妒的惡名。

第九十四章　嫌隙

不管外面怎麼風起雲湧，蘇清河只窩在宜園，帶著孩子們把園子玩了一遍。

沈懷孝倒是忙了起來。他掌管五城兵馬司，京城的動靜，他得時刻監控著；而巡防營也在昨天，被明啟帝交給白坤管理。

這兩人一個是粟遠冽的親妹夫，一個是親舅舅，絕對不會對他生出異心。

明啟帝此舉，明顯是在力挺粟遠冽這個太子。她都不敢想像前太子看到如今這個局面，會是怎樣的心情。

沈菲琪自從聽到自家舅舅成為太子之後，整個人都輕鬆了。在她看來，所有人的命運已經在不知不覺中改變，前世的種種再也不會出現。

沈飛麟則是有些猶豫，他不時地想起暗處那人說的話。他真要走上這樣一條路嗎？龍鱗，不僅是一個代號，更是一股不容忽視的力量，而不可否認的是，他動心了。

蘇清河完全不知道兩個孩子的心思，她剛將今天要默的書交代給兩個孩子，蘭嬤嬤就來稟報，說是安親王妃來訪了。

雖然安親王如今是太子，但是太子妃還沒有冊封下來。已經過去這麼些日子了，只怕萬氏心裡也有些忐忑吧。

蘇清河將人迎進來，客氣地道：「嫂子今兒怎麼過來了？我還想著嫂子現在正忙得不可開交呢。」

明啟帝已經賜了一座別院給前太子為親王府邸，東宮自然要騰出來給曾經的安親王——如今的太子住了。府邸的搬遷，可是一件十分繁瑣的事。

再加上，如今想要跟太子套交情的人，不知道有多少；就連她的公主府，也都快被帖子給淹沒了，要不是她打著「閉門謝客」的招牌，還不知道會生出多少帖子來？

萬氏會意道：「誰說不是呢？以前幾輩子沒打過交道的人，也都拐著彎的把帖子遞過來，真是讓人不知道該說什麼好？其實只要好好當差，太子爺還能難為人家不成？」

蘇清河皺了皺眉。萬氏這話，很有些與人為善的意思。只要好好當差，就不動人家，這不是糊塗話是什麼？

如今自家哥哥剛上位，難道前太子和大千歲的追隨者，只要當差當得好，也不能動嗎？要真這樣，哥哥這個太子之位也是坐不穩的。

對於那些臨陣倒戈的朝臣，還可以不計較，甚至拉攏一二。畢竟這些人只服從利益，只要是有利於自己的，就會主動前去靠攏。在他們心裡，也無所謂忠誠。

但對於那些死忠的大臣，即便不能一棍子打死，也該挪一挪地方。作為前太子和大千歲的親信，他們占的位置自然十分緊要，不讓他們換個地方當差，屆時太子上位，怎能不被掣肘啊？再說了，那些跟隨哥哥出生入死的屬下，又該如何安置？

政治不是慈善，怎可能如萬氏想的那般簡單。

她對萬氏越發看不明白了。萬氏的這番話若只是不懂還罷了，若是明明就懂，反而打著招攬這些人的主意，那就不應該了。
身在皇家的女人，依靠兒子的比仰仗自己男人的多了去，萬氏可是有兩個兒子……萬氏不會是想著如今就要替自己的兒子收攏勢力吧？這未免也太心急了些。
蘇清河還摸不清萬氏的想法，便笑了笑，沒有回話，只是請萬氏坐下，又讓人斟了茶。「嫂子坐吧。」
她也不問萬氏的來意，只聊起一些家常話。「這天候眼看就要熱起來了，原本我還想跟著去避暑的，可看今年這局面，怕是不行了。好在我這園子裡也清涼，倒不難熬；我還讓人在外面栽了不少驅蚊蟲的藥草，如今看著效果倒是不錯。」
萬氏點頭道：「如此甚好，回頭我讓人也在院子裡栽種一些。」
蘇清河笑開來，說道：「要說起宮裡，什麼都好，就是那東宮地方太過狹小。哥哥和嫂子猛地從王府這麼寬大的地方搬進去，難免不習慣。」
萬氏無所謂地笑了笑。「這樣也好，一家人離得近，我想見兩個孩子也方便些。如今太子爺將兩個孩子都挪到了王府外院，我要見他們也不容易呢。」
蘇清河暗暗皺眉，這件事她還真不知道。她第一個感覺就是粟遠冽已經對萬氏不滿到一定程度了，否則不會將年紀還小的孩子跟自己的母親隔開。但看萬氏的表情，似乎又不是這樣，讓她有些疑惑。
她壓下心中的思緒，笑道：「孩子還小，晚上住在外院，可得有妥當的人看著才成。」
萬氏頗為認同地點點頭。「妳哥哥也是這麼說的，如今他都住在外院的書房，看來也是不放心孩子。」

蘇清河一愣。那不就是分居了嗎？

她見萬氏的表情沒有異樣，也不好說些什麼。人家夫妻間的關係如何，她身為小姑子，也是不好多問的。

不過看萬氏如今這樣子，蘇清河猜測，萬氏很可能已經惹得哥哥不滿，卻還猶不自知。她正想著該怎麼提醒萬氏一二，就聽萬氏問道：「琪兒呢？怎麼不見她？」

蘇清河一愣，才笑道：「那孩子野得很，這會子正被我圈在屋裡寫字呢。」

她沒打算讓孩子過來見禮，因為她感覺得到，閨女對萬氏恭敬有餘，但親近不足。或許在上輩子，萬氏對閨女做到了以禮相待，但也僅僅是如此而已。

對於這一點，她心裡是有些不舒服的，但也能理解。一個孤女，還能讓人家以禮相待，就算是不錯的待遇了，倒不至於為了這一點事去遷怒萬氏。

萬氏哪裡知道蘇清河心裡的想法，她笑道：「琪兒這丫頭，我倒是喜歡得很。」

蘇清河只當她說的是客氣話。自家的姑娘自己清楚，還真不到人見人愛、花見花開的程度。

再說了，只看萬氏的為人就知道，她是一個把規矩刻到了骨子裡的女人，而自家的閨女，還真不是個規矩人。不管是上輩子被沈懷孝嬌慣壞了，還是這輩子被自己放養成性，都可以肯定，閨女肯定不是萬氏會喜歡的那種姑娘。

於是，蘇清河也就客氣地笑笑。「也只有自家人才能受得了她的性子，覺得這丫頭還過得去呢。」

萬氏臉上的笑意越發真誠起來。「妹妹也是這般想的就好。對於琪兒，我真是恨不能搶到自己家，好好地疼她。」

蘇清河一愣，慢慢明白萬氏話中的意思。

這是在相看兒媳婦啊！

上輩子萬氏可是十分不喜琪兒做兒媳婦的，今生怎麼反倒熱心了起來？

蘇清河心中也清楚，琪兒根本就不適合生活在皇宮，就連嫁到世家大族，也是極為不妥當的，以萬氏的精明，難道會不明白？

老實說，知道萬氏上輩子不願意琪兒成為安親王世子妃，她心裡是不大舒服，但卻能夠理解。琪兒不過是一個孤女，沒什麼背景，即便是沈家的小姐，但跟沈家的關係又不親密，要是她自己的兒子遇上這樣的兒媳婦人選，也得掂量掂量呢。萬氏身為一個母親，為自己的兒子考量，也不算錯。

但是如今呢？琪兒的性情並沒太大變化，根本就處理不了複雜的人際關係，也沒那個心眼去勾心鬥角。可萬氏卻急切地透露出聯姻的想法……這讓蘇清河對萬氏這個人，又有了新的一層認識。

如今，哥哥已經是太子了，可萬氏的兩個孩子卻不一定會是繼承人。未來的變數太大，誰也不敢打包票。

所以，萬氏在這個時候之所以會提出這樣的建議，就不僅僅只是想聯姻，而是想把自己這個護國公主拉進她的陣營裡。

萬氏十分清楚自己在哥哥心目中的地位，所以，才走了這一步棋，目的不過是希望將來，能保證她的兒子順利繼位。

一弄明白她的心思，讓蘇清河不由得厭惡起來。

哥哥的太子之位還沒坐穩，她現在不是該忙著安撫各家女眷，以傳遞東宮的善意嗎？該做的事情不去做，卻跑來公主府大放厥詞。

她如今連太子妃都還不是呢，就忙著為以後打算，也太著急了吧；更何況，哥哥就兩個兒子，還都是她親生的，她這般迫不及待，究竟是對自己的丈夫有多不信任啊？

琪兒就是再傻，那也是她這個護國公主的親生女兒，是聖上親自冊封的長樂郡主。如今，卻被人看成了交易的物品，怎能不讓人惱怒？她端著茶杯，盯著還沒沈下去的茶葉，好半晌都沒有說話。

萬氏始終帶著笑意，笑盈盈地看著蘇清河。

她覺得蘇清河這個小姑子是個聰明人，會知道該怎麼選擇的。畢竟，蘇清河這個護國公主，若是到了兒子那一代，可未必還有如今的榮光了。

若是聯姻，公主的子孫還能延續幾代富貴。這是一場極為划算的買賣，她相信蘇清河會作出正確的選擇。

蘇清河抿了一口茶，抬頭看著萬氏，鄭重地問道：「嫂子今天過來，哥哥知道嗎？」

萬氏一愣，笑道：「太子爺他最近忙得沒日沒夜，這點小事，哪裡需要他出面呢？」

蘇清河的嘴角輕輕翹起。「嫂子今天說的這些話，可同哥哥商量過？」

萬氏了然地一笑。「妹妹也是太小心了，太子爺有多喜歡琪兒，妳又不是不知道，只要妹妹有心，太子爺哪裡會反對？只怕就算是父皇、母后，也是極為贊成的。」

看來，不光是哥哥不知情，就連聯姻這件事，萬氏也沒打算自己出面去說，而是想讓她去跟父皇和母后說。

蘇清河在心裡冷笑起來。「嫂子，哥哥沒跟妳說過嗎？我早就跟哥哥說過，我不是館陶，我的女兒也不是陳阿嬌。」蘇清河將茶杯重重地放下。「想必，哥哥一定不知道嫂子是過來幹什麼的，要不然，他一定會攔住嫂子的。」

萬氏不敢置信地看著蘇清河。「公主可不要犯糊塗。」

蘇清河挑眉一笑。「言盡於此。蘭嬤嬤，送客吧。」

萬氏頓時脹紅了臉，她沒想到蘇清河會拒絕得這麼乾脆，更沒想到她竟然下了逐客令，一點臉面也不留。

蘭嬤嬤頗為不贊同地看了萬氏一眼。她本是安親王府的舊人，之後才跟了公主，見到萬氏這般，心裡自然不大舒服。

在她看來，萬氏就是迫不及待地想要爭權。她是宮裡的老人，這樣的女人她見多了，可有哪一個能得到好處？

蘭嬤嬤面上不動聲色，做了個請的姿勢。

萬氏站起身來，勉強維持住自己臉上的平和，可拳頭卻攥得緊緊的，只覺得把臉面都丟盡了。

白嬤嬤擔心地看了萬氏一眼。她真不知道自家王妃是什麼時候起了這樣的心思？也不想想護國公主如今的身分，萬萬沒有幫著嫂子算計自家親哥哥的道理。

王妃怎麼就看不明白呢？

直到回了王府，萬氏才回過神來。

這個護國公主，她如今還得罪不起，所以這口氣，她不想忍也得忍下來；不過，她卻不能沒有自己的勢力，要不然，誰能保證兩個孩子將來的利益？

她站起身來，喚來白嬤嬤。「妳去一趟花枝巷，將這封信親手交給我那兄弟。」

白嬤嬤一看，這封信顯然是早已準備好的。看來，王妃想得還挺妥當，若是護國公主那裡不能成事，也還有備案。如今看來，她是打算依靠自己的娘家。

接過信之後，白嬤嬤卻往書房而去。

書房裡，粟遠冽靜靜地聽著白嬤嬤的稟報，沒有說話，只看了一眼白嬤嬤放在桌上的信。「王妃怎麼吩咐的，妳就怎麼辦吧。」

至於信上寫的內容，他不用看也知道寫了些什麼。

打發了白嬤嬤，粟遠冽站起身來，對白遠道：「走吧，去一趟清河那裡。」

白遠點點頭，他有些心疼自家主子。「姑奶奶想必清楚殿下的想法，不會胡亂跟您生氣的。」

「孤只是心裡不自在，想去找她說說話。」粟遠冽搖搖頭，覺得心累。
主僕二人剛要出門，就見宮裡來了人，宣太子馬上進宮。

寧壽宮

以前的賢妃，也就是現在的白皇后，正瞪著眼睛看著跪在眼前的兒子。
「你那是什麼混帳媳婦？居然欺負到凝兒的身上了。」白皇后眼底滿是怒氣。「琪兒那孩子是什麼樣的性子，你不知道嗎？原想著你能多照看幾分，誰能想到你媳婦居然……真是白費了我一片苦心。」
自問身為婆婆，她就算對兒媳婦不及對閨女親近，但得了賞賜，若閨女有一份，就也有萬氏的一份；也沒有為了打壓兒媳婦，今兒給個丫頭、明兒賜個小妾的，就盼著她能心疼自己的兒子。兩口子安安穩穩地過日子，怎麼就這般艱難呢？
「娘。」粟遠冽知道白皇后不是真的怪他，便站起身來。「您別生氣，妹妹知道該怎麼處理。萬氏的事，您就別管了，兒子心裡自有分寸。」
白皇后搖搖頭。「娘就是心疼你。」她看了看俊朗的兒子，對萬氏越發不滿起來。這樣的男兒，哪裡配不上她了？
粟遠冽苦笑一聲。「世間萬事皆有緣法，可能是兒子的夫妻緣淺吧。」
白皇后搖搖頭。「看萬氏的做法，就知道她是個野心大的。這太子妃之位……」
粟遠冽無奈地道：「這太子妃之位，還真是非她莫屬。她這些年跟著兒子擔驚受怕，也算是糟糠之妻。再說了，兒子總不能讓兩個孩子突然由嫡子變為庶子，如此一來，兩個孩子心裡怎會沒有怨懟？兒子不看著夫妻情分，也得看著兩個孩子的臉面。另外，父皇選的這個萬氏，雖然不是個合格的妻子，但她會是個合格的太子妃。她太過愛惜自己的羽毛，這未必就是壞事。您放心，她很快就沒時間琢磨這些有的沒的了，要是連個女人也處理不了，那兒子就太無能了。」

白皇后點點頭，嘆了一口氣，道：「隨你吧。」

粟遠冽挑了好話哄白皇后。「等住進了宮裡，咱們母子每天都能見面，娘就在兒子身邊，兒子有娘疼了，也不算可憐。」

親娘跟妻子的疼愛，終究是不一樣的。

白皇后只能安慰道：「有得就有失，老天爺就是這麼公平。」

粟遠冽眼神堅定。「兒子知道自己要的是什麼，並不委屈。您也別為這件事跟父皇吵，父皇當初選擇萬氏，是正確的。」

帝王之路，注定是一條孤獨之路。

傍晚，一場陣雨過後，頓時涼爽了許多。

宜園湖裡的荷葉上，滾動著一串串水珠。一家四口在湖上泛舟，倒也愜意。

沈懷孝面色平靜，聽著蘇清河轉述萬氏的打算，之後才道：「她這是心中著急了吧？」

蘇清河點點頭。「可再急也不能這般行事，真是豈有此理！」

沈菲琪的臉色有些難看。她知道，這個舅母不喜歡她。上輩子，舅母每次見到她，雖然臉上掛著笑意，但眼裡是沒有的。舅母總是客氣的、有禮的，卻從來沒有親近過她。所以，她也不會主動出現在舅母面前，以免惹舅母心中不痛快。

然而，這輩子，一切都不一樣了。可能是她有了父母和弟弟可以依靠，也可能是因為她的年紀還小，更有可能是因為自己從來沒有威脅到舅母的利益，所以舅母在面對她時，至少還是和顏悅色的。

沒想到，舅母居然會提出這樣的建議。她有些釋然，原來不是她不夠好，而是上一世她身後的依仗不夠強大。

沈飛麟看著沈菲琪略顯蒼白的臉色，眼裡一沈。

他的手暗暗攥起，看著蘇清河道：「娘，舅舅今年是不是二十一歲了？」

蘇清河點點頭。「是啊。」

答完之後，她猛地頓住了。粟遠冽今年才二十一歲，可他十五歲就當了爹，也就是說，哥哥只比他自己的兒子大了十五歲。

而且哥哥自幼習武，身子康健，若是不出意外，必然是長壽之人。要是他真活到了六、七十歲，這萬氏所出的嫡子，年紀也都不小了。

這變數，可不是一星半點，歷史上，就有兒子熬不過老子的例子。比如朱元璋和長子朱標，朱標沒活過他的父親，才有了朱允炆這個皇太孫。

一時間，蘇清河驚出了一身冷汗。

誰也不知道粟遠冽以後會不會再有兒子，又會有幾個兒子？但顯然，不論哪種情況，萬氏所出的這兩個兒子，並不如表面上看來那般具有競爭力。

長子，如今不是優勢，反倒成了最大的劣勢。

第九十五章　落差

此刻，明啟帝看著坐在跟前的四兒子，嘆了口氣。

這些日子，他一直想著過去的種種。如果，當初真是黃斌在其中搗鬼的話，之前他以為是先皇所做的那些事情，就得從頭開始好好思索一番。

比如，那所謂的禪位遺旨是真的嗎？比如，跟北遼的協議真的存在過嗎？

如果，這些都是假的，那麼，先皇又為什麼會任由黃斌這樣扭曲呢？先皇是真的不能埋事，還是也把黃斌當作一塊磨刀石，就如同這些年他一直在磨練老四一樣。

若是將心比心，站在一個既是父親、又是帝王的角度去看過去發生的種種，他覺得自己或許有些明白先皇的意思。一個帝王，不能被情感左右，這是父皇給他上的最後一堂課。

可是這人世間，哪裡會有這般完全無情之人？

他對先皇還存在著一分難言的父子之情，所以，這些年才會被黃斌抓住弱點，讓他有了可乘之機，也讓自己這些年行事畏首畏尾。他對玫兒還存在男女之愛，所以，對她這些年的遭遇，他心中才會難以釋懷，總想著一定要加倍地補償她。

他無法做到絕情絕愛，因此看著自己出色的四兒子，他也不忍心用先皇對他的嚴厲，去要求這個孩子。但一個要成為帝王的男人，若沒了男女情愛的牽絆，其實才是一件幸事。

「你還是堅持不娶側妃嗎？」明啟帝問道。

「我答應過萬氏，只守著她過日子。」粟遠冽說完這話，見明啟帝面色一變，他才笑著又道：「她要是什麼心思也沒動，一如既往，那兒子也就不再另娶。可若是她主動提起要為兒子納側妃……」他的嘴角泛起幾分苦澀的笑意。「那就順了她的意吧。她想做一個賢良女子，兒子也就成全她。」

明啟帝暗暗點頭。看來老四已經把萬氏看透了，才會說出這樣的話。只要他能清楚自己在做些什麼，其他的事，他也就不多問了。

粟遠冽看起來沒有半分猶豫。「父皇放心，兒子知道該怎麼做。」

明啟帝看著兒子，動了動嘴角，最終還是什麼都沒說。一個帝王，總是要經歷一些別人無法想像的痛苦。就比如現在，他都可以預見未來兒子會面對怎樣的局面，但那又如何？這就是要成為皇帝的代價。

「東宮也快騰出來了，你儘快搬進去吧。」明啟帝拍拍兒子的肩膀。「這些年你娘總是盼著你們能在身邊，如今你即將進宮，她是最歡喜的。」

粟遠冽點點頭。「兒子也想守在父母身邊，這樣心裡才踏實。」

父子倆又說了一會兒話，明啟帝才讓福順送粟遠冽出宮。

明啟帝一個人靜靜地待在大殿裡，忍不住苦笑。帝王這個位置，可是天下最苦的位置。

福順回來後，低聲回稟道：「皇上放心，太子爺身邊跟著的人都是能手，不會出差錯的。」

明啟帝點點頭。「那就好。」他知道，那孩子應付刺殺已是得心應手，而那些護衛，也都是一路從西北跟隨過來的精銳，忠心和本事都是不缺的。

東宮

平仁看著眼前瘦得不成人形的主子，不知道該怎麼勸才好。

「主子，您別這樣。看是要上刀山，還是下油鍋，主子一聲吩咐，咱們無有不從的。只求主子千萬保重自己。」平仁跪在醇親王身邊，低聲道。

醇親王露出了幾分苦澀的笑意。「孤……」才說了一個字，就馬上意識到不對。他如今只是親王，已沒資格稱孤道寡。這個自稱，是他會說話起就學會的，已融進了他的骨子裡，哪裡是那麼容易改的。

張了幾次口，他才接著道：「本王哪還有什麼需要你們冒險犯難的事？你去問問下面的人，看有誰願意跟著我出宮的？願意跟的，就跟著，不過本王也給不了他們想要的前程了。所以有想走的，你也別攔著，就贈些銀兩，以了卻這段主僕之情吧。」

平仁狠狠地磕了頭。「主子萬萬不要說這些喪氣話，出了這宮牆，那才是真正的海闊天高，比在東宮裡，行事要方便許多啊。」

醇親王看著平仁，眼裡多了幾分探究。「你倒是替本王想得不少。」

平仁聽出了主子的話音有異，愕然地抬起頭來。就見醇親王一雙眼睛越發黑白分明，深不見底，他不由心裡一動。主子變了，變得更加深沈了，他如今竟有幾分看不透主子。

只見醇親王的嘴角挑起笑意，輕聲問道：「平仁，本王能信任你嗎？」

平仁點點頭。「小的為了主子，萬死不辭。」

醇親王的唇角勾起，揚聲道：「平仁伺候不周，賞四十大板，扔出去。」

平仁愕然不解地看著醇親王，而醇親王也沈默地看著平仁。平仁心念電轉，馬上明白主子的用意，他痛哭出聲，任由侍衛將他拉了下去。

一個時辰後，平仁被扔出了宮，一輛不起眼的馬車，載著平仁消失在京城。

醇親王坐在書房裡，暗影中再也沒有平仁這個隨傳隨到的人影，他是有些不習慣的。可是，平仁他另有用處。

人啊，從下往上走容易，可要從上往下走，太難了。他生下來就比別人都高出一等，如今，哪裡能彎下自己的腰？

正院中沈懷玉的叫聲依舊是那麼歇斯底里。這個女人，儘管病得不能出屋子，但依然幻想著太子妃的尊榮。可是，注定要讓她失望了，她如今也不過是被貶謫的前太子妃罷了。

坤寧宮

高氏看著這個象徵權利的宮殿，心緒起伏不定。

自從住進這坤寧宮，她真的擁有過身為皇后的權利嗎？沒有，一點兒也沒有。

說來可笑，即便是一個空架子的皇后，她也不願放棄。

她曾經不止一次嘲笑過黃貴妃，堂堂貴女，卻淪落為妾。可她自己呢？還不一樣是妾室，一樣要對著別人行禮。

這麼多年來，她都是天底下最尊貴的女人。以前，她只是在固定的時間，對著牌位行禮；如今，卻要天天對著另一個女人行禮，這如何忍得？

還好，她還有兒子，只要有兒子，就有希望。

皇后也不算是最尊貴的女人，最尊貴的女人，應該是太后！

皇上能換掉老婆，但一定換不了自己的親娘。

就算眼下自己的兒子不是太子又如何，歷朝歷代有幾個太子能順利登基的？誰又能保證這個新太子，不會也變成前太子。

誠親王府

粟遠淞看著眼前的大公主，嘴角露出幾分嘲諷的笑意。

據說大公主聽說了那一日的事情後，大病了一場。以誠親王看來，這是被嚇病的。

這一切的一切，最初的策劃者是大公主，而她，顯然已明白自己在其中扮演的角色——不過是一個徹頭徹尾的被利用者罷了。

更加可怕的是，這個利用者，或許就是自己的父皇，這怎能不讓人驚怒交加？

「父皇這是什麼意思？」大公主的臉色還有些蒼白。「難道在父皇的心裡，咱們就不是兒女了嗎？只有冷宮裡的女人……白皇后生的才是親生的？」

粟遠淞沒有說話，心中卻是能理解的。雖然都是親生的，手心、手背都是肉，可這肉也有薄厚之分。手心裡的肉，向來都是被呵護著的，但手背上的肉，卻是用來抵擋外力的。如果說老四也曾受過苦的話，那麼，那些苦難，只能算是手心裡的繭子。

粟遠淞看著大公主，搖搖頭道：「以後說話小心點，禍從口出這道理，妳應該明白。」

大公主的聲音有些尖利。「難道我說錯了？」

粟遠淞冷笑一聲。「有意見妳進宮去找父皇說，在我這裡發什麼瘋？說句不好聽的，大哥我也是拖家帶口的人了，妳可別連累了我。」

大公主憤憤不平地道：「我就不信大哥能甘心。」

粟遠淞臉色一冷。「我有什麼好不甘的？妳也別企圖從我這裡得到什麼。我如今已心灰意冷，老二既然倒了，我也就消停了。我跟老四，認真說起來，可沒什麼深仇大恨。」

大公主呵呵一笑。「堂堂的大千歲，也有認栽的時候。」

「妳別激我，這招不管用。我就是認栽了又如何？」粟遠淞慢悠悠地說道。

大公主站起身來。「倒是我高看大哥了。」說著，甩袖就走。「話不投機，告辭。」

「慢走不送。」粟遠淞瞇眼，看著大公主離開。半晌才冷笑道：「不自量力的蠢貨。」

回到公主府後，大公主滿心的怒氣只想找人發洩，便差人去喚大駙馬過來。

「怎麼，如今本公主連自己的駙馬都喚不來了？」大公主渾身戾氣，看著跪在下方的小太監。

小太監有些微微發抖，顫聲道：「回殿下的話，駙馬他……他……受了風寒，如今正病得昏昏沈沈，人事不知呢。」

「病了又如何？一個大男人，連這一點病痛都扛不住？果真是廢物。」大公主冷嗤一聲。「你去叫幾個婆子和太監，就算用抬的，也得把他給本公主抬過來。」

小太監不敢不應，麻溜地起身去辦差了。這當妻子的不心疼丈夫，他一個下人，即便不忍心又能如何？

大駙馬府就在公主府的隔壁，小太監不過半刻，就進了駙馬府。

「怎麼？大公主還有其他吩咐？」說話的是大駙馬的親隨。

小太監往日也受過這位大哥的恩惠，哪裡會瞞著？便一五一十地說了個清楚。「大公主發了好大的脾氣，大駙馬若是真過去，怕是今兒得受苦了。」

大駙馬的親隨塞了個銀錁子過去。「小心藏著，別又被那些大太監給摸去了。」

小太監感激涕零地道了謝，就到外頭去等著了。

那隨從趕緊給大駙馬灌了藥湯和薑湯，期盼能熬上一陣子。他還得趕緊想辦法，看看有誰能出手救一救大駙馬？

黃江生還有些神志，他拉著隨從的手，叮囑道：「求……求……求沈駙馬去。」

隨從一愣。主子這吩咐有些奇怪，為什麼不是向黃相爺求助，而是沈駙馬？

黃江生心裡湧出苦澀的味道。他現在無法解釋，也解釋不了。

他從來都不笨，那天皇上在大殿裡說的話，再加上自家祖父對自己的厭惡態度，還有自己的名字，他就大概猜出來了。

如果他真是黃斌的孫子，就不會從小被安排學習怎麼以色侍人，也不會被折磨成如今這副模樣。他一定會讓黃家付出代價！

大駙馬的眼神漸漸空洞起來。如果他的猜測是真的，沈懷孝就不會見死不救。他一直覺得沈懷孝是個聰明人，所以他都能想明白的事，沒道理沈懷孝想不明白。雖然沈懷孝無法阻攔大公主，但護國公主可以，他看得出來，沈懷孝和護國公主的關係十分親密。

至於輔國公沈中璣，卻讓大駙馬心裡有些複雜。他不明白自己是怎麼流落到黃家的？但一定跟沈家的人脫不了干係，他無法全心信賴沈中璣。再說了，即便他貴為輔國公，也沒辦法與大公主對抗。

所以，沈懷孝是他唯一的選擇。

第九十六章 江生

午後的天有些悶熱，不見太陽，雲層也壓得很低，眼看就要迎來一場大雨。

沈懷孝在衙門裡，門窗大開，仍舊沒有一絲風吹進來。即便從府裡送來了不少冰塊，也還是讓人熱得難受。

沈三見沈大守在門外，才低聲道：「當時只覺得那輛馬車十分奇怪，所以咱們的人才多留意了些，沒想到卻是一條大魚。」

沈懷孝灌了一碗涼茶，沈聲問道：「確定嗎？」

沈三點點頭。「千真萬確，小的這雙千里眼絕不會看錯。是前太子身邊的平仁，確定無疑。」

沈懷孝沈吟了一瞬。「盯住，別打草驚蛇，看看他究竟想幹什麼？」

沈三回道：「主子放心。」

沈懷孝見他盯著自己眼前的涼茶，就失笑道：「找沈大要去。」

沈三這才笑嘻嘻地走了出去。

沈大早已經等著沈三，見了他也不客氣，直接塞了一碗。「公主配的茶，最是解暑。」

沈三咂咂嘴。「公主對咱們主子，那是真心不差。吃穿用度，哪樣不是親自打理？別說是公主了，就是一般人家娶到這樣的媳婦，也該燒高香了。」

沈大「噓」了一聲。「你現在膽子真是越來越大了，主子的事你也敢拿來說嘴。要是讓主子知道了，看不扒了你一層皮。」

沈三呵呵一笑，灌完了茶，趁著雨還沒落下來，就趕緊跑了。

沈大剛收拾好茶具，就見衙門的門子帶著一個有些面熟的人進來。他瞇了瞇眼，這不就是大駙馬的隨從嗎？他怎麼來了？

那門子點頭哈腰地笑道：「大管家，這位是大駙馬派來的，說是有緊要的事，想求見咱們指揮使。」

沈大擺手打發了那門子，才笑著朝那隨從道：「方才看著面熟，不想真是大駙馬跟前的人，失敬了。」

自家主子是大駙馬，卻遠遠不如護國公主的駙馬尊貴，再加上有求於人，怎麼敢擺架子，那隨從連聲道：「不敢。小的前來求見指揮使，也是奉了大駙馬的命令，十萬火急，還請您幫忙稟報一聲。」

十萬火急？沈大見這位隨從的臉色不像是作假，也不敢耽擱。「那你稍等，我進去通報一下。」

沈懷孝聽了沈大的稟報，面色有些奇怪。父親那裡一直沒動靜，也不知道是作何打算，他不敢貿然插手。但此刻人已求到他的面前，他也不能避而不見。「把人叫進來吧。」

沈大不敢多問，便出去請人了。

那隨從進來後，叩頭就拜。「請二爺救命。」

「二爺」這個稱呼，已經很少有人這麼叫他了，可這隨從偏偏一開口就這樣喊他，讓沈懷孝不由眼睛一瞇。「是大駙馬吩咐你這麼喊的？」

這可是按照他在沈家排行的稱呼，也恰恰說明大駙馬已經猜到了什麼。

那隨從點點頭。大駙馬確實特意囑咐過，如今又被四駙馬如此問起，可見這個稱呼一定是有什麼特別的緣由。

沈懷孝看著外面越來越陰沈的天，問道：「怎麼好端端的喊起救命來了？」見對方還跪在地上，他抬抬手。「起來說話吧。」

那隨從見沈懷孝態度還算和善，也沒有為難的樣子，便放下心來，趕緊道：「大駙馬被大公主請過去了，只怕今兒不能善了，還請四駙馬施以援手。」

沈懷孝愕然地挑眉。「人家夫妻吵架，我去湊什麼熱鬧？」

那隨從頓時急了。「大公主恨極了大駙馬，上次還動了鞭子。若是往常也就罷了，挨一頓鞭子，養個幾日便好了。可大駙馬如今高燒不退，實在受不住大公主的折騰。」

沈懷孝皺眉道：「病了就該去太醫院請太醫，以大駙馬的身分，太醫院不敢大意的。再說，到時候許多人都知道大駙馬病了，大公主也不敢怎麼著吧？」

那隨從低下頭。「大駙馬沒敢請太醫，連大夫都不敢請。」

「這是為何？」沈懷孝更愕然了。

「因為大駙馬的身上已經被……折磨得沒法見人了。」那隨從眼圈一紅，有些哽咽地道：「是相爺下的手。」

沈懷孝一愣，然後馬上站起身來。

黃斌！若這位大駙馬真是江氏生下來的孩子，那就是自己的兄長，沈家人還輪不到黃斌來欺負！

「你在大公主府門口守著，我這就去請護國公主。」沈懷孝說著，就疾步往外走去。那隨從愣了愣，沒想到這位四駙馬竟是如此熱心之人。

瓢潑的大雨，噼噼啪啪打在馬車頂上，沈懷孝看著蘇清河的眼神，帶著難言的歉意。

蘇清河搖搖頭，笑道：「有這麼多人伺候著呢，還能淋到我不成？」

沈懷孝隔著馬車的琉璃窗，看了看外面。「看樣子，今兒的雨一時半會兒也停不下來。」他看了看街道兩旁的樹，不光枝葉在晃動，就連樹幹也微微有些搖擺。「風也大得很，妳一會兒記得把披風披上，小心別再著涼。」

蘇清河笑了笑，靠在他身上。「都聽你的。不過，輔國公府那邊，你送消息去了嗎？」

沈懷孝點點頭。「已經送去了，也不知道父親他究竟是怎麼想的？」

「輔國公一直都是個心裡有成算的人，你也別太擔心。」蘇清河安慰道。

這邊兩口子說著話，那邊的大公主府，卻是劍拔弩張。

大公主看著軟倒在地上的大駙馬，嚇了一大跳，她用腳踢了踢他。「別躺著裝死，起來好好說話。」

黃江生在黃斌那裡，不被當成人看，如今又被大公主用腳踢來踹去，哪裡還忍得下去？

他雖然沒有力氣撐起身子，但還是睜著眼睛，用滿是憎恨的眼神看著大公主。凡是跟黃家有關的一切人事物，都令他厭惡。

大公主被大駙馬這樣一看，心裡頓時刺痛起來。

這個男人，也是自己當初看上的，雖然恨他薄情，但自己的心裡未嘗沒有他。可他的眼神卻好似對她恨之入骨……究竟是誰對不起誰？他居然敢在她的面前這般肆無忌憚。

想到這裡，她的怒氣直沖腦門，毫不猶豫地抽出鞭子，朝大駙馬身上招呼過去。

「你再裝啊！我今兒就讓你真的起不來一次又如何？」大公主嘴裡喝罵著，手裡的鞭子化作一道道殘影，全都打在了大駙馬身上，鞭鞭見血。

大駙馬一開始還會呻吟，慢慢的，就疼得越發迷糊了，嘴裡也不客氣起來。「公主不是要和離嗎？這次我不會攔著，更不會妥協。有妳這樣的妻子，是我這輩子最大的恥辱。」

大公主臉色一白。「混帳東西！能娶我，你還吃虧了？」

大駙馬沒有說話，可那張臉的表情，明晃晃地寫著「吃虧了」。

大公主一把扔了手裡的鞭子，順手拎起凳子就朝大駙馬身上砸去。

屋裡伺候的下人頓時面色一變。抽幾鞭子倒是無礙，但這一下若砸下去，可要鬧出人命了。大公主砸死大駙馬，最多也就被關在佛堂裡懺悔個幾日，但他們這些伺候的人卻必死無疑，到時候一個不知勸解主子的罪名落到頭上，可就真沒命了。

於是，一眾下人趕緊撲過去，有的跪下抱著大公主的腿，有的擋在大駙馬身前。

正鬧得不可開交，就聽門外有人來稟報。「公主殿下，護國公主攜駙馬來訪。」

大公主一愣，停下了手邊的動作。

眾人不由得鬆了一口氣。佛祖保佑，來得可真是時候啊。

大公主手裡的凳子早被下人們乘機拿走了。她理了理自己的衣服，又看了看外面，屋簷下就如同一道水簾子般，可見雨下得有多大。

「這種天候來訪？」大公主呵呵笑了兩聲。「還真是讓人不多想都不行。」說著，就看了一眼昏死過去的大駙馬，這才轉過頭來吩咐。「請進來吧。」

蘇清河披著斗篷，沈懷孝則披著蓑衣，手裡還撐著油紙傘，為蘇清河擋雨。

她是第一次進大公主的府邸，可是卻沒有多少心情欣賞。見府中下人都戰戰兢兢，就知道事情絕對比想像中的嚴重，她腳下更是快了幾分，一點也不敢耽擱。

「皇妹這般急匆匆地前來，真是讓大姊誠惶誠恐啊。」大公主迎了出來，臉上帶著若有似無的笑意。

「大姊客氣。」蘇清河也不客套，有話直說。「不瞞大姊，我是被大姊夫派來的人，懇求著走這一趟的。」

大公主對蘇清河的坦誠有些詫異，讓她一時間不知道該說些什麼。

蘇清河也不理會大公主的愣怔。她已聞見淡淡的血腥氣，於是便繞過大公主，筆直朝內室而去。

大公主見蘇清河一點也不拿自己當外人，就這麼橫衝直撞，失笑道：「皇妹這護國公主的架子，擺得也太大了些。我在自己的府邸裡教訓自己的駙馬，怎麼就礙了妳的眼呢？」她不懷好意地看了沈懷孝一眼。「看來，皇妹也是喜好美色之人，單看妳駙馬的容貌就知道了。要不要大姊來教教妳如何馭夫啊？」

沈懷孝的面色馬上就鐵青起來。

蘇清河按住沈懷孝，微笑地看向大公主，那笑意格外的純善。就見蘇清河一邊笑著，一邊猛地抬手，一巴掌打在了大公主的臉上。

周圍頓時響起一陣吸氣聲，誰也沒料到這位護國公主會突然動手。

「妳打我？」大公主摀住臉，愣了一瞬，才面色大變道：「連父皇都沒動過我一根手指，妳居然敢打我？有種妳再打一巴掌試試。」

蘇清河毫不猶豫地又給了大公主一巴掌。「不打妳，妳就不會好好說話。現在我就教教妳，什麼話能說，什麼話不能說。皇家有妳這樣的公主，真是丟人。」

大公主雖然沒得多少聖寵，但也是明啟帝的長女，誰也沒敢苛刻過她，哪裡受得了這般委屈，抬起胳膊就要還一巴掌回去。

蘇清河冷笑道：「怎麼？還敢對護國公主動手？我不提醒，妳還真記不住尊卑了。」

她本不想翻臉，對大公主的遭遇，心中多少還是有些同情的，不想，大公主竟敢口不擇言。她知道沈懷孝不會因為大公主的話而誤會自己，但她不能不在乎兩個孩子的感受。若是真傳出什麼風言風語，讓兩個孩子如何自處？孩子可不能有一個不知廉恥的娘親。

大公主瞇了瞇眼，冷笑了兩聲，才放下胳膊，斂身行禮道：「謝護國公主教導，本公主時刻不敢忘。」今天的梁子，她記下了。

蘇清河挑挑眉，無所謂地笑了笑，繼續朝裡面走去。

內室裡，躺著一個渾身是血的人。

沈懷孝當即臉色一變，快步走了過去。他俯身測了測大駙馬的鼻息，見尚有呼吸，才鬆了一口氣。只要人還活著就好。

蘇清河雖然不喜歡大駙馬，畢竟能朝自己未出世孩子動手的，也不是什麼好人。但想起父皇為了保全這個人，竟然將升平署交給他打理，就知道他可能還有別的用處。那麼，暫時不能讓他死了。

她上前診了脈，臉色當即一變，她起身看了跟進來的大公主一眼。大駙馬被下了絕育藥，不用想都知道這是誰的手筆。

不過大駙馬身上，除了鞭子的傷，應該還有其他外傷，要不然脈象不會如此沈澀。她背過身，對沈懷孝道：「你去瞧一瞧大駙馬，看他都傷在什麼地方了？」

不料沈懷孝還沒動手，那隨從立即擋在大駙馬身前，他神情窘迫。「求四公主殿下給大駙馬留點顏面吧。」說著，視線就落在大駙馬的下半身。

沈懷孝一瞬間就明悟了，他臉色難看地在蘇清河耳邊輕聲說了一句。

蘇清河當即變了臉色。原來是傷在了……那處。

以前，原主跟著養父學醫的時候，曾偷聽到一些事情。衛所中大部分都是男丁，一些老光棍們憋得久了，就會找一些年輕面嫩的小夥子瀉瀉火，因此很多男子身體的隱秘處，都有一些撕裂傷。這些人也是男人，心裡委屈又不敢鬧大，甚至連就醫都不敢，以至於身上潰爛，好幾個還差點喪了命。

不過，黃江生貴為公主的駙馬，誰敢如此對待他？以她看來，大公主還不至於這般變態。

她收斂了臉上的神情，才道：「先帶回去吧。如今性命能不能保住，還真難說。」

大公主不敢置信地說：「不可能，我就是抽了他幾鞭子而已，怎會危及性命？」

看來確實不是大公主動的手。那會是誰呢？誰能讓大駙馬吃了這樣的虧，還閉口不言？

黃斌！蘇清河第一時間就想到了這個人。這個人渣不能再留了，還是早些除去的好。

大公主看著大駙馬。她真的沒想讓他死，她只是想出出氣而已。她攥緊自己的拳頭，低聲求著蘇清河。「求妳救他！只要妳能救活他，咱們的恩怨兩清。」

蘇清河無奈地看了大公主一眼，到底沒有再說難聽的話。「大駙馬應該不想待在妳的公主府，而我出入大駙馬府也不方便。不如這樣，就先讓瑾瑜將大駙馬帶走，一切由他安排。」

大公主疑惑地看向沈懷孝。黃家和沈家可沒什麼交情，讓他就這麼帶走黃江生，她如何能放得下心？

蘇清河看出了她的顧慮，毫不客氣地道：「妳以為我喜歡管閒事啊？若不是瑾瑜懇求，這大雨天的我還跑到妳這裡來幹什麼？況且，大駙馬對瑾瑜，可比對妳信任多了。」

大公主的臉色頓時變得難看起來，她瞪了蘇清河一眼。「要是救不活他，我……」

「妳？妳要怎樣？」蘇清河恥笑一聲，抬抬手，讓人帶著黃江生出了門。

沈懷孝看著人被抬走，這才牽著蘇清河出了大公主府。

剛出門，就見沈大迎上前來。「主子，國公爺傳話來了，說可以將人安置在沈家別院裡。」

沈家別院在城外三里處，倒是不遠。再說也沒有更適合的地方了，總不能帶著大駙馬回宜園或是輔國公府吧？

蘇清河閃進馬車，吩咐道：「那就走吧。」

沈懷孝點頭。一路上的瑣事，自有沈大安排。

想到大駙馬的傷，兩人都沒有說話，氣氛有些沈悶。

輔國公府

沈中璣看著外面的雨幕，心中焦急。這件事，他能跟誰說呢？

這孩子是個聰明的，瑾瑜也是聰明的，所以，他遇到危險，第一個想到的就是向他的兄弟求助。而如今，他又能為孩子做些什麼呢？

雨打在窗櫺上，噼噼啪啪。

沈中璣再也忍不住地站起身來。「來人，備馬車。」他要去看一看，此時若是不去，他想，他會後悔一輩子。

第九十七章　別院

沈家別院是沈中璣瞞著家裡置辦的，別院裡的人也都是沈中璣的親信，不用擔心消息會走漏。

沈懷孝將黃江生安置在一個清靜的小院子裡，裡面除了黃江生自己的貼身隨從，其餘人都打發走了。

蘇清河站在堂屋裡，吩咐下人抬了熱水來，然後才對沈懷孝道：「你先去幫忙清洗一下……」

沈懷孝深深地看了蘇清河一眼，才帶著黃江生的隨從進了內室。

那隨從看著滿身是血的大駙馬，聲音有些嗚咽。

「把大駙馬身上的衣裳脫掉吧，好清洗傷口。」沈懷孝見這個隨從確實忠心，便交代隨從去做。倒不是他不願意伺候人，就怕自己手上要是重了些，再傷著哪裡可就不好了。

那隨從頓時猶豫了起來，艱難地道：「那還是請……請四駙馬移駕到外頭，小的自己來就好。」

沈懷孝冷笑一聲。「你知道大駙馬為什麼讓你叫我二爺嗎？」

那隨從搖搖頭。這他確實不知。

沈懷孝又道：「因為他可能是我的親兄長，要不然，我為什麼要費盡心力去救他？他又為什麼肯定我不會對他見死不救？在我面前，沒什麼好遮掩的。」

那隨從愣住了。大駙馬不是相爺的孫子嗎？怎麼又成了輔國公家的公子了？不過他相信沈懷孝是不會瞎說的，再想想相爺對自家主子的態度和作為，他不由得又信了幾分。於是便當著沈懷孝的面，將大駙馬的衣裳一件一件去掉。

大駙馬的身上除了鞭痕，還有掐痕，以及一些齒印。當看到大駙馬下身已經有些潰爛，沈懷孝便不忍再看下去，只是吩咐那隨從道：「這裡就交給你了，先清理乾淨，一會兒我再送藥進來。你放心，這裡除了我，沒人會進來。」

那隨從跪在地上，磕了頭，目送沈懷孝離開。

蘇清河看到沈懷孝出來，從他的表情，就知道他想必是看到了大駙馬身上慘不忍睹的傷口。

「江氏該死！」沈懷孝咬牙切齒地道。

他就算再不喜歡沈家，身上也流淌著沈家的血。沈家的子孫怎能受這樣的屈辱？若不是江氏，何至於此？

蘇清河點點頭。她在考慮的是，或許江氏是對付黃斌的一把利器。當江氏知道自己的兒子被如此對待之後，不知會如何瘋狂報復？她有些拭目以待。

她開了藥方，讓沈大親自去抓藥、煎藥，便陪在沈懷孝身邊，默默地等著。

沒想到，卻等到了沈中璣冒雨前來，著實讓沈懷孝吃了一驚。「父親，您怎麼來了？」

「放心不下。」沈中璣平淡地回了一句，然後才向蘇清河行禮。「多謝公主殿下施以援手。」

蘇清河對沈中璣的印象還不算太差，至少，他對自己的孩子都很盡心，於是也客氣地道：「一家人不說兩家話，國公爺不用客氣。」

沈中璣點點頭。這位公主即便沒有顯赫的身分，也是一位難得的賢妻良母。他轉過頭，問沈懷孝道：「他……怎麼樣了？」

沈懷孝抿了抿嘴，有些不忍回答，半晌才低聲道：「父親還是親自去看看吧。」

沈中璣有了不好的預感，雙手忍不住顫抖起來。「是不是不好了……」

沈懷孝搖搖頭。「您進去看看就明白了。」

沈中璣心中狐疑，緊跟著沈懷孝進了內室。

那隨從正一點一點替黃江生處理身上的傷口，猛地見沈懷孝領了一個外人進來，就趕緊起身擋在黃江生身前。不過，等見到這人是誰之後，他一下子就愣住了。

這京城還有誰不認識輔國公的？看來，沈駙馬的話是真的了，要不然堂堂一個國公爺，為何會在大雨天來到這裡？

沈中璣慢慢地走近，黃江生身上的傷痕，也越來越清晰地映入他的眼簾。尤其此刻黃江生是趴著的，他臀部的傷一目了然。

沈中璣頓時什麼都明白了，他眼前一黑，幾乎要昏了過去。

黃江生是他的兒子，是他的嫡子，卻受到了如此不堪的羞辱。這是在羞辱他沈中璣，也是在羞辱輔國公府。

黃家，咱們勢不兩立！

他揮揮手，示意沈懷孝和那隨從都出去。

自己的兒子，變成什麼樣他這個父親都得接受，這是他身為一個父親的職責。

沈懷孝點點頭，帶著那隨從退了出去。

沈中璣拿出帕子，輕柔地替兒子清理傷口，然後細心地塗上藥。

他的雙手忍不住顫抖，眼淚滴滴答答的落在黃江生身上。說到底，都是他這個父親無能，否則，這孩子怎麼會被折騰成這副模樣？

黃江生身上又熱又疼，他咬著牙，眼睛微微張開，發現自己在一個陌生的房間裡。他想，他一定是被人救了，應該是沈懷孝救他的吧，也不會有別人了。

身上的傷口疼得厲害，他心想上藥的人一定不是個熟手。他轉過頭，看見的果然不是他的隨從，而是……輔國公。

輔國公年紀並不算大，四十多歲的人，兩鬢卻已斑白了，使他整個人帶著儒雅的滄桑。

「別動。」輔國公感受到了他打量的視線。「別動，萬事有父親為你作主。」

語氣裡沒有嫌棄，沒有厭惡，只有自責與疼惜，這是他從來沒有體驗過的情感，讓他一時有些愣怔。

父親？這個稱呼實在太過陌生了。

他將視線再次落在沈中璣身上，鼻子不由得一酸。既然在乎他這個兒子，為什麼還將他送到虎狼窩裡去？他這樣想著，不由得出聲問道：「為什麼？」

沈中璣手一頓，淡然地道：「因為你的母親，是黃家安插在沈家的細作，而這一切，卻是經過我父親許可的。」

黃江生是何等聰明，馬上就明白了其中的緣由。他不由得笑了起來，只是這笑聲裡，有太多的蒼涼。

將大駙馬安置好後，沈懷孝就先送蘇清河回了宜園。

蘇清河看著沈懷孝又不顧大雨的離開，也沒多說什麼。

大駙馬所遭遇的種種，是沈懷孝所不能容忍的。而且，如今這個沈家的嫡子出現，又會給沈家帶來什麼樣的變故，一切都是未知數。沈懷孝急著回去處理，也是應該的。

她回到屋子，好好地泡了個熱水澡，渾身才稍微舒坦了一些。

她靠在榻上，聽著屋外的風雨聲，心漸漸地沈靜下來。

大駙馬的事情，讓沈家父子恨透了黃家。

而高家，也已經跟黃家撕破了臉，再加上高玲瓏一事，顯然也是黃家所策劃的，高家想必恨不得撕下黃家一塊肉來。

父皇對黃斌的忍耐，也已經到了極限，只要等到馬口山那邊傳來消息，就能動手除掉這個禍患。

可殺死黃斌簡單，不用別人動手，她自己都能有不下一百種方法讓他死得無聲無息。但是，他若就這樣死了，那他數十年來所經營的勢力，又會落到誰的手裡呢？以黃斌的狡詐，不可能不留後手，若真有一天死灰復燃，恐怕會比現在更加痲煩。

想到這裡，她似乎能理解為什麼父皇遲遲不動手。如今的朝廷局勢無比複雜，幾個皇子也蟄伏起來，彷彿在尋求更恰當的契機，如此反而更加危險。這世上，沒有永遠的朋友，也沒有永遠的敵人，有的只是永遠的利益。就好比大千歲遠了黃家，誰知道黃家會不會又暗地裡聯繫前太子呢？這些都是不可不防的。

蘇清河一邊用乾帕子擦著頭髮，一邊琢磨著要怎樣才能將黃斌等人一網打盡。

沈中璣從別院回到輔國公府後，直接往榮華堂而去。

紅兒看著滿臉冷色的輔國公朝正屋而來，不由變了臉色，高聲道：「夫人，國公爺來了。」

沈中璣哪裡看不出這丫頭急於通報的心思，便一腳踹了過去。

紅兒悶哼一聲，倒在地上，嘴角掛著血絲。

「滾遠點。」沈中璣厭惡地看了紅兒一眼，繞過她直接去了正屋。

江氏冷著臉道：「國公爺好大的威風。好些日子不見，今兒一來便拿我的丫鬟出氣，不知道這是哪門子的道理？」

沈中璣看著江氏的臉，一股子惡念瞬間占滿整個心中，他疾走兩步，撲過去用手掐住江氏的脖子。「道理？我今日就跟妳好好說一說道理，說說為人母的道理。連野貓、野狗都知道要護著自己的崽子，妳怎麼就不懂？我真想把妳的心拿出來看看是不是人心？說妳狼心狗肺都是太誇妳了，妳根本連畜生都不如！」

江氏被沈中璣掐住脖子，她向來都不是個坐以待斃的人，摸著桌上的銀挑子就往沈中璣的眼睛扎。

沈中璣躲了一下，手上自然鬆了一些，江氏瞬間就掙脫開來。她抓起放在一旁的剪子，朝沈中璣嚷道：「你發哪門子的瘋？再敢過來，休怪我不客氣。」

沈中璣冷笑兩聲。「這些年我就是對妳太仁慈了，才讓兒子受了許多年的苦。」

江氏以為他又要說沈懷孝的事，就冷哼一聲。「你也就那點出息。見沈懷孝如今是護國公主的駙馬了，又得皇上賞識，連當今太子也是他的大舅子，便急著巴結，不覺得晚了嗎？」

沈中璣被這話氣得臉色發白。「我說的是我們的兒子，我的嫡子！當年被妳捨棄的那個孩子！」

江氏一愣，不敢置信地看著沈中璣。「你在胡說什麼？兒子……」兒子在主子身邊接受最好的教導，等將來成事之後，自有一番封賞。

他不可能找到兒子，他一定是想從自己這裡打聽主子的消息。作夢！

沈中璣看著江氏的眼神越發失望。「孩子已經找到了，我也知道妳主子的身分了。其實一直以來，妳都不知道妳真正的主子是誰，對吧？否則早就找到孩子，也不至於讓他吃了那麼多的苦。」

江氏面色一變。沒錯，她是不知道主子是誰，她從小就被主子收養，當成女兒般教養長大。主子一直戴著面具，從沒有露出過真容，但她知道，他一定是個非常了不起的人。

她覺得，孩子在這樣的人跟前，是安全的，也能學到本事，將來更是能換到一個好的前程。而如今，沈中璣竟然告訴她，他知道主子的真實身分了……這怎麼可能？主子在她的心裡，一向是無所不能的，斷不會輕易被發現。

這些念頭在她心裡一閃而過，但她仍是個母親，最在意的還是自己的孩子。「孩子如今在哪兒？」她的語氣有些急迫。

沈中璣嘲諷地看著江氏。「他這輩子最恨的人，就是妳這個母親。」說完這些話，他既感到心痛，又覺得一陣快慰。被自己的孩子憎恨，該是一種什麼樣的心情？他覺得，這是對江氏最好的報復。

江氏面色一白，厲聲呵斥道：「不可能！」她看著沈中璣的眼神，像是恨不得生吞活剝了他。「告訴我，孩子在哪兒？」

沈中璣看著江氏，還是沒回答她的問題，只是道：「妳的主子，就是丞相黃斌。」

江氏面色一凝。這一切，似乎有些不對勁。當初，主子明明透露他是皇家之人，怎麼會是黃斌呢？

她這些年的世子夫人也不是白當的，對於朝中的事，她知道的也不少。

在她的眼裡，黃斌就是個道貌岸然的偽君子。一個先帝的心腹，卻在這一朝依舊被重用，那他到底是對先帝忠心，還是對如今的皇上忠誠？不過是個裝腔作勢的權臣罷了。這樣的一個人，怎麼可能會是主子？

江氏搖搖頭。「主子肯定不是黃斌這個小人。」

沈中璣一愣。「妳見過黃斌？」

江氏否認道：「只看為人處世，就知道黃斌不是個光明磊落之人，怎麼可能會是我家主子？他連給我家主子提鞋都不配。」

沈中璣露出幾分陰冷的笑意。「妳沒見過黃斌，也沒見過妳主子的真容，怎會知道他們不是同一個人？都說知人知面不知心，就拿妳來說，不把妳的皮扒開，誰又能想到妳是個披著人皮的畜生呢？」

「別說得那麼難聽。」江氏頓時有些惱怒。「我會進沈家，都是你父親允許的，甚至是他一手張羅的，你怨我也無濟於事。」她轉移話題。「我現在只想知道孩子究竟在哪兒？我要去見他，立刻！」

「妳不相信妳的主子是黃斌，那麼，我說咱們的孩子就是大駙馬，妳也無法相信了，是嗎？」沈中璣輕聲道。

江氏一愣。「大駙馬？怎麼會是大駙馬？」

大駙馬是黃家的孫子，這一點她還是知道的。如果大駙馬是她的兒子，那麼主子必然就是黃斌，因為主子是不可能將如此重要的人質交到別人手裡的。

早些年，她在一些宴會上，就見過大駙馬。而印象最深的就是，大駙馬長得很漂亮，甚至有人開玩笑說，若大駙馬為女子，容貌定比她更勝兩分。若說兩人有什麼相像的地方，就是美貌……她的心突然也不確定起來。難道大駙馬真是她的孩子？

大駙馬過得好不好，滿京城誰不知道。有大公主這樣的妻子，日子又能好到哪裡去？她一時間有些埋怨黃斌，怎麼會讓孩子去娶大公主？

「若真是咱們的孩子，他貴為駙馬，又有什麼不好的？」江氏收拾了一下慌亂的心情，質問道。

「妳可知道他是怎麼長大的？」沈中璣冷眼看著江氏，彷彿在看一個死人。

江氏皺了皺眉。即便對黃斌是自己的主子有些失望，但他好歹也是一朝的丞相，作為丞相的孫子，又能差到哪裡去？

沈中璣不等她說話，就知道她的心思，嗤笑道：「他從小跟戲子們一起長大，學的是如何以色侍人。」

江氏臉上的血色一點一點褪去，她瞪大眼睛看著沈中璣。「不可能！他答應過我的！」

沈中璣呵呵冷笑。「孩子如今重傷臥床，妳要去親眼看看嗎？」

江氏站起身來。她要去看一看，不光要看大駙馬的傷，還要驗證一下大駙馬究竟是不是她十月懷胎生下來的兒子？

第九十八章　主子

沈懷孝看著躺在床上的大駙馬，問道：「還有什麼是我能為你做的？但說無妨。」

大駙馬呵呵一笑，聲音弱得幾乎聽不到。「說起來，緣分真是奇妙。沒想到咱們既是兄弟，還是連襟，可是咱們的命運，卻又如此不同。你說那沈家，我還回得去嗎？」

沈懷孝抬頭看著他。「你想回去嗎？」

大駙馬唯有苦笑。回去？怎麼回去？沈家一門能出兩個駙馬嗎？更何況，沈家又有誰真的盼著自己回去呢？他這個尷尬的嫡子，不知道擋了多少人的路。

沈懷孝站起身來。「你不要想太多。我想，除了世子的位置，只要你想要的，父親大概都會給你。況且身為駙馬，世子之位只會是你的催命符。」

「就怕我肯罷手，有人不肯罷手呢。」大駙馬說出自己的憂慮。

大公主可不笨，將來若猜到他跟沈家的關係，以她對權勢的著迷，一定會巴著沈家不放。

沈懷孝挑挑眉。「她雖然是公主，可也是你的妻子。」言下之意就是作為男人，怎麼能管不了自己的妻子呢？

大駙馬看著沈懷孝的眼神，有些似笑非笑。他就不信沈懷孝能管得住護國公主。

沈懷孝尷尬地咳了一聲。「至少一些建議總是能聽得進去的。」

大駙馬疲累地搖搖頭。「你還是提醒一下沈懷忠吧，也好賣個人情給他。」

沈懷孝不同意。「這些事不歸我管，說得多了，還以為我也起了不該起的心思。」

大駙馬點點頭。想要翻身，但身上的傷，讓他不能動彈。「黃家，幫我盯著黃家，我要讓黃家萬劫不復。」說完，他看著沈懷孝。「咱們的目標是一致的，不管是為了大義，還是私仇。」

「如你所願。」沈懷孝應承了一聲，便朝門外走去。

要說他跟大駙馬有什麼兄弟之情，那是笑話，不過是一絲血脈的牽絆罷了。但如果大駙馬有對付黃家的心思，他倒是很樂意助大駙馬一臂之力。一個瞭解黃家的人，才是黃家最致命的敵人。

沈懷孝一路腳步匆匆，要出門時，正好碰上帶著江氏前來的沈中璣。

「要回去了嗎？」沈中璣儘管臉色難看，還是輕聲對沈懷孝道。

「嗯，出來的時間久了，公主和孩子只怕正等著呢。」沈懷孝微微側過身，把路讓開。

沈中璣聽到孩子等著，臉色就柔和了些。「那快點回去吧，這邊不用你再操心了。你若摻和得太深，也不適合。」

「父親說得是。」沈懷孝點點頭。

「路上小心點。」沈中璣拍拍兒子的肩膀，又看了看雨勢，心裡多少有些擔心。別看這裡離京城只有三里路，卻都是泥地，如今被雨水浸泡，怕是早已泥濘不堪了。

沈懷孝拱手道別。「那孩兒就先走了。」他自始至終都沒看江氏一眼。

江氏看著沈懷孝的背影，冷哼一聲。「如此傲慢，哪有一點規矩？」

沈中璣冷冷地看著江氏，低聲道：「妳既然不是真心做我沈某人的妻子，就不要指望享受到該有的尊重。我以為這個道理妳應該懂，想來，是這些年養尊處優的日子，讓妳忘記了妳究竟是誰。」

江氏狠狠地瞪了沈中璣一眼，卻沒再搭話，只是問道：「孩子在哪兒？快帶我去。」

沈中璣冷笑一聲，率先走了進去。

江氏整個人都被遮掩在寬大的斗篷下面，也沒人去探究這個人究竟是誰。

黃江生已經疲憊地睡了過去，對於江氏的到來，他絲毫不知情。

江氏進了屋子，看著黃江生慘白的臉，一時心中複雜難言。

這是她的孩子嗎？以前沒往那方面想的時候，從來不覺得像。可如今再看，卻覺得眉眼好似有些熟悉。

她還記得，當初自己懷著身孕，突然接到主子的命令，讓她服下催產藥，為的就是配合另一個孩子的降生。

說實話，對於一個還沒生下來的孩子，她能有多少感情呢？她從小就沒有父母，只有主子，主子說什麼就是什麼。於是，她毫不猶豫地那麼做了。

可是當這個孩子呱呱落地的時候，她心裡突然就多了一點喜悅、愛憐和牽絆，只覺得孩子就是上天賜予她最大的寶貝。

離開孩子，她是不捨的。那小小的、嬌軟的孩子，這些年如同印在她心裡般，揮之不去。

她慢慢地靠近，細細觀察那眉眼，卻還是不能確定。

「孩子可有什麼明顯的胎記？」沈中璣神色不定地看著江氏。他想起給這個孩子上藥時，他身上有一塊胎記特別明顯。

江氏眼睛一亮。「他半邊的屁股上有一個桃形的胎記，殷紅如血。」

沈中璣點點頭。「妳自己去看吧。」說完，就起身出了門。

胎記是對的，黃江生就是他的兒子。江氏，妳真是作孽。

江氏心裡一跳。難道是真的？她也不管沈中璣，直接上前，掀開被子查看。

不知過了多長時間，江氏才白著臉從裡面出來。

「告訴我，是誰做的？」江氏的語氣很平緩，但沈中璣卻從中聽出了刻骨的恨意。

「妳不是很清楚嗎？」沈中璣沒有看她。對這個女人，他早就恨透了，若不是留著她還有用處，他一定會親手結束她的性命。

「黃斌。」江氏的聲音像是從牙齒縫裡擠出來一般。「他會後悔的。」

「他後不後悔我不知道，但我知道妳一定很後悔。」沈中璣嘲諷道。

江氏的臉上露出幾分猙獰之色。「是，我後悔了。我從小就不知道爹娘是誰，從記事起，給我第一頓飽飯的就是主子，給我第一口熱湯的也是主子，讓我不用擔心流落街頭被凍死的還是主子。他教我說話，教我讀書認字，給我錦衣玉食的生活。在沒有孩子之前，他是我最親近的人。任何人、任何事，都休想讓我背叛他。

「我並不傻，難道不知道自己是被利用的棋子嗎？但那又如何，沒有主子，我早就不知道死在什麼地方了。我可以為了主子去死，但是，我的孩子不行。」她決絕道。

沈中璣恥笑了一聲。「妳還真把黃斌當成恩人了？」

江氏一愣。「你什麼意思？」

沈中璣呵呵一笑。「這些年，我可不是什麼都沒做，私底下也查到了不少有意思的東西。

「在黃斌還沒發跡之前，只是一個舉人，他娶了授業恩師的女兒。在他的夫人懷孕那年，他進京趕考，迷上了一個青樓妓女。那女子見黃斌才貌雙全，便傾心相許，兩人暗結連理。不幸的是，黃斌那年沒考上，於是落榜後回了家鄉，而那個女子卻珠胎暗結。此時，女子早已失去了黃斌的消息，又恨又急，再加上懷著身孕，便一病不起。那青樓的老鴇倒挺有良心，將這個女子安置在城外一處庵堂裡，之後，女子誕下一名女嬰，而這女子卻香消玉殞了。」

沈中璣說到這裡，就停了下來，不再說話。

江氏的臉色卻白了起來。她小時候，是被廟裡的尼姑收養的，這個記憶雖然有，但卻非常模糊。

這麼說來，她不是什麼孤女，黃斌也不是什麼主子，而是她的親生父親！

「不！」江氏搖搖頭。「你騙人！你騙人！」被恩人利用，還可以說是報恩，但若是被自己的親生父親這般設計，讓人如何能夠承受？

他不僅害了母親、害了自己，還害了自己的孩子……這個畜生！

江氏看著沈中璣，想從他嘴裡聽到一句否定的話。

但沈中璣就只是憐憫地看著她，像是在告訴她，妳猜得沒錯，妳就是黃斌的親生女兒。他找到妳，卻沒帶回家，而是以恩主的身分培養妳、訓練妳，讓妳覺得自己的一切都是他所賜予的。如此，妳才不會覺得所擁有的一切都是理所應當，妳才會心存感激，永不背叛。

閃電劃過厚重的雲層，轟隆隆的雷聲，從天際滾滾而來。一聲聲悶雷震盪著江氏的耳膜，更震顫著她的心。

原來一切的一切，都是自己的父親設下的騙局。她雙拳攥緊，尖利的指甲劃破了手掌，鮮血一滴一滴的落在地上。

她只覺得喉中腥甜，眼前一黑，頓時一股鮮血就從嘴裡噴灑而出。

好一個主子，好一個黃斌……我發誓，一定會讓你萬劫不復！

沈懷孝回到宜園，天已經快黑了。路上泥濘，馬車難以行駛，他幾乎是徒步走回來的。

「怎麼弄得一身泥？你這是又出城了吧。」蘇清河趕緊迎過去，摸了摸他身上的衣裳。「都濕透了，你先去洗洗。」

沈懷孝見兩個孩子坐在榻上，一個在看書，一個在描紅，就低聲道：「我不放心，又去了別院一趟。總得知道大駙馬的想法吧。」他一邊說著話，一邊往浴室走去。

蘇清河跟著他進了浴室，親手替他把濕衣服都脫下來。「你也太心急了些。這雨下得忒大，你就不能等兩天再去問話嗎？」

沈懷孝泡進熱水中，見蘇清河一臉心疼，心裡越發舒服起來。「我一個大男人，沒那麼嬌貴。」

蘇清河跟了過去，親自為他洗頭。「你就是愛逞強。」

沈懷孝也不辯駁，問道：「那兩個小孽障又做了什麼？看他們如此乖巧，就知道肯定是被妳訓話了。」

「這打雷下雨的，他們非要撐著傘去看園中景色，多危險哪。我就把他們關在屋子裡看書、寫字，你沒瞧見兩人都嘟著嘴，萬般不樂意呢。」蘇清河笑道。

「小孩子就是精力太旺盛。妳說，是不是該給兩個孩子請師傅了？」沈懷孝問道。

「師傅就算了，母后的意思是想讓他們去御書房念書。在御書房的都是一些宗室家的孩子，哥哥也把他們家的兩個小子送進去了。我想著，去宮裡也好，他們年紀小，可以上三天、休兩天，還有母后照看著，應該出不了岔子。就算每天想回來，也不是多難的事。」蘇清河輕聲說著自己的打算，就應該把孩子放在適合他們的環境裡。

「琪兒呢？也要放到宮裡？」沈懷孝有些不捨得。

蘇清河就知道會這樣，她笑道：「琪兒如今也是郡主，很多規矩都得從頭學起。她是郡主，但又跟我不同，她是外姓的郡主，想像我這般恣意恐怕不行。要是她跟著我的方式處世，就真把孩子給耽擱了。所以，學習是必須的。」

沈懷孝張了張嘴，到底沒說什麼。閨女大了，總是要嫁人的，也會有自己的丈夫、兒女，會有自己的家需要操持。若不懂人情往來和交際手段，只怕不行。

蘇清河貴為護國公主，她能不想見人就不見人，她有任性的資格，但是到了女兒這裡，終究是不一樣的。沒人敢對蘇清河挑三揀四，但若是閨女如她這般行事，是要遭人詬病的。愛之深，則為之長遠計。沈懷孝點點頭。「聽妳的吧。」

外面兩個小屁孩，完全不知道自己即將被父母踢出家門。見到父母出來，兩個孩子都是一臉的笑意。

「娘，我餓了。」沈菲琪的聲音裡，含糖量絕對超標。「爹爹肯定也餓了。」

蘇清河看了兩人一眼。「都收了吧，差不多該擺飯了。」

沈懷孝上前去看了兒子寫的字，暗暗點頭。字跡雖然還沒有筋骨，但框架不錯，只要再大兩歲，手上有勁了，絕對差不了。

再看看閨女手裡拿的是醫書，又點點頭。姑娘家會點醫術也好，能照顧自己，也能照顧親人。

「都不錯，收了吧。」沈懷孝摸了摸兩個孩子的頭，誇讚道。

石榴帶著下人，已將晚膳擺好了。

沈菲琪歡呼一聲。「竟然是鍋子。」天氣熱了以後，家裡就很少吃鍋子了。

「今兒天涼，正好去去潮氣。」蘇清河看著翻騰的鍋底道。

今日主要的食材就是蝦，自家湖裡產的蝦，個個肥大，肉質鮮美。

「被妳這麼一整治，咱們園子裡可是多了不少出產。不僅能自給自足，還能多出不少收益吧？」沈懷孝打趣道。

蘇清河也不介意別人說她摳門。「我就是見不得浪費。」

她著實費心將園子好好地打理了一番。除了牛、羊、豬之類的家畜沒有刻意飼養，園子裡基本上算是應有盡有了。

除去自家花用的，每年也能有一、兩萬銀子的收入。別的倒也罷了，光是那些名貴的花草，她讓花房的下人仔細分株培育，一年就賺進不少銀子。

宜園的事，一般人是不知道的，但知道的人，沒有不笑話的。有那麼大一個封地的公主，倒計較起銀子來了。

沈懷孝給蘇清河剝了蝦殼，將粉紅的蝦肉放進料碗裡。「是、是、是，妳說得對，浪費是可恥的。」

蘇清河白了他一眼。其實她也覺得自己這樣很可笑，但真心受不了浪費資源。

沈飛麟將嘴裡的蝦肉嚥下，才問道：「爹、娘，您們怎麼跟大姨和大姨丈突然要好起來了？」

這小子消息倒是靈通，不用說，一定是他那群小跟班又給他打探了消息。這馬車出府去了什麼地方、帶走了什麼人，也不是秘密。

沈懷孝瞬間又想起大駙馬的事，臉上的笑意也收了起來。

蘇清河趕緊給兩個孩子遞了個眼色，意思是以後再說。

大公主正在府中，有一口沒一口的喝著燕窩粥，聽著下人的稟報。

「你是說，他們去了沈家的別院，隨後輔國公去了，連輔國公夫人也跟著去了？」大公主不確定地問。

「是的，絕對錯不了。」那太監小聲回道。

「下去領賞吧。」大公主吩咐了一聲。

見人都下去了，大公主才放下手裡的燕窩盞。

如今已經是掌燈時分，沒有大駙馬的消息，她哪裡吃得下？可聽到大駙馬的消息，她心裡卻更加狐疑。

沈家對大駙馬這個黃家人，未免也太盡心了。

第九十九章　求見

丞相府中，諸葛謀坐在黃斌對面，兩人正討論著大駙馬和馬口山兩件事情之間的關聯。

「依你看，是偶然呢？還是……」黃斌臉上和耳上的傷痕還在，所以他這些日子，已經不見人了。而膽敢傷他的那個女人，也已經在牢裡嘗到了痛絕的滋味。

諸葛謀搖搖頭。「若論起時機，確實是太巧了。咱們這邊剛跟皇上翻臉，馬口山就出了事，讓人不多想都難。可是，河流改道也不是一朝一夕就能做到，移山如此浩大的工程，絕不是人力能瞬間辦到的。如今突然山體坍塌，也只能當作是天意了，或許，粟家的氣數還不該絕。」

黃斌臉上看不出喜怒。他心裡是贊成諸葛謀其中一部分觀點的，可說到氣數，他卻是不相信。但萬事都講究個天時、地利、人和，天時排在第一位，也不是沒有道理。在他看來，這件事就是天時之變，非人力可以阻擋。

「你說得有些道理。本來，夏、秋兩季正是運送礦石的好時機，偏偏出了這檔子事，只怕兵器一時難以補足。」黃斌閉了閉眼睛。「看來，天也不助老夫啊。」

「相爺何必在意這一時之得失呢？」諸葛謀笑道：「再慢慢籌劃就是了，只要不被發現，那個地方就是咱們的底氣。」

「老夫最不缺的就是耐心，但是今時不同往日。如今老夫年紀大了，也越發覺得時間緊迫了。」黃斌嘆道。

諸葛謀心裡一嘆。這位主子什麼都好，就是沒有一個可心的繼承人啊。本來，大駙馬是極適合的人選，無論心智還是謀略，都是這些晚輩中的佼佼者。

只是主子對這個孫子的態度卻極為奇怪。要說他不重視這個孫子吧，偏偏讓他尚了公主，成了駙馬；要說重視吧，卻也不見得。祖孫之間不像是爺孫，倒像是主僕一般。

他跟在主子身邊幾十年，知道的機密不算少，但其實不知道的秘密似乎更多。他無心探查，只能將這些疑惑藏在心底。

主子能感嘆自己老了，但諸葛謀萬萬不敢應承這樣的話，他笑道：「含香苑今兒還傳話來說，有兩個姑娘又有了身孕，可見主子依舊是龍馬精神。」

含香苑是黃斌收納美人的地方。別人或許不知道，他卻知道得一清二楚。這位主子是個極無情又好色之人，即便年紀漸漸大了，這點喜好也從未改變。

黃斌臉上果然露出歡喜的神情來，隱隱透出幾分得意之色。

諸葛謀見他心情尚好，不由問道：「依相爺看，那個孩子該如何安置？」

黃斌臉上的笑意微微收了收，又露出一絲懷念之色。「到底是我的親生女兒，就安置在別院裡吧。」

諸葛謀點點頭，心道一聲作孽。高玲瓏也是高門貴女，就那麼被主子給糟蹋了，糟蹋完還利用了一把，只怕她到死也不知道孩子的父親究竟是誰？

江氏這一倒下，就是足足三天。

等醒來的時候，已經在自己的臥室裡了。她躺在床上，聽著外面的蟬鳴鳥叫，就知道早已雨過天晴，可她的心卻再也明媚不起來。

如今，她的腦子裡充斥著的，只有恨，無限的恨意。

紅兒輕手輕腳地進來，見自己的主子躺在床上睜著眼睛，無神地看向窗外，便馬上走了過去。「夫人，您終於醒了，可嚇死奴婢了。」

江氏回過神來，看著紅兒，嘴角露出幾分意味不明的笑意。「水。」她的嗓子又乾又癢，說話並不索利。

紅兒連忙倒了茶遞過去。「夫人慢點喝。」

茶是溫熱的，這丫頭的伺候一向貼心。江氏喝了半盞茶，突然開口道：「紅兒，主子和我，妳更忠於誰？」

紅兒一愣。這個問題她從來沒想過，不由道：「夫人怎麼這麼問？」

見紅兒沒正面回答，江氏的心一點一點地沈下去。原來，她一直都生活在別人的掌控中。她臉上不動聲色，微微一笑，道：「沒什麼，就是問問。」

紅兒狐疑地看了江氏一眼，問道：「夫人是怎麼受傷的？」

江氏垂下眼瞼。「也沒什麼，不過跟國公爺吵了幾句，氣著了。」

紅兒點點頭。「夫人還是得跟國公爺好好相處，不然這樣下去，也不是辦法。」

江氏應了一聲。「妳說得對，我也是這麼想的。」她坐起身來，吩咐道：「妳去請國公爺吧，就說我有話對他說，讓他務必過來一趟。」

紅兒呵呵一笑。「這就對了，夫人。」以夫人的美貌，只要肯低頭，沒有哪個男人會拒絕的。

江氏看著紅兒離開的背影，露出苦澀的笑意。她這一輩子，就是個徹頭徹尾的悲劇。

沈中璣來得很快，他看著靠在軟枕上的江氏，輕輕皺了皺眉。「找我有事？」

江氏抬眼看了看眼前這個男人，說句真心話，這個男人並不壞。

初見時，他年少英俊，溫文爾雅，看向她的眼神，也透著驚豔。新婚之時，兩人也有過耳鬢廝磨，可是，他們終究還是走向了陌路。

她看著這個男人兩鬢花白的頭髮，突然之間，才發現自己也老了。她這輩子汲汲營營，都是為了什麼？

「不說話我就走了，我很忙，沒空跟妳在這裡耗著。」沈中璣轉身道。

「等等。」江氏看著沈中璣的背影，出聲道：「幫我安排，我要見護國公主。」

沈中璣冷笑兩聲，轉過身來。「好大的臉面，護國公主是妳想見就能見的？」

「我有要緊的話要告訴她。你只管安排，我相信她會見我的。」江氏瞪著眼睛，眼裡的冷光一閃而過。

沈中璣認真地看著江氏。「有什麼話，可以由我轉達。」

「你還是別知道的好，有時候知道得多了，未必是福氣。比如老國公爺，就是知道得太多，才會生出了不該有的雜念。」江氏在提到沈鶴年時，語氣帶著濃濃的不屑。

沈中璣深深地看了江氏兩眼。「如妳所願。」說完，毫不猶豫地轉身就走。

宜園

沈懷孝聽到沈中璣來訪，有些驚訝。

蘇清河笑著讓他趕緊過去。「快去看看有什麼事吧。」

一般沈中璣過來，都是來看望兩個孩子的；而今，兩個孩子還在宮裡，顯然就是另有要事了。

沈懷孝點點頭，快步去了前院。

沈中璣正在前院的花廳裡喝茶，從面上倒是看不出有什麼異樣。

「父親怎麼來了？有什麼事打發人過來叫兒子就是了，何苦自己跑一趟？這天氣又濕又熱的，您可得當心身子。」沈懷孝進來，一邊替沈中璣續了茶，一邊說了一些關心的話。

沈中璣心中受用。這個兒子的態度比以前可好太多了。他也不繞彎子，低聲道：「江氏要見護國公主。」

沈懷孝一愣。「黃斌狡詐，難道還能讓她這麼一顆棋子知道什麼隱秘？」

沈中璣表情沈重。「看她的樣子倒不像是作假。畢竟他們相處的時間長了，若在不經意間發現一些什麼，也不是不可能的。」

「她倒是聰明，知道如今唯一可以讓她談條件的人，就是清河了。」沈懷孝冷笑道。

沈中璣抬頭問道：「你要不要先跟公主說一聲？」

沈懷孝點頭。「那父親先回，時間和地點定下來後，兒子會讓沈三通知您。」

沈中璣沒有多留，臨走的時候，又問起兩個孩子的事。「孩子們住在宮裡，會不會不方便？」

沈懷孝有些無奈。「我也想每天都把孩子接回來，但是皇上和皇后不放人啊。兩個孩子如今就待在寧壽宮。」

聖寵太過有時候未必就是好事，他張了張嘴想要提醒一二，卻又想到這夫妻倆都是聰明人，他能想到，難道這兩個人精會想不到？

於是，他只是笑道：「等孩子出宮了，帶過來我見見。幾天不見，可想得慌了。」

沈懷孝也笑著回道：「過兩天就把孩子給您送過去。」

送走心滿意足的沈中璣之後，他連忙轉回內院。

蘇清河聽他說了緣由，就點點頭。「那一切就由你去安排吧，我也想聽聽她還知道些什麼？」

夜晚，華燈初上，蘇清河一身男裝，跟著沈懷孝出了門。

兩人從茶樓的後門入內，直接去了三樓的雅間。裡面伺候的人都分外恭敬，這讓蘇清河有些好奇。

沈懷孝小聲地道：「這裡是咱們的地盤。」

蘇清河有些了然。想來是沈懷孝秘密置辦下的私產，估計賺錢是次要的，打探消息才是主要功用。

「要吃點什麼嗎？」沈懷孝推薦道：「這裡的茶點不錯，這個季節的荷葉涼糕，也算是京城中的一絕了。」

蘇清河不免失笑。「看來兄臺做生意還是很有一套的嘛！」按著季節推出當季的特製茶點，也算是個亮點，還能經營出招牌來，可見是下了工夫的。她壓低聲音笑道：「藏了多少私房錢，儘早交出來，別讓我查到，要不然……哼哼……」

沈懷孝擰了擰她的鼻子。「還真是被妳搜刮得乾乾淨淨了。」

「食衣住行，我都替你打點好了，你還要銀子做什麼？」蘇清河抿了兩口茶。「男人有錢就會變壞，我是為了你好。」

沈懷孝哭笑不得。他現在連荷包裡的銀子，都是每日固定數量的。

兩口子在雅間一邊等人，一邊耍花腔。而沈中璣此時也帶著身罩黑斗篷的江氏，進了茶樓。

沈大只將江氏帶進來，卻把沈中璣安置在另外一頭的雅間裡。

沈懷孝看了蘇清河一眼，才轉身出去。「我就在門外，有事叫我。」

蘇清河點點頭，目送沈懷孝離開。

江氏看著一身男裝的蘇清河，有些驚疑不定。這個女子如此裝扮竟毫無一絲女子嬌柔之氣，端的是闊朗大氣，跟其他幾位公主一點也不相同。

她掀開斗篷的圍帽，露出一張絕美的臉，福了福身。「見過公主。」

「起來吧。」蘇清河也沒有為難人的心思。「坐下說話。」

江氏見蘇清河一臉平和，一顆心更是提了起來。「謝公主賜座。」

第一百章 依仗

蘇清河見她坐下，就主動開口。「妳既然想見我，自然是有話要說，那就說吧，也不用繞彎子。」

江氏四處看了看，彷彿在確認此處是否安全。

「放心吧。」蘇清河搖了搖手裡的摺扇。「我堂堂一個護國公主，還不至於在京城裡找不到一個能放心說話的地方。」

江氏咬牙道：「公主可知道，黃斌最大的依仗是什麼？」

蘇清河笑了笑。「我知不知道不重要，妳只管說妳的。重要的是妳所知曉的內情，究竟是不是有用的？」

江氏抬頭看向蘇清河。「我可以將我知道的一切都說出來，但是，我有一個條件。」

蘇清河呵呵笑了兩聲。「妳現在可沒跟我講條件的實力。妳想說也好，不說也罷，其實都影響不了大局。我想知道的事情，終究有辦法能知道。好比大駙馬，他知道的就未必比妳少。」她看著江氏頓時變了臉色，又道：「不過，妳可以把妳的條件講出來，至於我要不要答應，就看妳話中的價值，是不是能夠讓我網開一面滿足妳。」

江氏攥了攥拳頭。「我的條件就是讓我的兒子成為輔國公世子，公主以為如何？」

蘇清河似笑非笑地看著江氏。「這個條件，我能答應，但就不知道大駙馬敢不敢接下這世子之位了？」

江氏一愣，看著蘇清河。「什麼意思？」

「妳還真是關心則亂。妳的兒子是大駙馬，讓他成為世子不難，難的是如何讓他活著承襲爵位。」蘇清河嗤笑道：「若是駙馬能承爵，我也有駙馬，還能輪得到他？」

江氏抿了抿嘴角。「那我就換一個條件。等事情了結，將黃斌交給我處置。」

蘇清河點點頭。「成交了。」

江氏端起茶盞，灌了兩杯茶水，才道：「我原先並不知道我的主子是誰，但輔國公已告訴我，說我的主子就是黃斌。再加上大駙馬身上的胎記，跟我親生孩子身上的一模一樣，因此可以確定，黃斌確實是我的主子。」

蘇清河心中認同江氏的觀點。畢竟江氏的兒子，就是控制江氏最好的人質，黃斌當然不會把他放在別人手裡。

「黃斌最大的依仗，是一道先帝的聖旨。」江氏低聲道。

蘇清河拿著摺扇的手微微一頓，這才正眼看向江氏。聖旨這東西，有頭有臉的人家估計都接過，且供奉在祠堂了，黃斌得到的這道聖旨又有什麼不同呢？

江氏見蘇清河沒有追問，便著急地道：「這份聖旨是早些年先帝給黃斌的一道方便行事的旨意，要黃斌在海上搜尋無人島嶼，建造可以讓人居住的海島。」

蘇清河腦子瞬間就炸開了。

這就對上了！原來海上基地不是黃斌的主意，而是先帝的高瞻遠矚。

可惜先帝有大好的戰略眼光，卻用錯了人。或許黃斌之前確實是個能臣，但這個另建海島的提議，滋生了他的野心，更被他當成一個進可攻、退可守的手段。

進，可以依靠海島，以及那道方便行事的旨意，吞併天下。

退，則可以占島為王，孤懸海外，讓朝廷拿他毫無辦法。

真是好大膽的狗奴才！

蘇清河的臉色瞬間變得冷冽。

江氏看著蘇清河的神色，見她只有憤怒，卻無驚訝，不由問道：「難道公主已經知道海島的存在？」

蘇清河看了江氏一眼。「當然知道。只是沒想到……是他辜負了先帝。妳繼續往下說吧。」

江氏便繼續說道：「我之前無意間聽黃斌說過，那海上有琉球、呂宋等大型島嶼，足足有咱們行省般大小，還有數不清的小島嶼。他應該是打算在海上稱王。」

蘇清河想了想，又問：「關於那道聖旨，妳可曾親眼見過？」

江氏搖搖頭，露出幾分涼薄的笑意。「他誰也不相信，誰也信不過。這麼要緊的東西，若不是他喝醉酒後，神志迷糊說了出來，我是無論如何也不會知道的。」

蘇清河挑眉道：「妳怎麼知道他不是故意讓妳聽見的？」

江氏搖搖頭。「不可能。」

「為什麼不可能？」蘇清河笑道：「妳聽他說了海上島嶼以後，是不是還覺得他所做的一切都是名正言順？這些年妳幫他，是不是也覺得自己是在順應天意？」

江氏面色微微有些尷尬，反駁道：「我一直以為我的主子是皇家後裔，是繼承天下的正統，才會如此信任他。」

蘇清河一愣。江氏會這麼認為，必然是有人暗示過她，而且不止一次，一定是長時間且不間斷的暗示，才讓她有此認知，並且根深蒂固。如果是這樣，確實沒有刻意透露聖旨的必要了。畢竟皇家正統可比一道被下令辦事的聖旨，讓人信服得多。

這樣一來，江氏的話可信度就非常高。

江氏見蘇清河的表情緩和下來，才道：「此外，他讓我帶走的那個孩子，我也以為他身分尊貴。我以為他想讓那孩子成為名正言順的輔國公，好掌控輔國公府的勢力。」

蘇清河眉頭又一皺。「也就是說，連妳都不知道帶回來的孩子是什麼身分？」

江氏點點頭。「主子一直很神秘，我所看到的主子，也不過是冰山一角。」

蘇清河眉頭深鎖，眼前好似已經解開了謎團，但其中的真相似乎又蒙著一層輕紗，讓人看不真切。

「妳還知道什麼？」蘇清河收回思緒，繼續問道。

「還有天龍寺。此處總讓我覺得邪門，但又瞧不出問題在哪兒，也許以公主殿下的聰慧，能在天龍寺找到什麼有用的線索也不一定。」江氏提醒道。

天龍寺被查封了，可卻什麼都沒查出來，蘇清河還真沒想過要親自去看看。那麼多人都看過了，卻沒發現什麼，難道她就比別人聰明？不過，沒想到江氏又一次提到了天龍寺，這就不得不讓蘇清河再次重視起這個地方。

「我知道了。」蘇清河點點頭，表示自己記住了。

江氏就站起身來。「公主殿下若是還有什麼想問的，可以打發人到輔國公府來。今日就此告辭。」

蘇清河「嗯」了一聲，江氏才轉身離開。

沈懷孝進來的時候，就看到蘇清河正坐在椅子上愣神，他出聲道：「怎麼了？」

蘇清河站起身來。「事情有些棘手，我得馬上進宮一趟。」她簡單地跟沈懷孝交代了一下聖旨的事。

沈懷孝的面色也凝重起來。若真是這樣，那黃斌這些年的作為，都算是合理又合法的了。想要強行辦了黃斌，也不是不行，但一方面要擔心黃斌這些年經營的勢力反撲，一方面又要擔心天下悠悠眾口。

黃斌有了先帝的聖旨在，要解決掉他就更難上加難了，必須從長計議。

「我送妳進宮。」沈懷孝不敢耽擱，陪著蘇清河就往宮裡去。

天色已晚，宮門已經下鑰。

守宮門的將領自然是認識沈懷孝的。「駙馬要進宮？」

沈懷孝搖搖頭，往旁邊讓了兩步，讓身後的蘇清河露出面來。「是公主殿下要進宮。」

護國公主可是有隨時能進宮的權利。守門將領趕緊行禮，並打開了宮門。

沈懷孝沒有陪著進去，只是目送蘇清河離開。

守門將領問道：「駙馬不進去嗎？」

沈懷孝笑得特別客氣。「公主是想孩子了，要進宮去看看孩子。我明兒還得當差，就不跟著進宮了。」

那將領善意地笑了笑。「這倒也是。」誰家的母親離了孩子，心中都會掛念，貴為公主也不例外。

這個理由沒有人會懷疑。

明啟帝和太子粟遠冽還在乾元殿商量政事，就見福順進來道：「公主殿下進宮了。」

自從賢妃成為皇后，福順嘴裡的公主就專指的是蘇清河。前面不加封號，也不加排序，以突顯嫡公主的尊貴身分。

明啟帝抬起頭，笑了笑。「總不會是為了孩子吧？」

粟遠冽搖搖頭。「孩子在娘跟前待著，妹妹可放心了，也許是有跟大駙馬和沈家有關的事情要說吧。」

蘇清河從大公主府帶走大駙馬一事，別人或許知道得並不清楚，但他們父子倆卻是心知肚明。

明啟帝點點頭，吩咐福順道：「趕緊將人接進來吧。」

福順這才笑著退了下去。

蘇清河一進大殿，就舒服地嘆了口氣。

大殿中清涼通風得很，跟外面的濕熱完全不同。

她向父皇和哥哥見了禮，開口就問道：「這麼晚了，父皇和哥哥怎麼還不休息？」粟遠冽扭了扭脖子。「京畿之地接連幾日暴雨，不少地方都有些大大小小的災情，哪裡能閒得下來？」

蘇清河理解地說：「那倒也是。」

明啟帝笑咪咪地道：「妳大晚上的進宮是為了什麼？不會是擔心父皇和母后苛待兩個孩子吧。」

蘇清河搖搖頭。「那就是兩個磨人的小妖精。把他們放在宮裡，有母后替女兒照顧著，女兒樂意還來不及呢。」

「胡說。」明啟帝假意瞪了蘇清河一眼。「哪有這樣當娘的？」

蘇清河嘻嘻一笑。「今兒來還真有事。女兒剛見了輔國公夫人江氏，從她嘴裡知道了一些消息，還請父皇幫忙判斷一下這消息的真假。」

明啟帝臉上的神色馬上就嚴肅起來。「妳說來聽聽。」

蘇清河低聲道：「黃斌手裡有一道先皇給的聖旨。」

明啟帝的手一頓，才點頭道：「知道是什麼內容嗎？」

蘇清河挑眉看著父皇，他的態度倒像是早就知道一般。「是讓黃斌秘密修建海島的聖旨。」

「海島？」明啟帝疑惑地看向蘇清河。「就只有這個？」

不然還會有什麼？蘇清河和粟遠冽對視一眼。這樣的事情還小嗎？

「父皇是不是有事瞞著咱們？」粟遠冽不由得問道。

「朕還以為是禪位的詔書被你們發現了。」明啟帝深吸了一口氣，在兩個孩子開口問之前，就將那些往事說給他們聽。「其他的聖旨和禪位遺詔比起來，分量還是沒法比的。」

禪位遺詔一事，之前蘇清河已聽母后說起過，哥哥也是知情的，但兩人沒料到父皇對禪位遺詔居然如此耿耿於懷，一時都沒有說話。

好半晌，蘇清河才道：「聽說先帝服用的寒石散，會讓人產生強烈的幻覺，在服下藥物的一段時間內，是喪失行為能力的。」說著，她小心地看了明啟帝一眼，才低聲道：「先帝若真有傳位給別人的心思，父皇覺得當時的您，有比那些王伯們更高明、勢力更強大嗎？王伯們都死了，但是您活下來了，這是為什麼？」

明啟帝的嘴角一下子就抿了起來。「妳究竟想說什麼？」

「先帝大半生，都當得起聖明二字。」蘇清河輕聲道：「但先帝病了一場之後，行事就判若兩人。女兒倒是覺得，要麼聖旨是有人在先帝服了藥，神志不清的時候誤導先帝的，要麼就是有人假傳了聖旨……」

「哐噹」一聲，茶杯落地。

明啟帝的手抖成了一團，臉色也蒼白了起來。「真的會是這樣嗎？」

粟遠冽看了蘇清河一眼，才低聲道：「清河的猜測，應該更接近真相。兒子翻看以前的檔案，當時負責大內禁衛軍的，不就是黃斌的長子嗎？而黃斌又是唯一一個能見到先帝的人。他要是忠臣良將，那自然不是問題，可如今看他的狼子野心，再反推回去，假傳旨意的事，他難道幹不出來嗎？」

蘇清河點點頭。「再說了，不管有沒有那所謂的遺詔，如今都過了這麼多年，父皇也早已不是當日的父皇了。在絕對的實力面前，什麼都是虛的，父皇又何懼之有？即便有遺詔，那又如何？要是講究所謂的詔書傳承，哪裡還會有朝代更迭？難道咱們粟家的江山，是前朝傳位得來的？」

粟遠冽咳嗽一聲，打斷了蘇清河的話。再說可就是大不敬了。

蘇清河撇撇嘴，識相地不再說下去。心中卻想著像李世民、趙匡胤這些皇帝，要是等著傳位詔書，這天下哪裡還有他們的分兒啊？

粟遠冽這才道：「皇妹的話過於大膽，但確實是這個道理。這詔書能找到最好，找不到，也不必看得太重。父皇覺得呢？」

「朕……」明啟帝嘴唇不由得顫抖，臉上的表情複雜難辨。

蘇清河看了粟遠冽一眼，繼續道：「如今麻煩的，倒是黃斌手上那道方便行事的聖旨。黃斌只要將所作所為都推給先帝，說是奉了先帝之命，那再想處置黃斌，可就成了『欲加之罪』。而且，所謂的黃斌一黨，究竟有多少是真心投靠黃斌，又有多少只是在遵循先皇的旨意，而這些人又要如何甄別，也成了麻煩。」

粟遠冽皺眉道：「黃斌倒是找了個有力的擋箭牌啊。這道聖旨，必須找回來，不能遺落在外。」

蘇清河點點頭。「自然是要想辦法找回來的。但黃斌刻意隱藏的東西，若想要找到，可謂是大海撈針，還得做好另一番準備才是。」

粟遠冽眉頭一皺，看向明啟帝。

明啟帝暗暗點頭。這兩個孩子做事，還是很可靠的。「你們覺得，什麼樣的罪責，才能一舉滅掉黃斌一黨？」

「通敵！」

「通敵！」

粟遠冽和蘇清河同時出聲道。

他們都想到了耶律虎，想到了戰場上的那場刺殺。那個和耶律虎勾結之人，一定是黃斌無疑。

明啟帝點點頭。「元后歸位，太子新封，是該邀請各國使節前來觀禮。」

蘇清河瞬間明白明啟帝的意思。只有人到了京城，才能想辦法抓住把柄。而她也確信現在的耶律虎，一定會選擇跟她合作。

粟遠冽輕笑一聲。「那隻病虎只怕會迫不及待來求妳呢。」

蘇清河嘴角一撇。「只要他有誠意，讓他好過一點，倒也不是難事。」

只是好過一點，卻不是完全治癒。這丫頭的心還真是歹毒啊！

明啟帝看著兩個孩子，心中是前所未有的放鬆。

聽到是先帝讓黃斌建造海上島嶼時，他內心震驚不已。不管他跟先帝之間有多少誤會，先帝的戰略眼光的確不是他所能企及的。這些年海上貿易的巨大利潤，他不是沒看見，只是沒想到早些年先帝就已經在籌謀了。

他如今要做的就是收回這些島嶼，將先帝沒有做完的事，繼續做完。

兩個孩子若有辦法能夠不大動干戈，便除掉黃斌的勢力，再收復海島，這當然是最好的了。

蘇清河看了粟遠冽一眼，出聲道：「這件事，父皇為什麼不召大哥和二哥來，一起商議呢？」

明啟帝一愣，粟遠冽卻馬上就反應過來。

島嶼孤懸海外，想要管理，著實不容易，遲早會淪為別人的盤中餐。但若是由皇族之人去管理，就另當別論了。

而且，大千歲和醇親王在京城中，未必肯安穩度日，與其將他們放在京城裡折騰，不如發派出去。況且，島嶼要發展，仍舊離不了內陸，只要還需要內陸的供給，他們就不會自立為王。

這對粟遠冽來說，是有益無害的。否則，光是要處理這兩人偷偷下的絆子，就不知要耗費多少精力。

明啟帝看著閨女，眼裡閃過一道光芒。

沒錯，他對老大和老二，還是心存愧疚的，若是放出去，由他們自己當家作主，即便地方小，那也是屬於自己的。再說，那些島嶼也不算小了。

「福順，傳誠親王和醇親王進宮，就說朕有要事相商。」明啟帝吩咐福順。

福順應了一聲，趕緊退下。

公主這招可謂高明，一竿子就把人都支到了天邊去。

福順的見識有限，會這麼想也不足為奇。但真正有遠見的人都知道，這些島嶼意味著多龐大的利益。

第一百零一章 胸襟

大晚上的，誠親王和醇親王接到聖旨都有些詫異。究竟發生了什麼事？兩人也不敢磨蹭，換了衣服就進了宮。

兩人見到蘇清河倒也沒驚訝，事前就已經打探到蘇清河進了宮，心裡也都猜測此次宣他們進來，是不是跟她有關？

明啟帝給誠親王和醇親王賜了座，又命人上了酸梅湯。「你們一路走得急，只怕也渴了，喝一些解解渴吧。」

兩人笑著接了酸梅湯，心中猜測著究竟是發生了什麼事？

明啟帝也沒繞彎子。「清河進宮說了一件事情，朕想讓你們也一起參詳、參詳。」他看著兩人，低聲道：「你們皇祖父早年曾留下旨意，讓黃斌秘密修建海島……」

誠親王手裡的湯碗應聲落地。

醇親王一愣，卻馬上明白了。他也是做了二十多年太子的人，這點見識還是有的。「皇祖父眼光好，卻又不好。」眼光好是指戰略眼光好，不好是指識人的眼光不好。

誠親王收回心神。「父皇贖罪，兒子失態了。這黃斌是想占島為王啊！」

大殿中正說著話，福順就低頭進來。「啟稟陛下，沈駙馬讓人送了一箱子東西進來給公主殿下。」

蘇清河一愣。都這個時候了，他送的是哪門子東西？

明啟帝看了蘇清河一眼。「那就拿進來吧。」

福順招了招手，外面進來兩個太監，抬著一個不大的箱子。

蘇清河站起身來，打開箱子，只見裡面是一疊疊的圖紙，畫的都是海上大小島嶼分布的地圖，正是她現在所需要的。

應該是前段時間猜測出海上有基地時，他就找人畫了這些地圖。

「都下去吧。」蘇清河揮退下人，才轉身對明啟帝笑道：「這可算是寶貝了。」說著，就挑揀了幾張圖紙出來。「這是琉球的圖紙，可能不大準確，但足以作為參考了。」

明啟帝伸手接了過來，將圖紙鋪在御案上，父子幾人圍著圖紙看。

「這占地可不小。」誠親王驚嘆道。

「不光是地域面積大，而且山川、河流無所不有。更重要的是，這地方一年三熟，若是治理得好了，一點也不會比湖廣差。」蘇清河也嘆道。

「湖廣熟，天下足」，光是這句話就道盡了湖廣的富庶。而如今蘇清河將這個不毛之地比作湖廣，可見對這個地方有多重視。

粟遠冽皺眉問道：「如今怕是還差得遠了吧。」

「黃斌經營此地，少說也有幾十年。他手裡有著先皇的密旨，行事方便不受拘束，怕是早已在各地秘密帶走了不少能工巧匠到海島上；更何況這些島上本就有土著居民，算不上是真正的蠻荒之地，再加上黃斌這些年殫精竭慮地治理，也不會差到哪裡去了。雖然與湖廣相比，居民或許過少，但人口的繁衍需要時間，未來還是可以期待的。」蘇清河看著這些地方，眼睛閃閃發光。

她指著島嶼附近的海域，用指尖劃拉著。「這一片……都是咱們的了。」

明啟帝無語地看著閨女。「孩子，那片海放在那裡，也沒人會去拿啊。」她說得好像誰要跟她搶一樣。

蘇清河擺擺手。「海域可比陸地寬廣多了。如今看著沒用，那只是咱們還不會用，沒發現它的妙處，可別等到子孫後代能用了、想用了，才發現沒有可用的海域。」

誠親王點點頭。「皇妹的意思，咱們知道了。」

醇親王應和了一聲，才道：「這些地方必須收回來！」

明啟帝看了兩個兒子一眼。「這就是朕叫你們來的目的。收回這些島嶼是必然的，但之後要如何治理，你們覺得呢？」

誠親王看著地圖，也不由得撓頭。這些海島可謂山高皇帝遠，不論放誰過去，時間長了，都會滋生野心的。

醇親王突然意識到了什麼，眼神灼灼地看向明啟帝。如果能出去，那就再好不過了！他如今的境況十分尷尬，若留在京城，多走一步、多說一句話，都可能被說是圖謀不軌。可到了外面，境況就不同了。若治理好了，那也是屬於自己的一片天下啊。

明啟帝微微一笑，朝醇親王點點頭，道：「你覺得如何？」

醇親王眼圈一紅，跪下身來。「父皇……兒臣謝過父皇。」

誠親王此時才意識到明啟帝的意思，他看向琉球諸島，不由得心生羨慕。

蘇清河又展開另一幅圖紙。「大哥，這個地方如何？就在咱們的東南方。」

誠親王愕然地抬頭。「這是……」此處一點也不比琉球小啊。

明啟帝點點頭。「先帝早年就讓人修建海島，估計也是想把皇子一一送出去，省得兄弟鬩牆。只是後來，先帝病得突然，你們的王伯們也不肯消停，否則，就不會是今天這個局面了。先帝是想告訴子孫們，不要總想著窩裡鬥，有本事就出去闖一闖，開疆拓土，自己闖出一番天地來。如今，朕也是這麼想的，與其將你們圈起來養著，不如都放出去，外面的世界很廣闊，朕相信，朕的兒子都是雄鷹。」

誠親王和醇親王出了宮，直到各自回了府，心裡激盪的情緒才算是稍微平息了一些。

隨後，他們突然發現，父皇這番用的是赤裸裸的陽謀。雖說應承將島嶼劃給他們，但是如今島嶼還在黃斌手上，那麼首先要做的，就是取得島嶼的主導權，必須得把黃斌先拿下再說。

在這個緊要關頭，父皇是不希望他們摻和在裡頭添亂吧。如今，他們的目標一致，那麼就只會成為父皇和太子的助力，而不是絆腳石。

但即便知道明啟帝的打算，他們也認了。還是要賭上一把的，因為這次畫出來的餡餅實在太過誘人。

別看親王爵位高，但過了兩代，就不剩什麼了。可海島不同，那是自己真正的基業，能傳給子孫後代的；而且，海島遠離內陸，完全可以當家作主，可以說是無冕之王。

醇親王寫了一封信，交給黑衣人。「告訴平仁，暫且按兵不動吧。」

蘇清河陪著粟遠冽送誠親王和醇親王出了宮之後，才轉身往回走。

「哥哥可怪我多事？」蘇清河問道。

粟遠冽笑道：「我還不至於連那點心胸都沒有。如今，需要安撫他們，而妳的提議，不管是現在也好，還是將來也罷，都是對我最為有利的；況且這樣一來，父皇的心裡也能好受一些。再說了，海島若要真正發展起來，不經歷幾代人的努力是不行的，往後他們與咱們既不相互干擾，又休戚相關，維持這樣的關係，就足夠了。至於幾代人之後，人家是不是要另立門戶，就不是我該想的事情了。從古至今，從來沒有長盛不衰的王朝，將來的事自有子孫後代操心，我只做好當下即可，強求不來。」

蘇清河笑著點點頭。「哥哥的胸襟不是我能比的。」

粟遠冽哈哈一笑。「妳也別拿好話糊弄我。能走到今天，我也說不上自己究竟是個君子還是小人？他們要是配合，那麼，就乾脆放他們走；他們若是不配合，或者還想著將來再殺回來，我也不會傻傻地放虎歸山。若要攔下他們，手段也多得是，就比如『父母在，不遠遊』，只這一條，這十幾年內他們就走不了；等到能走的時候，年紀也都不小了，也就沒有那麼大的雄心壯志，端看他們自己怎麼選擇了。」

「這樣也好，不可全拋一片心。先帝對黃斌就是個例子，值得警惕。」蘇清河理解地點點頭。畢竟好人是坐不穩這個江山的。

「都說用人不疑，看來有時候，也不是絕對的。」粟遠冽嘆道：「一個帝王最重要的也許就是識人、用人了，黃斌可以說是先皇最大的敗筆。」

「人無完人嘛。」蘇清河回了話，就見前面有人急匆匆而來。

走近了，才看清是萬氏身邊的白嬤嬤。

「看來，是嫂子不放心哥哥了。」蘇清河打趣道。

粟遠冽嘴角牽起一個僵硬的笑意，沒有說話，只是看向白嬤嬤。「什麼事？」

白嬤嬤見了禮，才道：「主子讓老奴問問殿下，今兒回不回東宮？」

粟遠冽沈聲道：「今兒有要事，孤就在父皇的乾元殿借宿了，讓她不用等了。」

白嬤嬤尷尬了一瞬，才轉身走了。

夫妻間的事情，自然沒有外人插嘴的餘地，可蘇清河還是關心了兩句。「哥哥和嫂子，究竟是怎麼了？」

粟遠冽無奈地道：「夫妻也是講究緣分的，只可惜妳嫂子的心思，似乎並不在我的身上。」

蘇清河點點頭。「不管哥哥跟嫂子如何，兩個孩子還要哥哥多加看護。如今東宮人少，再加上嫂嫂的手段也還行，要護住孩子暫時是沒問題的。就怕以後人多了，心大的也多了，那可就麻煩了。」

「我記住了，妳放心吧，牽扯不到孩子身上去的。」粟遠冽將蘇清河送到寧壽宮的門口。「妳快進去吧，母后估計已經等著了。我就不進去了，省得母后又念叨我。」
蘇清河笑道：「哥哥也要多勸著點父皇，都早些歇下吧。」
「知道了。」粟遠冽應了一聲，看著蘇清河進了寧壽宮，才往乾元殿而去。

白皇后果然正等著呢，見了蘇清河就道：「孩子已經睡下了，妳也別過去吵到孩子。」見她一身男裝，又催促道：「妳先去梳洗，再換身衣裳。穿成這樣像什麼樣子？」
蘇清河笑嘻嘻地應了。
她梳洗完，一出來就見桌上已經擺上了消夜。
白皇后盛了一碗荷葉粥遞過去。「先墊墊肚子吧。」
蘇清河也沒客氣，邊吃邊跟白皇后聊天。「孩子沒吵到您吧？」
白皇后瞋了蘇清河一眼。「娘就沒見過那麼乖巧的孩子。有他們在，我和妳父皇每頓飯都能多用半碗，那就是兩個開心果啊。妳若真有孝心，就別總想著要把孩子接回去。」
蘇清河無語地看著白皇后。「哥哥那兒也還有兩個孩子呢，您這樣厚此薄彼怎麼行？再說了，人家輔國公也想見孫子、孫女呢。」
白皇后哼了一聲。「他想見就見？真稀罕孫兒的話，早幹麼去了？」埋怨完輔國公，她又向蘇清河訴苦。「琪兒和麟兒，娘是想怎麼寵都成。可換作是源兒和涵兒，將來的事情……誰說得清楚呢？養在娘這裡，未必就是好事。」
他們是太子的嫡子，將來太子若登上皇位，他們便是嫡皇子。要是讓他們養在白皇后跟前，就相當於得到了白皇后和明啟帝的首肯，一句由「先皇撫育」，就能占盡優勢。將來若兩個孩子的品行和能力都堪當大任也就罷了，如若不能，那才真是棘手。白皇后的考慮，也不是沒有道理。

而自己的兩個孩子，從血緣上來說，算是嫡親的血脈，可終究只是公主的孩子，不姓粟，對誰都沒有威脅。

況且大家都知道，白皇后有一對龍鳳雙生子沒能親自撫養，如今恰好又有一對嫡親的龍鳳胎外孫，親自撫養也沒什麼好奇怪的。

蘇清河點點頭。「還是娘思慮周全。」

白皇后笑道：「娘是想得明白，可有些人不明白啊。」

蘇清河心裡咯噔一下。不用說，一聽這口氣，就知道說的是萬氏。

以前不見面還罷了，如今住得近了，萬氏只怕天天要來向白皇后請安。日日相見，這婆媳矛盾可不就突顯出來了。再加上萬氏的心態始終不對，白皇后心疼兒子，也就對兒媳婦更有意見了。

她可不能再升高這對婆媳之間的矛盾，於是笑道：「哥哥的事，哥哥自會處理，娘就睜一隻眼、閉一隻眼，隨嫂子去折騰吧。」

白皇后瞪了她一眼。「妳以為是我樂意管啊？是妳嫂子自己巴巴地跑過來，求我給妳哥哥物色兩個可人兒。」

蘇清河差點把嘴裡的粥給噴出去。萬氏這是想幹什麼？若想展現她的大度和賢慧，也得用點腦子吧。皇上和皇后兩人一直都是過著兩人世界呢，她這番賢慧，不就反襯出白皇后善妒了嗎？

白皇后冷冷一笑。「宮裡都在等著看我的笑話，都說我這善妒的樣子，連自己的兒媳婦都看不下去了。妳說說，這叫什麼事？」

蘇清河呵呵一笑。「誰愛笑話就讓誰笑話去，不過是一點面子上的事罷了。咱們得了裡子，失點面子也沒什麼，又沒人敢跑過來當著娘的面說這些話。」

白皇后瞋了閨女一眼。「我就是心疼妳哥哥。妳說，我這當婆婆的沒想著給她添亂，她倒是自己添起亂來了。她心裡不光沒有自家男人，連孩子都沒考慮到，只顧著自己的名聲，恐怕她還想著要在史冊上留下一個賢后的美名呢。這添人就意味著添丁，添丁之後呢，麻煩事可就多了，她怎麼能保證，她的孩子將來就一定會上位……」

蘇清河之前聽哥哥提起過，萬氏曾派人偷偷地送信給娘家兄弟，看來是在為以後打算。萬氏想必是要扶持娘家，再以娘家的勢力來當兩個兒子的靠山，好謀奪權勢。而另一方面，她又為丈夫廣納妾室，開枝散葉，以換取賢德的名聲。

還真是什麼都想要！

可萬氏偏偏捨了她最不該捨棄的，那就是自己丈夫的一顆心。

蘇清河嘆了一口氣。萬氏以為自己是聰明人，卻沒想過別人也不是傻子，她的計畫是不錯，但也得有人配合才成啊。哥哥要是真的重用萬家，那才是腦子進水了。

她笑問白皇后。「那您還真要賜人啊？」

白皇后搖搖頭。「我告訴她，他們的事情我不管，我只管含飴弄孫就好。要不然等到她把那點僅剩的夫妻情分給折騰完了，或者讓妳哥哥碰上一個可心的人，又該怨我這個做婆婆的。隨她去吧。」

蘇清河點點頭。白皇后確實是個難得的好婆婆。

用完消夜，睏意襲來，兩人躺在床上，準備就寢。

每次進宮，她都是跟母后一起睡的。

白皇后看著閨女年輕的臉龐，就笑道：「要是實在想孩子，就再生一個吧，趁著還年輕。」

蘇清河無力道：「再等兩年吧，如今還真顧不上。」

白皇后瞪她一眼。「外面亂七八糟的事情，自有人操心，妳只管照看好自己就成了。就算現在不想要孩子，也要先跟駙馬好好地說一說，別鬧得夫妻之間生了嫌隙。」

蘇清河笑了笑。「女兒曉得的。」又打趣道：「娘就沒打算再生一個？」畢竟才四十多歲的人，還是能生的。

白皇后堅定道：「娘跟妳父皇已經商量過了，不再要孩子了。你們兄妹倆有好長一段時間不在娘身邊，爹娘都覺得對不住你們，要是再生一個，難免會多分走一分關注。娘只要守著你們，就心滿意足了。」

這話聽得蘇清河鼻子一酸。「娘，女兒和哥哥都是大人了。況且女兒必須住在公主府，哥哥又公務繁忙，沒時間陪娘，您再生個孩子，也不至於寂寞。」

「娘現在也不寂寞，有那麼多孫子，哪裡會寂寞了？」白皇后十分堅持。「就這樣吧，妳父皇也是這個意思。」

蘇清河只覺得胸口漲得滿滿的。以後，她得常常進宮才行。

東宮裡，萬氏看著油燈爆出一朵朵燈花，心思越發飄忽了起來。

她就算再怎麼後知後覺，也察覺出了丈夫這段時間以來對她的冷落，這讓她感到莫名其妙，心裡又憋悶得慌。

「妳是說，護國公主、醇親王和誠親王都進了宮？」萬氏再一次確認。

白嬤嬤肯定地道：「是啊，主子。朝中應該要有大事發生了。太子殿下這些日子一直在乾元殿處理京畿雨災一事，沒想到剛處理完，就又要出大事了。主子該多體諒體諒太子殿下。」

「我還不夠體諒嗎？」萬氏呢喃道：「他都有多少日子沒到後院來了。」

白嬤嬤勸解道：「主子也不想想，在咱們殿下之前，還有一位前太子。咱們殿下要是做得比前太子好了，那是應該的，但若是比不上前太子，這天下人可都在看著呢。前太子是從小就當成儲君在培養的，咱們太子殿下卻一直都在帶兵打仗，那還不得從頭開始學起啊？這治國可沒有小事的。」

萬氏認真地看了白嬤嬤一眼。「想不到嬤嬤還有這般見識，真是讓人刮目相看。」

「老奴見識淺薄，胡言亂語，主子不見怪就好。」白嬤嬤連聲謙虛道。

「不，要不是白嬤嬤提醒，我還真是沒往這方面想過。妳說得對，這人最怕的就是比較。」萬氏渾身一個激靈。「以前那位太子妃，也是有極好的名聲，雖然後來出了事，但在處世上還是有幾分手腕的。看來，我也不能大意了。」

主子不想著幫忙緩解太子殿下的壓力，只想著要在名聲上壓過前太子妃，沒想到主子還是更看重她自己，這讓白嬤嬤心中感到萬般無奈。她是盼著這對夫妻關係融洽的，但如今看來，還真是不可能了。

「成了，早點歇了吧。明天一早叫我起來，還得去向母后請安呢。」萬氏覺得自己終於有了一個短期的目標。

白嬤嬤已經不想再多說什麼，伺候主子睡下，她就悄悄地退了出去。

第一百零二章 出逃

沈中璣進了書房，見到沈鶴年正坐在裡面，微微皺了皺眉，才笑道：「父親怎麼還沒休息？」

沈鶴年看了兒子一眼，沈聲道：「你最近很忙啊？」

沈中璣呵呵一笑。「父親何必打趣兒子，忙不忙的，都是那麼一點事而已。」

沈鶴年瞇了瞇眼睛。「看來就是不忙了。也對，都還有時間陪妻子逛街呢。」

沈中璣挑眉，心中冷笑。這是江氏出去的事被父親知道了吧。

他坐下來，有些漫不經心地道：「江氏最近身子不好，天氣又熱，胃口也不佳，有家茶樓的茶點不錯，便帶她去嚐了嚐。父親向來不愛吃這些東西，也就沒給您帶回來了。」

沈鶴年盯著沈中璣道：「你知道我要問什麼。」

沈中璣抬起頭。「父親有話就直說吧，兒子是什麼樣的人，您也是知道的。兒子最是老實不過，可沒那麼多彎彎繞繞的心思。」

沈鶴年呵呵一笑。「好一個老實人！我問你，最近你頻繁出入你在城外的別院，所為何事？」

沈中璣搖搖頭。「兒子哪裡有什麼別院，不過是去別人家作客罷了。」

沈鶴年面色微微一變，他強壓下心頭的怒火。「聽說，大駙馬也在別院中，連江氏都去過了，你還不說實話？」

「父親對兒子尚且沒有一句實話，怎能指望兒子對父親說實話呢？」沈中璣淡淡地道。「想要實話也不難，您只要告訴我，您這些年究竟想幹什麼？江氏緣何來到咱們家？您究竟知不知道她背後的人是誰？你們之間又有什麼樣的協議？兒子如今是輔國公，要求知道這些事情也不為過吧。」

沈鶴年狠狠地閉了閉眼。「知道這些，對你並沒有益處。」

「總比毫無察覺的送死好。」沈中璣的眼神彷彿惡狼。「我也有兒子和孫子，我得讓他們清清白白地活下去。」

沈鶴年的身子往椅背上一靠，臉上布滿陰雲，滿臉的皺紋讓他整個人顯得蒼老許多。

「你一定要知道嗎？」

沈中璣沒有回答，但眼神卻格外堅定。

沈鶴年搖搖頭，才道：「為父是被迫的，才不得不與那個人合作。」

沈中璣心中一驚。既然是被迫的，想必父親是有什麼致命的把柄被抓住了吧。

沈鶴年閉著眼睛，繼續道：「你可能不知道先帝究竟是怎樣的一個人。」

「先帝是位難得的明君。」沈中璣沈聲道。

「不僅是明君，還是個野心勃勃的明君。這樣一個帝王，又怎會容得下始終把持著軍權的鐵帽子勛貴？」沈鶴年失笑道。

沈中璣面色一變。「難道先帝想削了咱們沈家的爵位？」

沈鶴年點點頭。「倒不會完全收回爵位，但鐵帽子是保不住了。」

沈中璣不由得問道：「您究竟做了什麼？」

沈鶴年沈默良久才道：「先帝幼年登基，沒有人扶持，你可以想像那會有多艱難。早些年，先帝為了收回權力，跟朝臣爭鬥，將那些託孤之臣都鬥了下去。之後，又被敵國環伺，好不容易天下承平，皇子們也都陸續長大了，他又要跟兒子們鬥。要不是先帝一直騰不出手，又患了突如其來的病痛，輔國公府和良國公府早就被先帝給削得一點也不剩。

「當年，皇上早早將懷玉定為太子妃，又將高家的女人定為皇后，其實都是先帝默許的。先帝知道自己削爵的意圖已經被為父和良國公知道了，可先帝那時疾病纏身，無力再鬥，又怕兩大國公府會有異心，這才放任皇上的所作所為。既然除不了兩大國公府，那只好拉攏安撫。」

沈中璣臉色一白，問道：「父親知道要削爵的時候，不會是已經準備謀反了吧？」

沈鶴年點點頭。「當時黃斌是先帝的心腹，先帝讓他盯著輔國公府和良國公府，因此，為父還來不及行動，就被黃斌抓住了把柄。為了這一大家子，為父只好犧牲你一個，卻也是最無奈的選擇了。」

沈中璣露出嘲諷的笑意。「不僅如此吧？以兒子對您的瞭解，若沒一點好處，您絕不會答應合作；要是真被黃斌踩住了痛處，您只會想方設法殺了他，而不會讓證據留在他手上。若是兒子猜測得沒錯，一定是黃斌先找您談判，開出的條件又讓您十分動心，所以，他為了表示誠意，就將手裡的證據還給您；而您，則是主動選擇與他合作的，這才是父親您做事的風格。」

沈鶴年猛地睜開眼睛，直直看向沈中璣。「都說知子莫若父，在咱們家倒是反著來，成了知父莫若子。我這個當爹的錯看了你，沒想到你倒是把老子給看了個透澈。」

沈中璣呵呵一笑。「父親不準備往下說了嗎？」

沈鶴年又看了沈中璣一眼，才接著道：「如果咱們有一片屬於自己的土地，你還甘心做這個輔國公嗎？一個逐漸被架空的輔國公。」

沈中璣吁了一口氣。「您這麼在意瓊州的水師，該不會您說的那片土地，就在海外吧？」

沈鶴年驚訝地看了沈中璣一眼，有些可惜道：「幾個兒子當中，就數你悟性最高。」

沈中璣眼裡閃過一絲嘲諷。他的正妻之位是一筆交易，他的嫡子成了犧牲品，他也不過是父親擺出來應付世人的表相。只要他始終是懦弱的、無能的，那麼輔國公府給人的感覺就是無害的。因為沒有一個優秀的繼承人，就不足以構成威脅。

海外的基業再大，在父親的計畫裡，一切都是與他無關的。難怪這些年四弟以管著庶務為由，天南地北的跑，四弟不是在跑生意，而是在想辦法經營那片海島。

原來，這才是真相。

沈中璣無力地嘆了口氣。「父親想怎麼樣，就怎麼樣吧。」

反正黃斌已暴露了身分，江氏也把自己知道的都告訴了護國公主，那麼海島的計畫，估計是無法成事了。

父親所做的事，終究也瞞不住的，但願憑著自己曾經告密的功勞，可以讓皇上網開一面。只要能讓子孫後代活下來，就是最大的福分了。

至於父親的那些野心，他不過恥笑一聲罷了。

沈鶴年看著沈中璣漸漸緩和下來的臉色，追問道：「看你這幾天的動作，就知道黃斌想成事是不大可能了。為父所做的事情，自然會一力承擔，都已經活了這麼一大把年紀，也夠本了。你這一房，為父是不擔心，有公主護著，罪責也落不到你們身上。為父唯一放心不下的，就是其他幾房，別的為父也不敢求，只希望你能想想辦法，好保住他們一條性命。」

沈中璣差點沒直接掀了桌子。「您先是打算造反，後又打算自立為王，如此機密之事，還被黃斌知道了，此時才想起要善後，會不會太晚了些？這樁樁件件都是要誅九族的罪過，現在卻叫兒子想方設法保住這麼多人的性命，您可真是看得起兒子啊！」

沈鶴年露出幾分頹然之色。「這也是沒辦法的事，手心、手背都是肉啊。」他站起身來。「罷了，萬般都是命，半點不由人，只當為父什麼都沒說吧。」他嘆了一聲，轉身出了門，背影佝僂，腳步也有些踉蹌。

沈中璣看著父親的背影，不免心酸了起來。可這讓他該如何跟瑾瑜開口啊？他不是心狠之人，難道真要看著一家老小送死不成？

外面傳來腳步聲，隨從急匆匆地進來道：「國公爺，二爺來了。」

「瑾瑜？」沈中璣一愣。都這麼晚了還過來，難不成有什麼要緊事？「趕緊請進來。」

隨從點點頭，小聲道：「二爺是悄悄來的。」

沈中璣面色一變。「小心安排，別走漏風聲。」

那隨從應了一聲，才轉身出去。不一會兒，就將一身黑衣的沈懷孝帶了進來。

「出什麼事了？」沈中璣遞給沈懷孝一杯茶，趕緊問道。

「您知道四叔去哪裡了嗎？」沈懷孝灌了一杯水，問道。

沈中璣愣了一下。「不是帶著你四嬸和孩子避暑去了嗎？今兒才出的門，去了城外的莊子上。你四嬸最近身子不好，去莊子養一養也好，那裡清靜又涼快。」

沈懷孝深深地看了沈中璣一眼，見他是真不知道，才道：「四叔沒去城外的莊子，而是一路往南走了。他們一家輕車簡行，行色匆匆，如今只怕已經到通州的碼頭。一旦上了船，可就一路南下了。」

沈中璣愣了半天，才道：「他這是想幹什麼？」

沈懷孝無奈地道：「兒子已經打發人去追了。收到消息的時候，兒子還挺納悶，四叔拖家帶口的，又十分低調，也不告知親友要南下，不知是要去何處，因此這才過來問問。」

沈中璣想起沈鶴年剛才說的一番話，說是要他想辦法庇護其他幾房，根本是在打掩護。他面色鐵青，咬牙切齒地道：「他這是想逃，想往海上逃！」

四房一旦出海，他們這些留下的人，可就只能等著送死了。而這一切，都是沈鶴年，是自己的父親一手造成的。真是好狠的心啊！難道他們就不是他沈鶴年的兒孫了嗎？

虧得剛才他還心軟，想著一旦事發，該怎麼保全這一大家子的人？可現實就是這麼殘酷，狠狠地甩了他一巴掌。他不該對這個父親有所期待的。

沈中璣越想越是惱怒，一巴掌將几案上的青瓷瓶打落在地，手上也被劃了一道血口子，血一點一點的落在地上。

沈懷孝嚇了一跳。「父親，您這是……」他趕緊喊了人來。「拿藥來，別聲張。」他看著沈中璣道：「有什麼事您說出來，還有兒子擔著呢，您何必傷了自己？」

沈中璣苦笑一聲。「一定要把你四叔給攔下來。」

沈懷孝沒有多問，只叫了沈大進來，細細地叮囑一番，讓沈大趕緊去安排。交代完後，他才開始替沈中璣的傷口上藥。「您放心，沈大已經去通知沈三了，沈三辦事一向穩妥；他們又都是咱們沈家出來的人，口風緊得很。」

沈中璣這才點點頭，道：「你辦事，我放心。」

沈懷孝將沈中璣的傷口細細地包紮好，才問道：「究竟是怎麼一回事？」

沈中璣動了動嘴唇，半晌，才艱難地道：「你祖父跟黃斌有所牽扯。」

這不是早就知道的事嗎？若沒有牽扯，江氏也進不了門啊。沈懷孝坐下來，看著父親，等著他接下來的話。

沈中璣本想隱瞞一二，可事關一家子的性命，讓兒子知道得清楚一點，日後才好處理。他也就不再瞞著，將事情的來龍去脈，交代得一清二楚。

沈懷孝眉頭皺得都能夾死蚊子了。他從來都不知道，原來自己的祖父有這樣的雄心壯志。這些年，祖父倒是演了一齣好戲，把一家人全都蒙在鼓裡，就連剛才，都還在打悲情牌，企圖為他的四兒子沈中珏掙取脫身的時間，想必父親一定很寒心吧。

「他這是拿好幾房人的性命，換取你四叔在海外稱王的機會啊。」沈中璣臉色頹然，這個打擊對他來說還是太大了一些。

沈懷孝嘆了一聲，安慰道：「我想，祖父還不至於無情地看著一家子陪葬。他是相信有護國公主在，皇上總不會要了沈家一家子的命。而這個家裡，也只有他和四叔直接參與了海外一事，他老了，走不了了，卻希望四叔那一脈能活下去吧。」

「可他憑什麼讓一家子不能清清白白地活著？你是吃了多少苦、受了多少罪，才有了今天？琪兒跟麟兒更是無辜的稚子，難道要讓他們因為自己的姓氏，一輩子抬不起頭來？還有你哥哥，雖然是府裡的世子，也有幾分小心思，但為人卻還算老實，沒幹過什麼虧心的事，我不能看著他將你們兄弟毀了，還將幾個孩子的前程給斷送了。」沈中璣嘴唇顫抖，渾身緊繃，猶如一頭困獸。

沈懷孝倒了一杯熱茶遞過去。「父親，您別著急，等攔住四叔，我就先將他看押起來，咱們再來商量對策。而且，依父親所言，四叔這些年一直在打理海島，海島上的情形他一定是最瞭解的，這未嘗不是個將功贖罪的好機會。」

沈中璣點點頭。「你看著安排吧。」

沈懷孝站起身來。「那孩兒先去處理事情，您早點歇著，別多想，萬事有兒子撐著。」

沈中璣牽強地笑了笑。「去吧，凡事小心點。」

第一百零三章　孩子

白皇后起得早，起來的時候，蘇清河也只是睜眼瞄了瞄，就繼續睡了。

梅嬤嬤扶了白皇后去梳洗，才笑道：「咱們公主在外面誰不說厲害，一點也不輸給男兒，可一到了親娘跟前，還是嬌憨得很呢。」

白皇后也笑道：「她那是在外面裝模作樣唬人的。不過，看她這樣子，就知道和駙馬過得極好，我也能放心了。」

「咱們公主聰明又漂亮，還給沈駙馬生了兩個大寶貝，怎麼寵著都不過分。」梅嬤嬤替白皇后梳了頭髮，又挑起首飾。

「簡單點就好。」白皇后看著銅鏡中的自己，滿意地點點頭。「讓人去傳早膳吧，兩個孩子也該起了，我帶著孩子先用膳。那丫頭還有得睡呢，等她醒了再吃吧。」

梅嬤嬤笑著應了。

沈菲琪和沈飛麟進正殿時，早膳已經擺好了。

「外婆，聽說我娘來了。」沈菲琪笑著跑過去，問道。

「嗯，妳娘是隻大懶貓，還沒起呢。」白皇后呵呵地笑。「要不要進去看看？」

沈飛麟拉了拉沈菲琪。「娘昨晚進宮，肯定是有要事，今日才會睡得晚了，孫兒們就不打攪，中午回來見也是一樣的。」

「是啊。」沈菲琪馬上應和道。

白皇后越發地歡喜起來。

直到吃完飯，兩個孩子往外走，才湊在一起嘀咕著。

「你怎麼不讓我去看看娘？」沈菲琪低聲問。

沈飛麟白了她一眼。「妳怎麼不長心眼呢？我剛才說的是實話，娘肯定累了，妳一進去，娘就睡不成了。再說了，外婆對咱們多好，妳心裡再怎麼想娘親，也要做出一點樣子來，否則，豈不是白費了外婆的一片心意？」

沈菲琪這才了然。「果然還是你的心眼多。」

沈飛麟還要說些什麼，就見萬氏帶著人，浩浩蕩蕩地朝寧壽宮而來。

沈菲琪和沈飛麟既然已經看見了萬氏，就沒有視而不見的道理。兩人規規矩矩地站在邊上，等到萬氏近前來，才行禮問安。

「舅母安好。」兩人異口同聲，嗓音帶著孩童特有的軟糯。

萬氏臉上揚起熱情的笑意。「快別多禮。」她語調溫柔。「下學了，就跟表哥他們一起到東宮來玩吧。」

沈飛麟笑著點頭。「等課業少的時候，一定去叨擾。」卻沒說下學以後就會過去。課業少的時候，究竟是什麼時候，誰知道呢？

這推脫的話說得讓人連一點防備都沒有。跟著萬氏的白嬤嬤看了兩個孩子一眼，心中想著還真是人精啊。

萬氏的臉上依舊笑盈盈。「好，舅母等著呢。快去吧，再耽擱就該遲了。」又吩咐跟在兩個孩子身邊伺候的人道：「小心照看好你們主子。」

沈飛麟這才拉著沈菲琪快步離開。

萬氏看著兩個孩子的背影，不由得問道：「嬤嬤怎麼看？」

「爹娘都是聰明人，孩子又怎麼會笨呢？」白嬤嬤低聲道。

萬氏點點頭。「源兒老實，涵兒跳脫，可都壓不住這孩子。」

白嬤嬤心裡一跳。「終歸是沈家的孩子，也算是名門貴胄了，應曉得君臣之禮。」她在提醒萬氏，人家孩子再怎麼出色，也不是粟家的孩子，沒什麼大礙。

萬氏笑了笑。「我明白的，嬤嬤。」

白皇后送走了兩個孩子，就聽到下面的人來稟報，說是太子妃來請安了。

「不是說不用天天過來嗎？」白皇后看向梅嬤嬤。

「這也是太子妃的孝心。」梅嬤嬤哪裡不知道自己主子的脾性是喜歡清靜自在的。

萬氏進來給白皇后見了禮，才笑道：「母后昨晚睡得可好？」

白皇后點點頭。「挺好，難為妳這麼一大早的過來請安。東宮的事情也不少，妳抓緊正事去忙吧，不用每日都特意過來一趟。」

「那怎麼成呢？」萬氏笑道：「兒媳還年輕，走兩步就到了，累不著的。」

萬氏是在暗示自己沒有坐肩輿，乃步行而來。

如果萬氏是真心誠意的，她也許會感動。但這明顯是在利用她這個婆婆，來換取萬氏自己的好名聲，萬氏這樣的行為讓她心裡如同吃了蒼蠅般，覺得反感。而且，這才剛做了一天，就急於表功，是不是太急切了一些？

白皇后沈默半晌，才道：「難為妳了。」難為妳能想到這個法子，還真把我這個婆婆當成傻子了。

萬氏溫婉地笑了笑，問道：「聽說皇妹昨晚住在宮裡，怎麼沒瞧見人呢？」

「還睡著呢。」白皇后的語氣透著寵溺。「妳們都還年輕，正是貪睡的時候，所以妳自己也別太要強，還是身子要緊。」

萬氏呵呵一笑。「母后放心，兒媳習慣了。」

白皇后覺得自己再說什麼都是白搭。萬氏的固執，真讓她覺得分外無力。

萬氏又興致勃勃道：「母后，要不要出去走走？御花園的花開得正好呢。」

可御花園的人也多，這宮裡大大小小的妃嬪，看著就心塞。她自己宮裡就有比御花園更美的園子，還出去轉什麼啊？

若應承下來，她是不樂意的；不應承下來，又擔心會傷了萬氏的面子。

蘇清河在裡頭聽了幾句，便趕緊出來緩頰道：「娘這是要去哪兒？我還沒吃飯呢。」

白皇后吁了一口氣。「那就等妳吧。」等閨女吃完，外面就熱了起來，也不用出去了。

蘇清河點點頭，朝萬氏打招呼。「嫂子也在啊。」然後一臉疑惑地問道：「寧壽宮的園子不是挺好的，幹麼出去？御花園裡那麼多人湊著熱鬧，哪裡還能賞景？」

萬氏想幹什麼她不管，但別想拉著母后做不願意做的事。她就心直口快一次又如何？

萬氏一僵。「嫂子這不是怕母后總看同樣的景，看悶了嗎？」

蘇清河一副沒心眼的樣子，點點頭。「嫂子說得也對。」她轉頭看向白皇后。「娘，妳悶了嗎？」

白皇后險些笑出聲來，瞪了閨女一眼。「妳娘我忙著呢，不悶。」說著就吩咐梅嬤嬤。「今兒晌午咱們吃個團圓飯，一會兒我親自下廚，妳先去讓廚房準備著。」

蘇清河眼睛一亮。「我跟嫂嫂去幫娘吧，晌午也把父皇和哥哥都請過來。」

白皇后開心地應了。「也好，難得湊在一起吃頓飯。」

萬氏看著這樣的一對母女，只覺得自己跟她們格格不入。

飯菜剛好，幾個孩子就下學回來了。

沈菲琪和沈飛麟一路走著，臉蛋曬得嫣紅，而源哥兒和涵哥兒則讓奶娘抱著。

萬氏看了蘇清河一眼。這也太放縱下人了，怎能讓才這麼一點大的孩子，就這樣在毒日頭底下走著呢？

蘇清河面色不改，只是讓沈菲琪和沈飛麟趕緊喝了碗溫熱的解暑茶。「都先去洗洗，換身衣裳再來。」

兩個孩子見有外人在，也沒撒嬌，乖巧極了。

涵哥兒扭著身子想下來，朝著萬氏直叫「母親」。

萬氏臉上帶了笑意。「今兒學的可都懂了？」

涵哥兒點點頭。「懂了，師傅還考校了，孩兒得了師傅的誇讚。」

萬氏臉上的笑意越發濃了。「那就好。源兒呢？」

源哥兒到底大了幾歲，回話也穩重了些。「回母親，師傅教導得極好，兒子都懂了。」

涵哥兒從奶娘懷裡下來，走到萬氏跟前道：「先生就誇了孩兒和哥哥，表弟也很好，但師傅卻沒有誇呢。」他一臉不平的樣子。

萬氏眼角透著幾分自得的看向蘇清河。「皇妹，妳看這孩子……」她歉意地看了蘇清河兩眼，才對涵哥兒道：「以後要多讓著表弟一點，知道了嗎？」

白皇后看得心窩子疼。麟兒有多機靈，她早就察覺了，這孩子不過是在藏拙，從不在外面出風頭。可萬氏這般說話，又是什麼意思？

蘇清河拉了白皇后的衣袖，不讓她說話。自己的孩子，還真是不能出這個風頭。

源哥兒不贊同地看了萬氏和弟弟一眼，對蘇清河拱手道：「姑姑切莫責罰表弟，姪兒之所以被誇讚，完全是沾了父親的光，並不是姪兒比別人高明。」

這話一出，蘇清河就挑挑眉。這孩子倒是一身君子之風，有些磊落之氣。她笑道：「只源兒這一身坦蕩的胸懷，就值得讓先生讚一聲了。」

源哥兒頓時臉一紅，深深地鞠了一躬。

蘇清河還真沒想到，萬氏會生出這樣一個好兒子。

明啟帝哈哈笑著進來。「咱們源兒確實是有一股子君子之風。」

跟在明啟帝身後進來的粟遠冽，揉了揉長子的腦袋，眼神裡滿是肯定。為君者，最忌諱的就是沒有容人的胸懷。如今這個孩子，已具備了一個為君者最基本的素質。

涵哥兒不服氣地反駁道：「哥哥這麼說，豈不是說師傅不公道？」

這世上哪有絕對的公道。他們是太子的嫡子，不管是誰家的孩子，都不敢勝過他們，這是家裡早就教導過的。可弟弟的問話，讓源哥兒一時間不知該怎麼回答。

沈飛麟拉著沈菲琪過來，兩人都已換了衣裳，他笑嘻嘻地道：「大表哥是在替麟兒開脫呢，怎麼二表哥倒拆起臺來了？二表哥非得讓母親揍麟兒一頓不可嗎？」

涵哥兒一愣，也覺得好像是這麼一回事，便不好意思地笑了笑，直往萬氏懷裡鑽。

源哥兒感激地看了沈飛麟一眼，謝謝他的解圍。

沈飛麟衝著源哥兒眨眨眼，然後湊到蘇清河身邊。

蘇清河心疼地摸了摸兒子的腦袋。即便孩子之間再親近，也已經有了尊卑之別，這是一個不得不面對的問題。

白皇后抱起了沈菲琪。「趕緊入座吧，孩子們只怕是餓了。」

明啟帝這才坐下來，他看向源哥兒和涵哥兒的眼神，透著一抹深思。

萬氏沒有入座，只是站在一旁布菜，即便白皇后讓她坐著用膳，她也堅持要伺候。

粟遠冽輕聲道：「那就讓她伺候吧。兒媳婦伺候婆婆，本也是應該的。」

白皇后看了兒子一眼，在心裡嘆了一口氣，到底沒再多說些什麼。

萬氏伺候得極為周到，連幾個孩子愛吃的也照顧到了。

「爹爹今兒一個人吃飯嗎？」沈菲琪小聲地問蘇清河。

這孩子總是跟她爹最親近。蘇清河有些吃醋地道：「娘已經打發人給妳爹爹送飯了，餓不著他。」

沈菲琪點了點小腦袋，默默地扒飯。

明啟帝聽見兩人的說話聲，便出言道：「瑾瑜最近也不是很忙，接待使臣的事情，就交給他辦吧。」

「不是有理藩院嗎？」蘇清河不由問道。

「父皇的意思，是讓理藩院協助即可。」粟遠洌頗有深意地看了蘇清河一眼。

蘇清河一愣。難道理藩院這麼個不打眼的衙門，也不乾淨？她點點頭。「兒臣一定讓駙馬好好當差的。」

「外公，這次會有哪些小國的使節要來？」沈飛麟狀似無意地問道。

明啟帝笑道：「真是混帳話。什麼小國、小國的，讓人家聽見了，可會覺得咱們瞧不起人。」他嘴上罵著，心裡卻是有些高興。「看來得讓師傅們再給你們加加課，不然真要鬧笑話了。」

粟遠洌瞪眼看著沈飛麟。「舅舅讓你看的書，看來你是沒好好看了。」

「沒顧得上看呢。」沈飛麟吸了吸鼻子道，他對這個朝代，確實還生疏得很。

第一百零四章　遮羞

沈懷孝在衙門裡，看到沈大遞進來的食盒，不由露出溫暖的笑意。

沈大將食盒打開，一股酸辣之氣撲鼻而來。「夠味，正好開胃。看來公主還是不放心主子，知道您最近胃口不好，特地讓人送來飯食。」

沈懷孝笑了笑，心裡也覺得熨貼極了。

兩人剛吃完飯，就見沈三渾身汗涔涔地進來。「主子，攔下來了。」

沈懷孝站起身來，問道：「人呢？」

沈三又走近了兩步，低聲道：「在咱們的莊子裡。」

「四叔知道攔下他的是咱們嗎？」沈懷孝問道。

沈三搖搖頭。「不知道，我從白遠兄弟那裡要了個腰牌，他以為咱們是宮裡的人。」

沈懷孝皺了皺眉。這不是欲蓋彌彰嗎？可他見沈三一身的汗，到底不忍心責怪。「那就好。你先回去歇著，下午我再帶著沈大過去一趟。」

沈三也確實累了，就點點頭，退了下去。

沈懷孝帶著沈大趕到莊子的時候，已經傍晚了。

守著莊子的人，都是沈懷孝的人，一見他來了，莊頭馬上迎上去。「主子。」

沈懷孝將韁繩遞過去，問道：「人呢？」

「在密室裡。」莊頭小聲稟報。「女人和孩子都安置在另一個空院子裡，吃穿用度皆沒有苛待，只是讓人守著。」

沈懷孝點點頭。「帶我去見見沈中珏。」

莊頭連忙在前面領路。

沈中珏坐在黑暗裡，面上極為平靜，心裡卻亂成了一團。這次出行雖然倉促，卻十分隱密；而且，這些年他一直扮演著不受待見的繼室之子，他這樣一個小人物，誰會盯上他？帶頭的黑衣人身上有宮裡的腰牌，可既然蒙了面，那就是不想讓人識破身分，露出腰牌豈不是多此一舉？那麼，可以肯定，這個人根本就不是從宮裡來的。既然不是宮裡的人，那誰會盯著他的一舉一動？又或許不是被人盯上了，而是被熟人識破了。

他的腦子裡瞬間閃過兩個可疑的人，一個是沈中璣，一個是沈懷孝。這兩父子可都不是省油的燈。

想到這裡，他就不由得為自己的妻兒擔心。若是落在沈中璣手裡，應該沒有大礙，他清楚自己的大哥不是個心狠的人；但若是沈懷孝，可就難說了，這個姪兒他一直都看不明白。

暗室的門悄悄地被打開，微弱的光線透了進來。

沈中珏瞇了瞇眼睛，適應了一下光線，才靜靜地盯著門口。「來人是大哥還是姪兒啊？瑾瑜，是你嗎？」

沈懷孝挑挑眉。果然被識破了！他朝內走了兩步，才道：「四叔安好。」

沈中珏呵呵一笑。「我就說嘛，咱們家也就數你最有本事。」

「四叔客氣。」沈懷孝順勢坐在沈大搬來的椅子上。「四嬸那裡你儘管放心，姪兒會照顧妥當的。」

沈中珏瞇了瞇眼。「你敢威脅我？」

「四叔為何會這樣想？」沈懷孝呵呵一笑。「您可真是以小人之心，度君子之腹了。四嬸一介女流，又是長輩，姪兒可沒有拿長輩撒氣的道理。況且堂弟、堂妹尚且年幼，姪兒怎麼忍心讓他們受苦呢？」

天地良心，他說的是真話，但他知道，四叔未必會相信。

果然，就見沈中珏的身子猛然往椅背上一靠。「比起你父親，你還真是心狠手辣。」

沈懷孝不屑地反駁，便順著他的想法道：「四叔居然指望一個在戰場上差點死過幾次的人，有仁愛之心嗎？」

戰場，那是個視人命如草芥的地方，能從戰場上存活下來的人，哪個不是從屍山血海中拚殺出來的？殺人於他們而言，根本不算什麼。沈中珏平復了心中的雜念，沈聲道：「你想從四叔這兒得到什麼？」

「那就看四叔能拿出什麼了。」沈懷孝漫不經心地道。

「我知道的其實十分有限。」沈中珏鄭重地道。

沈懷孝無所謂地一笑。「四叔既然選擇離開，就知道事情已經曝光了。其實對姪兒來說，也不過是早知道和晚知道的差別，不是非由四叔來說不可。再說，若是姪兒直接將四叔交出去，不就能落個大義滅親的名聲。再加上父親這些年為皇上辦事得力，輔國公府或許還是可以保下來的。大不了被奪去了世襲罔替的資格，可即便如此，以沈家的財富，也可保五代之內生活無虞。四叔猜猜看，在祖父的心裡，是沈家要緊，還是你這個兒子更重要？」

沈中玨倒吸一口涼氣。他自己的父親，他怎麼會不知道？閉了閉眼，他輕笑道：「瑾瑜，你贏了。」

沈懷孝隨意地靠在椅背上，帶著幾分慵懶。「所以啊，四叔最好跟姪兒合作，姪兒可不想將這些事公諸於眾，讓我的兒子背負了這樣一個父族。」

沒錯，有一個生了反叛之心的父族，即便母親是護國公主，孩子們也一樣會被皇家忌憚，甚至防備。沈懷孝幫他脫罪的可能，會比拿他定罪的可能要大得多。

沈中玨心中一定，笑道：「讓人拿紙筆來，我把我知道的都寫出來吧。估計你也不能在這裡待太久，否則，該有人要起疑了。」

沈懷孝站起身來。「四叔就先在這裡委屈幾天，對四叔來說，外面可不安全。四嬸那邊你不用擔心，一切都好。」

沈中玨瞬間面色一變。是啊，他知道得太多了，黃斌是不可能會放過他的，他現在最需要的，就是沈懷孝的保護。

「姪兒的人才剛將四叔帶走，就有一撥黑衣人追著姪兒安排好的替身而去了。四叔，好自為之吧。」說完，沈懷孝就起身離開了。

沈中玨冷汗淋漓。如果沈懷孝沒有搶先一步帶走他，他早就被人給滅口了。他暗自咬牙，在心中罵道：黃斌，你這個老匹夫！

沈懷孝出了暗室，見天色已經黑了下來。他想蘇清河應該已經回府了，也就不耽擱，急忙往城裡趕。

沈大有些不解地問：「主子，沈三並沒有說還有一撥黑衣人，您是怎麼知道的？」

沈懷孝瞪了沈大一眼。「怎麼連你也犯起蠢來了？黃斌就算要派刺客，也必然安排得十分隱秘，以避人耳目，哪裡會如此光明正大地追殺？」

「也就是說沒有什麼黑衣人了？」沈大瞪眼道：「您這是在訛四老爺。」

「沒有黑衣人，也不意味著沒有刺客。」沈懷孝道：「只不過這樣說更能刺激四叔罷了。」

「您就不怕被四老爺拆穿？」沈大問道。

「四叔是傻子嗎？只要把話遞過去了，他就能想到黃斌定不會放過他，至於有沒有黑衣人根本不是重點。」沈懷孝用馬鞭指了指沈大。「以他對黃斌的瞭解，他自然很快就明白了自己的處境。」

沈大點點頭。「受教了。」

黃斌看著眼前的黑衣人，眼裡閃過一絲陰霾。「你是說，上船的根本就不是沈中玨一家。」

「是的，主子。」黑衣人低垂著頭。「咱們的人來報，那船上的『沈中玨』雙手骨節粗大，根本就不是養尊處優的人該有的；還有那婦人，儀態雖不錯，但太過刻板生硬。想那沈家的四夫人出身大家，夫家又格外顯赫，這基本的儀態不該有問題才對。尤其是他們所帶的孩子，那看到船上食物的眼神，透著渴望，這就更不對勁了。船上的食物本就粗鄙，國公府的小主子們怎會如此急切？若說是孩子一路上餓了，那也不可能，像他們這樣的人家，即便再怎麼輕車簡行，該帶的必然會帶著，吃食上更不會委屈自家的孩子。基於以上幾點，屬下判斷沈中玨要麼沒走，要麼就是被人搶先一步帶走了。為了避免打草驚蛇，屬下已經下令，讓咱們的人什麼都別做，放那些替身離開，省得暴露了咱們的行蹤。」

「你做得很好。」黃斌揮揮手。「先下去吧，讓諸葛先生來一趟。」

那黑衣人鬆了一口氣，輕聲地退了下去。

諸葛謀來得很快，他已經從黑衣人那裡知道了事情的始末，張口就道：「主子，只怕情況不妙啊。」

黃斌點點頭。「老夫如何看不出來？只是沒想到或許就要前功盡棄了。」

「要不然，咱們先一步離開吧。」諸葛謀眼睛一亮。「只要出了海，就沒人管得到咱們了。」

「你以為咱們還走得了嗎？」黃斌搖搖頭。「老夫已經被盯上了，一旦跨出這一步，可算是認罪了。但是，只要老夫不走，皇上又能奈我何？別忘了，老夫手裡有聖旨在，老夫的所作所為，可都是先皇的旨意。」

諸葛謀心裡卻有些不贊同。以前明啟帝在乎的，不外乎是可能還在世的先帝，也還真有幾分相信先帝是活著的。可從這陣子明啟帝的頻頻動作看來，顯然心中已毫無顧忌，那麼，主子憑什麼相信明啟帝會在乎先皇的旨意，而不貿然對他出手？

黃斌似乎明白諸葛謀的想法，他呵呵地笑著。「如果真到了萬不得已的時候，老夫會走的，而且老夫也有把握走得了。因為老夫手裡還有一樣東西，沒人可以攔得住老夫。」

諸葛謀一驚，還真猜不到主子手裡有什麼。不過主子會這麼說，必是有把握的。

黃斌露出幾分高深莫測的笑意。「老夫不會不給自己留下後路的。」

諸葛謀鬆了一口氣。「主子深謀遠慮，在下遠遠不及主子思慮周到。」就是不知道主子的這條後路，會不會讓他一起走了？他是不是也該留條後路了呢？

蘇清河回到宜園的時候，天色已經晚了，但沈懷孝卻還沒回來，她就知道他定是有要事耽擱，否則一定會去宮門口等著自己的。

她梳洗了一番，換了一身家常的寬鬆衣裳，讓廚房備著飯菜，自己則在屋裡等著沈懷孝歸來。

沈懷孝一路從城外回來，有些風塵僕僕，見蘇清河還等著，不由得有些歉疚。「事出突然，也沒讓人提前告訴妳一聲，等急了吧？」

「先去梳洗吧。」蘇清河瞋了他一眼。「我就那麼不懂事啊，還能不知道你有急事？」

沈懷孝拉著她的手捏了捏，才笑著進去浴室梳洗。出來的時候，飯菜都已經擺好了。

桌上擺滿了醬鴨子、烤魚、麻辣蝦，還有一盤羊肉串和芝麻燒餅，再配上涼拌黑木耳和水煮毛豆等小菜，旁邊還有一壺冰鎮過的葡萄酒。

蘇清河給他斟了杯酒。「先潤潤喉。」

沈懷孝一口喝了。「還是在家裡舒服。」他放下杯子，拿起燒餅夾了片好的醬鴨子，一連吃了兩個才算解餓。

蘇清河則吃著羊肉串，覺得孜然的香味比什麼都誘人。她邊吃邊問道：「今兒這般匆忙，可是出什麼事了？」

沈懷孝想起沈家的糟心事，就有些不好意思，他又喝了一口酒，將事情簡單地說了一遍。說到後來，禁不住有些氣憤地道：「祖父可真是狠心，他就不怕有妳這公主幫忙說話也沒用，到時候皇上真要了一家子的命。」

蘇清河嚥下嘴裡的羊肉，笑道：「你也不用這麼生氣，能事先發現，總比將來被人揭穿的好。」

不過，這沈家確實是個隱患。一想起在宮裡的孩子，她的心沒來由地沈重起來。「父皇和哥哥那裡，我會去說一聲，勢必要將沈家的事情壓下來。」

沈懷孝喉嚨像是堵著東西似的。「難為妳了。」

蘇清河搖搖頭，挾了魚肚子上最嫩的地方給他。「輔國公也算是早早就投靠了父皇的，父皇肯定會網開一面；若是沈中玨能戴罪立功，要留下他的性命倒也不難。反正黃斌手裡的聖旨是真的，即便他配合黃斌，也可以說是遵循先皇的旨意，但前提是，輔國公得主動請旨，削去世襲罔替的丹書鐵券。」

沈懷孝點點頭。「我再跟父親商量一下，不管怎樣，不會叫妳為難。沈家犯的罪，抄家滅族都是輕的，若能留下性命，別的也就不強求了。」

蘇清河笑了笑。她也不是為了沈家，說到底，不過是為了兩個孩子罷了。在這個時代，一個人的出身是十分重要的，家裡若是有作奸犯科的人，那可是連閨女都嫁不出去。若因為沈家所犯的罪而連累孩子，豈不冤枉？

但此事實際該怎麼處理，還得看沈家如何拿主意。

她揭過這個話題。「明兒，我想去一趟天龍寺。」

沈懷孝一頓，就知道她想幹什麼了。「我陪妳一起去吧。」

蘇清河搖搖頭。「把沈二借給我就好，你去忙你的。父皇想讓你負責招待各國使節，接下來，你估計又有得忙了。」

沈懷孝一愣。「是為了太子冊封大典，要邀請各國使節前來吧？」

蘇清河點點頭，又提醒了一句。「要盯緊黃斌和北遼。」

沈懷孝聽懂了她話中的意思，這是打算抓住黃斌的把柄。「只怕沒那麼容易。」

「就算沒抓到黃斌的把柄也沒關係，正好可以藉著調派人手製造把柄。」蘇清河嘴角挑起涼涼的笑意。

沈懷孝瞬間就明白了，能把黃斌和北遼的關係挖出來最好，若挖不出來，那就想辦法把假的弄成真的。

這可不是君子所為，比的就是誰更卑鄙。顯然，自己的妻子在卑鄙這一方面，完全不輸黃斌啊。

他險些被魚刺卡住，拿起杯子喝了一口酒，才道：「妳是想跟耶律虎合作？」

「為什麼不呢？」蘇清河吐了吐舌頭，嘿嘿一笑。

看著她古靈精怪的模樣，沈懷孝有些無奈，只能順了她的意。「知道了，我會看著辦的。」

蘇清河又親手給他剝了蝦殼，將白嫩嫩的蝦肉放在他前面的碟子裡。「這差事若辦好了，父皇就該給麟兒升一升爵位了。」

沈懷孝點點頭。為了兒子，他還有什麼不能幹的？

他想了想，又道：「晉爵就算了，他自己的爵位自己想辦法升吧，還是看看能不能給咱們老三預留一個爵位？」

蘇清河低頭看了一眼自己的肚子。「成啊，我再給你生個能承爵的兒子來。」

「閨女也成啊。」沈懷孝即便知道這是哄人的話，也覺得高興。

輔國公府

沈中璣坐在沈鶴年的對面，臉上沒有多餘的表情。「父親是想四弟了吧？」

沈鶴年看著沈中璣，眼睛眯了眯。「你都知道了？」

「是啊。」沈中璣嘲諷道：「父親的心真是偏得過頭了。」

沈鶴年眉頭一皺。「這件事只有老四參與，為父總不能看著他喪命吧？而你們身邊還有瑾瑜在，出不了岔子。」說著，他的眼圈就紅了起來，再配上那花白的頭髮和滿臉的皺紋，確實有幾分可憐。

但沈中璣卻不會再被父親這悲情的模樣給打動了。「老爺子以後就歇著吧，府裡的事情，您也別插手了。您是有戰功的人，年紀又老邁，皇上是不會將您怎麼樣的；至於四弟，瑾瑜已經將他接走了。」

「什麼？」沈鶴年站起身來。「你就不能放你四弟一條生路？」

沈中璣臉色一變。「您知不知道，要是瑾瑜晚到一步，老四一家就成了別人的刀下鬼！您是想讓他安安分分地待在瑾瑜手中，還是被人滅口，您自己看著辦吧。您要是堅持讓瑾瑜放人，就給兒子傳個話，兒子倒要看看瑾瑜這一放手，四弟他還能活過幾日？」說完，也不看沈鶴年的臉色，轉身就走。

在這國公府裡，父親的勢力也該除去了。父親老了，真的不中用了。

聽了沈中璣的話，沈鶴年驚出一身冷汗。他怎麼就忘了黃斌是不會放過自家兒子的。他頹然地坐下，整個人瞬間沒了力氣。

而沈中璣回到書房，就看見沈懷忠已經在書房裡等著。

「怎麼還沒歇著？」沈中璣有些疲憊地問。

「爹，到底出了什麼事？您最近很不對勁啊。」沈懷忠不由得問道。

沈中璣揉了揉額頭。這些事，還真不能瞞著這孩子，他到底是世子，也有權力知道的。

於是，輔國公府的外院書房中，燈一夜未熄。

第一百零五章　鬼火

在沈家別院休養的黃江生，看著眼前喬裝而來的大公主，臉色瞬間一變。「妳怎麼來了？」

大公主見黃江生面色蒼白，如今還不能下床，心裡有些歉疚。「我來看看你。那天……我不是成心的，就是心裡有一股邪火沒處發洩，沒想到你這麼不經打……」

黃江生的臉色越發難看了起來。「還請公主贖罪，不經打是小臣的過失。」

大公主瞪了黃江生一眼。「你知道我不是這個意思。」她坐在床邊的凳子上，聲音也緩和下來。「如今好些了吧？」

「暫時死不了。但若要再承受公主殿下的鞭子，估計還得養些日子。」黃江生扭過臉，實在不想看到這個女人。

大公主本來就不是好脾氣的人，如今紆尊降貴，低聲下氣地說話，已算是破天荒了，哪裡能容得下黃江生的冷嘲熱諷？她頓時拉下臉來。「我就是來問問，你一個黃家的孫子，是怎麼跟沈家扯上關係的？還讓沈家如此費心地保下你來。」

黃江生呵呵冷笑。「我就在奇怪了，妳怎麼會來看我這個微末之人？原來是醉翁之意不在酒啊。」

大公主的神色也跟著冷了。「你給我好好說話。」

黃江生嘴角泛起幾分涼薄的笑意。「我若說我是沈家的嫡子，妳信嗎？」

大公主倏地站起身來，死死地盯著黃江生。

這些話，黃江生絕不敢隨意說出口。可他若真是沈家的嫡子，又怎會流落到黃家？不過一想起黃斌狠戾的手段，她又有些釋然。

「如此看來，沈家是要認下你了。」大公主的眼神變得閃亮，嘴角勾起一抹意味不明的笑容。

如果他是沈家的嫡子，那如今輔國公府的世子就是李代桃僵，完全是名不正，言不順。只要大駙馬成為世子，那麼她這個公主在宗室中，就能占有舉足輕重的地位。

好，很好，真是太好了！

大公主看著大駙馬的眼神，瞬間柔和了下來。「既然沈家跟你有這樣一層關係，那麼你待在這裡，我也沒什麼好不放心的。我先走了。」

她需要回去好好想一想，如何將這件事的利益最大化？

黃江生看著大公主急匆匆的背影，嘴角露出幾分嘲諷的笑意。

沈家這艘船，已經快要沈了，妳就慢慢地謀劃吧，看妳最終能得到什麼？

他緩緩閉上眼睛，長長地吁了一口氣。

蘇清河將被子往身上拉了拉，迷迷糊糊還沒有睡醒。兩人昨晚歇在了水閣上，後半夜還有些冷呢。

「公主殿下快起來吧，您今兒不是還要出門嗎？」賴嬤嬤在帳子外輕聲道。

蘇清河翻了個身，腦子逐漸清醒過來，想起今天要去天龍寺，也就沒了睡意。她坐起身來，問道：「駙馬呢？已經出門了嗎？」

「回殿下，駙馬爺去了理藩院。駙馬爺出門前交代了，說是沈二管家就在前院候著，有事您只管吩咐就是。」賴嬤嬤回道。

「知道了。妳讓人去前院傳話，就說只要沈二和葛大壯跟著就好，咱們要悄悄地出門，別聲張。」蘇清河從簾子裡鑽出來，吩咐道。

賴嬤嬤面色一變。「公主殿下，這樣太危險了，您多帶幾個人吧。」

蘇清河輕輕地搖了搖頭。「還有石榴在呢，嬤嬤放心吧。」此行不宜大動干戈，以免鬧得人盡皆知。

賴嬤嬤喊了丫鬟進來伺候，自己便先去前院找人了。

蘇清河簡單地梳洗完畢，用過早飯後，就和石榴換了男裝，準備出門。

誰知道一出門，瞧見沈懷孝也在。

「我將事情安排好後就回來了。不跟著妳去，我不放心。」沈懷孝見了蘇清河的打扮，不由問道：「這是要騎馬去？」

蘇清河笑了笑。「咱們早去早回。」

賴嬤嬤見沈懷孝趕回來，就放心了，也不再多言。她給了每人一頂斗笠，斗笠上都縫著一圈黑紗，既能遮陽，又能隱藏身分。

幾人收拾妥當後，沈懷孝親自扶著蘇清河上了馬，一行五人便低調地出了城。

快馬一個時辰，才趕到天龍寺所在的山腳下。

幾人將馬匹寄放在山腳下的農家後，步行上山。

如今正值夏日，草木蔥蘢，一進山之後，倒是感覺不到絲毫的暑熱。

天龍寺曾經香火鼎盛，所以進山的路倒是特別好走，即便如今少有人來，路上生了一些雜草，也不防礙他們行進的速度。

林子裡都是好幾十年的參天古木，這讓蘇清河有些好奇。這座山也不是什麼人跡罕至的地方，可未免也保持得太完整了。

山勢一開始並不陡峭，越往上倒是越難走。山間藤蔓遍布，還有好幾道小溪流，讓整座山多了幾分靈氣。

快到半山腰時，蘇清河已累得夠嗆。「還有多遠？」

沈懷孝扶她坐在山石上休息，笑道：「這座山足足有五、六百丈高，如今還走不到一半呢。」

幾人中，就數蘇清河的體力最差，她決定歇一歇腿，吃點東西再上路。

葛大壯是個心裡藏不住話的，他上前道：「主子，我那婆娘臨出門時囑咐了，說是一定要早早地帶主子下山，她說這座山上可不怎麼乾淨。」

沈二開口就啐他。「虧你還在戰場上廝殺過，怎麼信這個？那戰場上不知死了多少人，要是真有鬼怪，哪裡還有人待的地方？」

蘇清河對葛大壯的話倒是上了心，笑問道：「你媳婦聽誰說的？」

葛大壯不好意思地道：「還不是鄰里那些三姑六婆傳的。說這座山不安穩，鬼火森森的，要不然咋地沒人敢來這座山上砍柴呢？還不是怕驚動了這些鬼怪。」

蘇清河看了沈懷孝一眼，就見沈懷孝點點頭，可見他也是聽過這種傳言的。

鬼火，在現代連小學生都知道那就是磷火，是磷自燃所產生的現象。但是在古代，因為不瞭解這種現象是如何產生的，再加上迷信，自然會與鬼神聯想在一起。

蘇清河笑了笑，也不多解釋。「咱們都是上過戰場的人，見過的死人多了，身上也有煞氣，就算真有什麼鬼怪，也近不了身。」

石榴把水囊遞過去給蘇清河，鄭重地說：「主子貴為公主，百邪不侵。」

蘇清河點點頭。「沒錯。」

其實她也只有在實驗室裡見過磷的燃燒，出現在山中的鬼火，她還真沒看過，心中反而有些好奇，覺得有種探險的刺激。

沈懷孝當然看出蘇清河一點都不怕，他笑道：「今兒可能得在天龍寺住一個晚上了。」等到了山頂，也差不多已經晌午過後，還得四處查看，總不能在晚上下山吧？再說了，就一下午能看出什麼？

蘇清河這才知道，自己什麼都沒打聽就貿然出門，有多麼天真，還想著早去早回呢。

她不好意思地笑了笑，幸虧孩子他爹是個可靠的。

吃飽喝足後，一行人繼續趕路。

越靠近山頂，越是涼爽，甚至有些冷。

蘇清河這才想起沈二和葛大壯身後的包袱中，有著沈懷孝特意讓人準備的斗篷，便讓他們把斗篷拿出來，給大家穿上。

天龍寺建在山頂，規模倒是不小，遠遠地看去，就像是一個龐大的建築群。只是如今貼著封條，還有一隊人馬在這裡守著，閒雜人等不得靠近。

蘇清河一行人才剛走近天龍寺，馬上就有一個身穿戎裝的瘦高青年把他們攔下來。「你們是什麼人？不知道這天龍寺已經被封了嗎？趁著天色還早，快些下山去吧，否則夜晚的山路可不好走。」

這個青年約莫二十來歲，一身禁衛軍的穿著，說話還算和氣。

「你是禁衛軍中的校尉吧？」沈懷孝看他衣服上的標誌，是從七品的武職官銜，不由得出聲問道。

那青年見這一行人的穿著打扮和氣度儀態，就知道不是普通人，方才說話時本就客氣了幾分。如今見來人一眼就看出他的來歷，他更不敢大意，有些不解地望著沈懷孝。

沈二拿出護國公主府的腰牌，遞了過去。

那校尉看了一眼，馬上嚇了一跳。

他見站在中間的人，額頭上有一塊不大的疤痕，想到那些關於護國公主的傳言，不由得俯下身。「公主殿下萬福。」

蘇清河心裡暗笑。沒想到她的這塊疤痕倒成了身分的象徵，她笑道：「起來吧。」

那校尉趕緊起身，領著蘇清河等人往天龍寺正門而去。

沈懷孝問道：「你叫什麼名字？你們有多少人留守在這裡？」

那校尉忙躬身回答。「回駙馬爺的話，小的名喚成才，帶著一百三十個兄弟守在這裡。」

「原來是成校尉。」蘇清河笑問道：「除了咱們一行人，可有別人來過？」

成校尉搖搖頭。「回殿下，沒有，這座山裡有些忌諱。自從天龍寺被封了之後，村民們也都不敢上來了。」

蘇清河點點頭，道：「難為你們了。」

她讓石榴打賞了留守的禁衛軍，便在成校尉的帶領下，進了天龍寺。

天龍寺跟別的寺廟沒太大的不同，這讓蘇清河微微有些失望。

「去後山看看吧。」蘇清河看著沈懷孝道。

沈懷孝知道蘇清河的意思。高玲瓏數次提到天龍寺的後山，那麼這後山一定有什麼微妙之處。

不過，他數年前倒是來過天龍寺的後山。因為自己曾寄養在天龍寺，所以長大後對這裡充滿了好奇，曾經將天龍寺裡裡外外都晃了一遍。

他帶著蘇清河往後山去，邊走邊解釋。「之前我已經將天龍寺四處查看了一番，而這後山偏東面的方向，再走十幾丈就是筆直的懸崖，那裡不安全，因此寺裡在懸崖邊上圍了欄杆，人肯定是沒法下去的。那是唯一一個無法檢查到的地方。」

這座山的高度，足足有兩千公尺，那這處懸崖能有多深呢？蘇清河想親自看看。她對沈懷孝道：「咱們就從那處懸崖查起。」

沈二先行一步，檢查了懸崖邊的欄杆是否結實。這欄杆是木質的，誰知道經年累月下來會不會腐爛？要是真出了意外，那可就糟了。他見欄杆還都結實，這才讓蘇清河上前。

蘇清河站在欄杆處往下看，臉上浮現出沈思之色。

山崖下，並不如蘇清河想像中的雲霧繚繞，反而能清楚地看見下面的山體。因為沒有植被覆蓋，整個山體都是灰白色的。

「這得有幾百丈深吧？」蘇清河問道。

「嗯。」沈懷孝看了看。「這懸崖十分陡峭，上面又布滿青苔，滑得很，根本無法借力，所以也沒法子下去。不過好在山崖下若有東西也還能看得見，看起來沒什麼危險，也就沒人親自下去探一探。」

蘇清河點點頭。從上面看，雖看不到實際的景象，但是因為視野開闊，沒有遮攔，除了遍布的山石，還真是沒什麼特別奇怪的地方。

她又看了看，問道：「傳言中的鬼火，就在山崖下嗎？」

沈懷孝點點頭。「所以一到晚上，這後山是沒人肯來的。」他看了蘇清河一眼，問道：「怎麼，妳覺得這下面有什麼問題？」

「現在還不好說。」蘇清河搖搖頭。

鬼火無非就是屍體骨骼中的磷自燃所形成的。這山上動物失足掉落下去的，肯定不知凡幾，有鬼火，照理說也沒什麼好奇怪的。

「晚上再過來看看。」蘇清河看了山下一眼道。

成校尉一聽，臉色都白了，趕緊道：「公主殿下，這後山確實有些邪性……」他是真怕這位矜貴的公主會在他的眼皮子底下出差錯。

蘇清河一挑眉，轉頭問道：「怎麼個邪性法？」

成校尉不想讓護國公主以身犯險，心想能嚇住她也好，便直言道：「咱們剛來的時候，也不知道厲害，可一到晚上，山崖下的鬼火就從沒停過。」

蘇清河腳步一頓。「你們剛來的時候，應該是去年臘月吧？」也就是在高玲瓏狀告假太子一案之後。她記得沈懷孝從京城趕回涼州，正好是小年夜那日，所以記得特別清楚。

成校尉點點頭。「正是臘月，快過年的時候。」

那就不對了！鬼火常出現在夏天，因為氣溫高，磷就會自燃，就連白天也是燃燒著的，只是晚上才能看到罷了。

磷要達到四十度才會自燃啊！可京城的臘月卻是零下十幾度，山裡的溫度只會更低，怎麼會產生鬼火？

要麼山崖下有地熱，要麼就是有人在「鬧鬼」。

蘇清河心裡有了這麼一個結論之後，反而安定下來。她看了沈懷孝一眼，便不再多言。

沈懷孝就知道蘇清河一定是想到了什麼，他開口吩咐成校尉。「你別擔心，不需要你跟著一起去。今兒晌午殿下只用了幾口乾糧，晚飯還要勞你安排，不用太精緻，乾淨即可。」

成校尉見駙馬爺都這樣說了，也就不再多話。

晚飯雖不豐盛，但卻滋味十足。

紅燒野兔、爆炒田雞、清燉泥鰍，還有幾盤涼拌的野菜，以及一道用蛇和野雞做的龍鳳湯。

蘇清河吃得分外滿足。只有這樣粗狂又簡單的方式做出來的菜，才是山野中的滋味。

夜色漸漸降臨，沈懷孝打發了成校尉，一行人才悄悄地去了後山的懸崖邊上。

夜色如墨，天上只有繁星點點，月亮只剩下一點點月牙兒。

山風本來就大，再加上站在山崖邊，風聲聽起來倒有幾分淒厲，如同女子的嗚咽聲。山中又時不時傳來幾聲夜鶯的鳴叫，將氣氛烘托得更加恐怖。

石榴心裡有些發毛，小聲道：「主子，這不會真是……」

「平生不做虧心事，半夜不怕鬼敲門。」蘇清河笑道：「妳在怕什麼？」

「主子，奴婢還真沒做過虧心事，但心裡就是發毛。」石榴覺得自己的腿都有些軟了。

「沒出息。」蘇清河瞪了石榴一眼。「妳去跟著沈二，他身上煞氣重。」

沈二苦著一張臉，心中暗道：公主殿下，您這算是在誇人嗎？

沈懷孝拽著蘇清河的手，擔心她會害怕。可一見蘇清河的面色十分輕鬆，才確定她是真的不怕。

她一個外科大夫，從上大學開始，不知道解剖了多少屍體，晚上守在停屍間酣睡的經歷都有過，還會怕鬼嗎？

等了將近一個時辰，也沒見到什麼鬼火，這讓蘇清河有些不耐煩，不知不覺靠在沈懷孝的身上，打起盹來。

直到快子時的時候，葛大壯突然顫著聲道：「主、主子……快、快看……有鬼、鬼火……」

蘇清河一個激靈，馬上醒了過來。

沈懷孝扶住她，低聲道：「莫慌。」

就見懸崖底下，有一個個小綠點在移動，它們一圈又一圈地繞行著，最後消失在對面的懸崖底。不一時，在自己這一側的懸崖底下，又出現三個綠點，看似毫無規則地在山谷中繞行，然後又消失在對面的懸崖下。過了約莫一盞茶時間，對面又有兩個綠點朝自己這邊移動。來來往往，好不繁忙。

淒厲的風聲、夜鶯的叫聲、游移的鬼火，確實有些鬼氣森森。

蘇清河看著那移動的「鬼火」，出聲問道：「你們看那鬼火的移動速度，像不像人走路時的速度？」

蘇清河這麼一說，幾人再一瞧，可不就是！

石榴更害怕了。「看來真的有鬼啊。這山崖下到底死了多少人？」

蘇清河翻了個白眼。「什麼鬼？那就是人！有人提著綠紗做的燈籠在下面行走，上面的人瞧見，可不就當成鬼火了嗎？」

沈懷孝一愣，再往下一看，雖然這些「鬼火」看似隨意地「飄」著，其實都是有規律可尋的，路徑也有許多相交之處。

「回吧。」沈懷孝扶了蘇清河的肩膀說道。

蘇清河點點頭。已經知道下面的是人，那秘密應該就藏在山崖下，但這可不是他們幾個人就有辦法解決的事。

她打了個哈欠。「馬上傳書給父皇，遲則生變。咱們的行蹤，也不是多保密，有心人恐怕早已經知道了。」

沈懷孝點點頭。「妳安心睡吧，一切自有我來安排。」

蘇清河應了一聲，便進了成校尉提前收拾好的屋子，倒頭就睡。

第一百零六章　疑點

寧壽宮

福順看了一眼突然出現的黑衣人，問道：「誰的急奏？」

「護國公主的。」黑衣人回了一聲，聲音平鋪直敘，沒有任何起伏。

福順嚇了一跳。「公主如今在哪兒？」

「天龍寺。」黑衣人道。

福順一頓，趕緊轉身，在內室的門外輕聲喊道：「陛下。」

白皇后馬上驚醒，就聽見福順在外面又喊了一聲，她知道大概是有急事，不敢耽擱，輕聲道：「墨林、墨林。」

明啟帝猛地睜開眼睛，就見白皇后抬了抬下巴，他這才聽見福順在喊他。

剛睡下就被吵醒，他的脾氣能好才怪，沈聲問道：「出了何事？進來回話。」

福順輕手輕腳地進去。「陛下，公主今兒去了天龍寺，剛剛收到了她的急奏。」

明啟帝一下子就清醒了。「這丫頭，出門怎麼也不說一聲？」

天龍寺雖然被封了，但卻什麼也沒查出來。可就是因為什麼都沒查出來，才更加讓人覺得不尋常，要不然也不會派禁衛軍駐紮在那裡，至今都沒有撤回來。

白皇后雖然擔心，但她分得清輕重，連忙將披風遞給明啟帝。「晚上涼，注意身子。」

明啟帝拍了拍白皇后的手。「妳歇著吧，別擔心，有我在呢。」說完，他披上披風，這才轉身出去。

他接過黑衣人的紙條一看，就瞭解到事情的嚴重性。「讓暗衛營馬上前往天龍寺，天亮之前必須趕到，一切聽護國公主的指揮。」

黑衣人應了一聲，才要走，又聽明啟帝吩咐道：「不管出現什麼變故，第一緊要的是公主的安全。」

黑衣人躬身領命，轉眼間就消失在他眼前。

明啟帝也沒了睡意，直接起身去了乾元殿。

山裡的清晨是喧鬧的。當太陽越出地平線，山中的鳥雀便歡騰起來。蘇清河被這嘈雜的鳥叫聲給吵醒了。

「主子。」石榴端來了山溪裡的水。「您先簡單地梳洗一下吧。」

溪水透著一股子涼意，讓蘇清河瞬間清醒過來。「駙馬呢？」

還不待石榴說話，門就從外面被推開了，沈懷孝端著盤子走進來。

石榴有些不好意思，畢竟這本是她該幹的活兒，如今卻被駙馬給搶了。

「吃點東西。」沈懷孝將筷子遞過去。「先填飽肚子再說。」

蘇清河見白粥煮得黏稠軟糯，也就有了胃口。「你昨晚一夜沒合眼吧？」

「我過了丑時就歇下了。」沈懷孝將煎餅遞給她。「快吃吧，我已經吃過了。」

「你這麼早就吃了？」蘇清河不由得問道。

「暗衛營的人來了，就在外面，我陪著他們一起用飯的。」沈懷孝想到山崖的高度。

「妳今兒真要一起下去嗎？」

「不下去看一看我不放心。再說了，上面也未必安全。」蘇清河笑道。

這天龍寺一定有什麼暗道是和下面相連的，只是眼前暫時沒找到罷了。

沈懷孝又拿了一張煎餅給她。「多吃點，今日要幹的都是體力活。」

蘇清河點點頭，用煎餅捲了各色菜蔬，吃了好幾張才罷手。

就聽沈懷孝小聲道：「昨兒晚上，我將留守的禁衛軍集合在一起，讓他們沒有機會可以通風報信。今兒估計還得將他們圈在一起，以防他們礙事。」

蘇清河點點頭。「虧你想得周到，要不然裡頭若真混上幾個別有用心的，消息只怕早就傳出去了。」這些禁衛軍良莠不齊，不大能放心。

兩人出了門，見葛大壯正陪著一個灰衣人站在外面。

「這是暗七。」沈懷孝介紹道。

暗七躬身行禮。「見過殿下，屬下奉旨聽候殿下調遣。」

蘇清河抬了抬手。「起來吧。你這次帶了多少人過來？」

「回殿下，一共三百人，都是好手。」暗七謹慎地回道。

「跟禁衛軍比起來，戰力如何？」蘇清河問道。

「以一敵三，應該不難。」暗七這話說得有些保守。不是他看不起禁衛軍，但雙方根本就不是一個等級的對手。

蘇清河顯然也明白他話裡面的謙虛，她吩咐道：「留三十個人，守著禁衛軍。」

「是。」暗七沒有一絲猶豫地應下了。

不一會兒，石榴就帶著成校尉過來，這年輕人看起來有些惶恐。「殿下，不知道咱們哪裡做得不對了，還請您明示。這般將咱們拘起來，兄弟們都很不解。」

蘇清河笑了笑。「你別怕，對禁衛軍，本宮還是信得過的。但是成校尉，你能保證你手下的兄弟裡面，絕對沒有別人的探子，不會暗地裡傳遞消息嗎？若是你能，本宮立刻將看守的人撤走。」

成校尉頭上的汗馬上就滴了下來。「小的沒辦法保證……」

「這不就得了。」蘇清河將手一攤。「你們就待在屋裡，吃吃喝喝、打打牌，好好消遣一下就行了，等本宮辦完事，自然會還你們自由。還是你們也想參與？不過，等到真出事了，只怕得拿你們開刀。你覺得是置身事外好呢，還是跟著摻和好呢，全由你決定。」

成校尉苦笑一聲。「小的全聽殿下吩咐。」

「你不光要聽公主的吩咐，該怎麼安撫你的下屬，可要做好了。」沈懷孝提點道。

「小的知道該怎麼做，保證不會有人鬧事。另外，小的讓兄弟們將武器統統交出來，給這幫灰衣兄弟暫時保管。」成校尉抹了抹額頭上的汗。

見蘇清河點點頭，沈懷孝才道：「就按你說的安排吧。」

葛大壯呵呵一笑。「這小子還真是個聰明人。」

「識時務者為俊傑。」沈二看著成校尉的背影，讚了一聲。

留下看守的人之後，該如何分配人手，蘇清河全權交給沈懷孝負責。

她現在最疑惑的就是，天龍寺究竟是如何跟懸崖下面連接在一起的？

蘇清河第一個就否定以繩索攀爬往來的法子。這數百丈的高度，不但來往不方便，而且極其危險，也容易受天氣變化的影響。再說那繩索的痕跡，也掩蓋不了，若真是以如此簡便的方式連通上下，早就被人發現了。

可以想見這其中必有密道相連，但是沒有知情的人帶路，想要找到密道，可謂是天方夜譚。

為今之計，只能採用最簡單粗暴的辦法——直接下到谷底去看看。

可如此一來，風險就大了。懸崖下面究竟是怎樣的情形，根本無從得知。那可是別人的地盤，要是真有什麼陷阱，可不就慘了。

蘇清河有些拿不定主意。

「別想那麼多了，就算真的讓妳找到暗道，只怕暗道裡更危險。暗道裡面要是藏有機關，咱們又不熟悉，困在裡面更是麻煩，反倒不如粗暴的突襲來得有效。我忘了告訴妳，暗七這次過來，還帶著妳上次說的炸藥。」沈懷孝附在蘇清河耳邊道。

蘇清河的心頓時就安定下來。「那就這麼辦吧。兵來將擋，水來土掩。」她摸了摸隨身攜帶的各種毒藥，也就不那麼害怕了。

「放心，有我在呢。」沈懷孝笑道。

此時暗七已經安排好一切，他過來回稟道：「等等就先放十個兄弟下去，探一探虛實。」

蘇清河抬頭看一看天，已亮透了。山崖下的人晝伏夜出，只怕幾十年來都是這麼過的，也從來沒有人打攪過他們，應該沒有多少防備。

「行動吧。」蘇清河朝暗七吩咐了一聲。

這十個人分作了五組，腰上綁著繩索，便從山崖上緩緩地降了下去。

蘇清河扶著欄杆，目不轉睛地盯著下面。「也不知道繩索夠不夠長？」

「這五組繩索的長短不一，只要下去一次就能知道深度了。」沈懷孝解釋道。

一刻鐘左右的時間過後，暗七跑了過來。「殿下，下面一切安好，兩百丈的繩索是最適合的。」

蘇清河頓了一下。她壓根兒就沒看明白這些人是怎麼傳遞消息的，可人家卻已經溝通好了。

她點點頭。「既然如此，那就下去吧。」

等暗衛營的人下去一半之後，暗七才安排蘇清河和沈懷孝下去。

沈懷孝看了蘇清河一眼，對沈二吩咐道：「將殿下綁在我身上。」然後他彎下腰，對著蘇清河道：「上來，我揹著妳。」

蘇清河搖搖頭。「我可以的。」這好幾百公尺的高度，別說是要從上往下了，就算是揹著她走好幾百公尺的平路，也不是一件輕鬆的事。

沈懷孝當即沈下臉。「別犯倔。」

蘇清河本想反駁，但有那麼多人在，沈懷孝的面子還是得給。她有些忐忑地問道：「你行嗎？」

沈二趕緊點點頭。「屬下就在主子身邊護著，出不了錯。」

暗七同守在上面的下屬交代了一聲後，也準備一同下去。他得守在一旁，以便及時能搭把手。

「主子，奴婢呢？」石榴著急地問。

蘇清河看著守在上面的暗衛。「妳跟葛大壯留守，都警醒著些。」

下面要是真的出了意外，上面若沒人拉可就鬧笑話了。

石榴也想到了這種可能性。「主子儘管放心。」

葛大壯點頭道：「主子放心，小的知道輕重。」

被沈懷孝揹在身上，是一種新奇的體驗。可看著沈懷孝的手在繩索上磨擦著，慢慢地出現血紅色時，她不由得慶幸自己沒有逞強。這真不是鬧著玩的。

即便趴在沈懷孝的背上，她還是不敢往下看，這種懸空的感覺，讓她的心提得高高的。

「別怕，不會有事的。」沈懷孝感覺到了蘇清河的緊張，安慰道。

蘇清河點點頭。她不能害怕，害怕只會讓沈懷孝更加分神。

她盯著懸崖壁，想要轉移一些注意力。只見上面鋪得滿滿的都是墨綠色的苔蘚，陽光灑下來，照在苔蘚上，有一種別致的美感。

但這種美，卻讓蘇清河覺得有幾分違和。

這一大片懸崖所接收到的光線，不可能都一樣，為什麼苔蘚卻生得一般無二呢？真是奇哉、怪哉。

再說苔蘚不耐乾旱，喜歡陰濕的環境，這一片懸崖怎麼也不符合這個要求，卻偏偏長滿了苔蘚。

那麼，只能說明一點，這些苔蘚是有人養著的！若一天不灑上幾次水，這些苔蘚根本就活不了。

不過，養苔蘚的人是怎麼灑水的？肯定無法懸空灑水，除非有水順著懸崖壁往下流。水也不可能是從懸崖頂上流下來的，因為太起眼。

這又讓蘇清河不解了。

第一百零七章　山腹

等觸到地面，蘇清河才回過神來，看了看沈懷孝的傷勢。

他只是手被磨破了皮，蘇清河趕緊給他上了藥，又撕了衣裳的下襬裡襯替他包紮好，才轉頭環顧周圍的環境。

「妳剛才在想什麼？」沈懷孝問道。

蘇清河抬頭看了一眼山崖壁。「看苔蘚，你不覺得奇怪嗎？」

沈懷孝順著蘇清河的視線往上移。「太勻稱，勻稱得好像……」

「好像是被特意種上去似的。」蘇清河接了一句。

沈懷孝點點頭，一臉凝重地上前，敲了敲石壁。聲音沈悶，聽起來不像是空的。

儘管沈懷孝什麼也沒試出來，還是讓蘇清河眼睛一亮。這石壁不可能是完整的一片，昨晚那些「鬼火」可都是從山崖下飄出來的。

暗七上前詢問。「殿下，如今要怎麼做？」

蘇清河看了看腳下灰白色的石頭，又抬頭看了看天。「讓大家都安靜點，不要說話，也不要喧譁，一字排開站在山崖下，盯著山壁，等到山壁上開始出水的時候，再看看接下來要怎麼做。」

「出水？」暗七皺了皺眉。「這石壁會出水？」

「等等就知道了。」蘇清河沒有多解釋。只要能找到縫隙，就證明這石壁確實不是一整片的。那麼，擊碎了它，應該就能看見這山崖的真容。

「妳的意思是，這片山崖是人工造出來的？」沈懷孝低聲問道。

「除此之外，沒有其他的解釋。」蘇清河深吸了一口氣。

「妳能肯定今日會有人澆水嗎？」沈懷孝問道。

「苔蘚離了水就死。如今是夏季，天氣又乾熱，今兒不澆水，明兒苔蘚就乾枯了。」蘇清河肯定地道。

「那他們的水從哪兒來呢？」沈懷孝不由得問了一句。

問完後，他突然想到了什麼，他看向蘇清河，只見蘇清河也正一臉驚喜地看向他。天龍寺有水的地方只有一處……

「放生池！」

「放生池！」

兩人異口同聲地道。

日頭緩緩升高，眾人貼著山壁站，是曬不到太陽的，所以也感覺不到暑熱。但是山壁的上方，應該都在日光的照射之下。

蘇清河覺得，應該快了。

又過了小半個時辰，東邊傳來一陣騷動。蘇清河眼睛一亮，拉著沈懷孝就往東邊而去。

「怎麼了？」蘇清河壓低聲音問道。

暗七指了指腳下，蘇清河低頭一看，山壁上流下來的水，已染濕地上一大片灰白色的石頭。

沈懷孝湊到石壁跟前，用手摸了摸，吩咐道：「趕緊將出水的地方做上記號。」

暗七點頭稱「是」，又轉過頭佩服地看了蘇清河一眼。到現在他都沒明白，公主究竟是怎麼知道這片山壁會出水的？

隨著時間的流逝，整個石壁下面，都已經被水弄濕；而石壁上能伸手勾到的地方，也留下了許多他們用石塊抹了苔蘚做記號的痕跡。

「找不到什麼明顯的縫隙。」沈懷孝扶著蘇清河，怕她拐了腳。

蘇清河點點頭。「這山壁原本是什麼樣子的，咱們誰也沒見過。我猜，應該是想辦法在外面砌了一層石牆。」

「那就掀開一塊看看。」沈懷孝打量著山壁，想找個容易下手的地方。

「撬開容易，可若是驚動了裡面的人，那就不好了。」蘇清河搖搖頭道。

沈懷孝想了想，吩咐暗七。「你找幾個可靠的人上去，到放生池那裡伏擊，那裡應該有暗道。若有人從那裡出來，不許放過任何一個。」

暗七心裡一驚，看了眼山壁上滲出來的水，恍然大悟道：「殿下和駙馬放心，絕不會有任何差錯。」

等到確信上面的人已埋伏好了，沈懷孝才朝蘇清河點點頭。

暗七將匕首從一處小縫隙裡插進去，試探了半天，才道：「不行，石壁太厚。」

「將這個縫隙用匕首鑿開一些，能放多少炸藥就放多少炸藥，咱們需要的也不過是一個不大的口子。」蘇清河皺眉道。

暗七點點頭，儘量在兩塊石頭之間，撥出一點空隙來。弄了半個時辰左右，才鑿出一匝長、兩指寬的一條縫隙，但也足夠了。

蘇清河喊了停。「放上炸藥，只要能把這塊石頭炸裂，就可以了。」

暗七帶著人安放炸藥，沈懷孝則拉著蘇清河向後靠，他怕石頭的碎屑飛出來傷到她，便將她緊緊地護在身後。

隨著一陣「轟隆」聲，石壁終於被炸開了，露出一個黑幽幽的洞口。

石室裡，一個面色蒼白，沒有絲毫血色的年輕人猛然躍起。「來人！快去看看外面怎麼了？」

緊跟著一個黑衣人打著哈欠走進來。「少主，估計是山崖上又掉了什麼東西下來吧，這是常有的事。如今，上面駐守著禁衛軍，這幫兵痞子攆得山上的野獸到處亂竄，失足掉下來一、兩隻有什麼好奇怪的？前幾天下雨，山洪還沖下來不少東西呢，你不也當成有來人攻打咱們嗎？咱們這裡就跟墳墓差不多，誰會來啊？就算有盜墓的，那也得在晚上啊，如今外面可是豔陽高照。昨晚小的們可是都累了一夜，才剛睡踏實，你就別折騰了，成不成？」

那被稱為少主的男子，盯著黑衣人看了幾眼。「小心沒大錯，天龍寺早已經暴露了，找到咱們也是遲早的事。」

「那也得他們找得著啊。」黑衣人不屑地恥笑一聲。「依我看，少主是還記掛著那個害咱們暴露出來的女人吧。」

「放肆！」少主臉上顯出幾分不自然的紅暈。「休得無禮。」

「我的少主啊。」黑衣人搖搖頭。「要不是你對那高玲瓏動了情，咱們至於這麼狼狽嗎？別忘了，那可不是你的女人。」

「你嘴上最好積點德。」少主摀住胸口咳嗽了幾聲。

「怎麼？我說錯了？」那黑衣人恥笑道：「人家心心念念的都是輔國公的少爺，誰還記得你是哪位？更何況，人家的心上人上馬能征戰、下馬能治兵，長相俊美，儀容不俗，如今更是護國公主的駙馬。難怪連那個人盡可夫的女人都看不上你，還少主呢？狗屁！」

那少主顫抖著雙手，陰冷地看著黑衣人。「不許你這麼說她。」

那黑衣人嘲諷地笑了幾聲。「別在這裡充什麼少主，就沒見過比你更沒種的男人。心愛的女人在自己面前被別的男人睡了是什麼感覺啊？呵呵，想必你深有體會呢。」

那少主頹然地坐下，想起那個如花般嬌美的姑娘來。

他從小就在這個山洞裡長大，從來沒見過女人，更何況是那樣一個年輕又漂亮的女人。

他一直如行屍走肉般活著，直到遇見她，他才覺得或許生命還是有意義的。

可是，這麼美好的姑娘，卻被自己的義父給糟蹋了！

他的義父叫黃斌，是王朝的宰相，卻還不知廉恥的做出這種事來。

一直到現在，他都還深深記得當時義父的所作所為……

那一日，義父帶來了那位姑娘，見自己一直盯著她，便開口問道：「怎麼？長大了，也想成為一個男人了？」

他迷戀地看了一眼昏睡的姑娘，肯定地點點頭。

自從懂事起，他就替義父經營著這個地下世界，從來都是無怨無悔。他以為，這輩子就要這樣過了，而山洞裡的一切，就是他的全部。

不過，那個姑娘的出現，讓他覺得這世上沒什麼是不能拋棄的，為了她，他願意做任何事。

「你可知道，為了培養你，為父花了多少時間和精力？」義父又問道。

是啊，一國的宰相，每月都會親自來看他、給予他指導，二十年如一日，這份堅持，難能可貴。他知道，義父耗費了不少心力在自己身上。

「所以，為父不能因為一個女人，讓自己的心血白費了。」

義父的眼神還是那般慈愛，但是他的心卻泛起了冷意。

「你要幹什麼？」他不安地問。

「連義父也不叫了嗎？」義父瞬間就變了臉色。

他搖搖頭。「義父，孩兒怎麼會不敬義父？只是一時情急罷了。」

「呵呵……」義父陰狠地道：「一個女人，就讓你緊張得連父親也不認了，看來，這個女人留不得了。」

「別殺她。」他祈求道。那一刻，他害怕極了。從小到大，他所有喜愛的東西，都被義父一一毀去。至今他都還記得五歲那年，那隻可愛的小白兔，就是被眼前的人給活活捏死的。

「我不殺她。」義父露出涼涼的笑意。

義父將那姑娘帶到他隔壁的石室，強迫自己透過暗格看著。

緊接著，義父換了一身黑衣，臉上也戴了面具。

等那姑娘醒了，義父便問她：「妳是要死，還是願意伺候我家少主？」

那姑娘環顧了四周，甚至沒有任何猶豫地就選擇了伺候。

他不知道自己當時是什麼心情，但卻深刻體會到，這位姑娘是個識時務的人。

那姑娘說她是良國公府的姑娘時，義父沒有任何反應，像是早就知道了。

他那時候就意識到，這個姑娘的出現，也許都是義父安排好的。他不知道這個姑娘有什麼用處，但是附帶試探他的目的算是達到了。

他在暗室裡，看著義父肆意地褻玩那個姑娘，心就如同被放在油鍋裡煎炸。

這個姑娘的清白被毀了之後，他才知道她叫高玲瓏，是良國公府的嫡小姐。

「妳看上了沈家的小子？」義父這麼問著高玲瓏。

那姑娘臉上帶著淚痕，點點頭。

「幫我做事，我就讓妳成為名正言順的沈家少奶奶。」義父如是說。

「此話可當真？」高玲瓏的語氣透著驚喜。

「但妳要是不聽話……」

他聽到這裡，就沒再待下去了。這個姑娘，要回到她的世界去了，再也不可能屬於他。
可每每想到這個姑娘，他的心還是會有一絲莫名的悸動。
因為她，他第一次想逃離這裡；因為她，他的心裡開始恨黃斌了。

被炸開的洞口彷彿一隻咧著嘴的怪獸，等著將眾人吞到那看不見底的肚子裡去。
「不要再製造任何動靜了，人能進得去就好。」沈懷孝低聲吩咐道。
沈二看了暗七一眼。「我先進去看看。」
暗七點點頭。
沈懷孝叮囑道：「別走遠，先看一看裡頭的情況就好，記得帶上火摺子。」
沈二拍拍胸口，表示一切準備齊全，這才彎著腰進了洞口。
不過一盞茶的時間，沈二就退了出來。「主子，裡面兩側都是石階，小的沒敢亂走。」
是石階就對了！想起昨晚的情形，就知道這山壁上必然是有暗門的，只有啟動了暗門，大批人馬才能進去。現在最要緊的，是找到這山壁裡打開暗門的機關。
「暗七，將其他人安排在外頭守著，咱們四個進去裡面探一探。」沈懷孝出聲道。
「殿下也要去嗎？」暗七有些不贊同地道。
沈懷孝「嗯」了一聲。這後山不知有多少人來看過了，卻只有清河發現異樣。儘管擔心，但不帶著她，還能靠誰？而她的人身安全，自有他會保護周全。
「別廢話，找暗門要緊。」蘇清河拉了沈懷孝，抽出匕首橫在胸前，一馬當先的鑽了進去。

火摺子的亮光十分有限，只能勉強看清腳下的路。

幾人不敢說話，只能打著手勢。

沈懷孝往兩邊看了看，確實都是石階，一側往上，一側往下。他看向蘇清河，用眼神詢問她該先往哪邊走。蘇清河是個心細如髮的人，他更願意相信她的判斷。

蘇清河往下看了看。心裡尋思，若要順利地從石壁中走出去，肯定是越接近地面越好啊，而他們此時進來的地方，離地面約半個人高，所以，應該先往下走幾個臺階試試看。

她抬起手指了指，沈二便率先朝下走去。

走了五、六階臺階之後，腳下突然平坦起來，沈二舉起火摺子看了看，發現是足有十幾坪大的一處空地，地上的石頭被磨得光滑。

蘇清河心裡一跳，暗門應該就在這個地方。

她拿著火摺子走了一圈，發現此處平地的兩側，分別有著石階，石階都是通往上方的。而單單留出這一處，顯然就是進門的地方了。

如今，就要找找看該如何才能打開這道門。

他們各自舉著火摺子四處查看。

蘇清河看著眼前光滑的石壁，不由得思量。這個石門的機關究竟在什麼位置呢？若每日進進出出，這門每天至少要開啟一次，經年累月下來，不可能一點痕跡都沒有。

另外三人都是習武之人，眼力自然不是蘇清河可以比的。他們突然同時伸出手，朝石壁上的一處指了過去。

果然，那處被磨得最是光滑，上面有個微微突出的石扣。

蘇清河抬起手，剛好能勾到石扣，心想這個設計還挺人性化的。

她將手輕輕地放在上面一按，眼前的石壁便靜悄悄地滑開了，外面的光線瞬間灑了進來。

此時，那面色蒼白的少主，看著床頭繫著的小鈴鐺微微地晃動起來，發出了只有他才能聽見的微弱響聲，他頓時就坐了起來。

有人開啟了石門！

這個秘密是他小時候就發現的。當風從下面湧上來的時候，也只有在這間石室是能感覺得到的，所以他才搬過來，二十多年都沒換過地方。

每天晚上，黑衣人是幾時出去，幾時回來，他都知道得清清楚楚。

黑衣人已經補眠去了，如今只有他知道有人闖了進來。

該怎麼辦？叫醒他們嗎？

不！這不是人應該待的地方，他得離開這裡。如果被來人抓住，也不過是從這個牢籠換到另一個牢籠罷了。

他從石床下摸出一個小箱子來，箱子裡是他這些年積攢的細軟和幾身粗布衣衫。他想逃離這裡，也不是這一、兩天才有的念頭了。

他將所有的東西放入包裹中，揹在身上，閃身就出了門。這山腹中蜿蜒曲折，可他是在這裡長大的，沒有人比他更熟悉這裡的路，就算不用火把照明，他也不會迷路。

向左一百步，然後向右再走三十六步，進去就是廚房。進了廚房向左轉，走三步，就是放置饅頭的蒸籠。他拿了幾顆饅頭，揣在懷裡，便退了出去。

他繼續往前走，再走七十八步，就到了臺階，走了一百零八階臺階之後，往前走九步，左轉後再繼續上臺階，往上走九十二階，就到了交岔口。

天龍寺那邊的出口是不能用了，肯定有人看守著，如今能用的，只有黃斌常用的那個出口。還好，這條出路在他八歲的時候就已經摸清楚了。

順利出來之後，強烈的光線讓他不適地眯了眯眼。他用手擋住陽光，面對一個新世界，他心中充滿了期待還有惶恐。

即便知道逃出來的路，他卻從來沒有勇氣逃離。外面是黃斌的世界，他知道，一旦被黃斌發現自己逃走了，會是什麼樣的下場。

然而，如今一切都不同了。山腹被人偷襲，他選擇在此刻逃出來，只要夠謹慎，就不會被人發現。即便不小心被黃斌抓住，也不會說他逃出來是做錯了。

此處是半山腰，站在這裡，就能看見山腳下的村莊。如今正是午飯時間，家家戶戶的煙囪裡都冒出了裊裊青煙，莫名讓他有一種想要流淚的衝動。

看了一眼身後的暗門，他知道這個地方並不安全，於是也沒有多停留，趕緊順著山脊往前走。

他看了看身上的衣裳，又看了看自己蒼白到略顯病態的手，他決定，還是不要貿然下山。他必須先讓自己看起來像是個普通人，才不會引人注目。如今，他得先找個安全的容身之所，等過上三、五個月後，再下山也不遲。

過了今天，在這個世上除了黃斌，就沒人知道有他這個人的存在了。

那些人，都跟著這個山腹一起陪葬吧。

第一百零八章 棺材

石門打開了，蘇清河跟著沈懷孝從裡面出來。

「裡面的人能活捉的活捉，不能活捉的就地格殺，一切以咱們自己人的安全為要。記得千萬不要碰裡面的東西，這裡面只怕會有些機關，要格外小心。」蘇清河交代暗七。

「記得速戰速決，不要拖延。這裡面的人對地形熟悉，你們儘量不要單獨行動，至少兩人一組，也好有個照應。」沈懷孝補充道。

暗七點頭領命。

見暗七帶著人進去，蘇清河才鬆了一口氣。「就算什麼也找不到，至少能將黃斌的老巢給毀了。」

「都說狡兔三窟，只怕這次少不了會有漏網之魚。」他將視線落在對面的山壁上，那裡應該也有暗門。

蘇清河點點頭。「要是能一網打盡，黃斌就不是黃斌了。我也沒抱太大的期望。」

沈懷孝了然地笑了笑，扶著蘇清河坐在一塊看起來還算平整的石塊上。「先歇一歇。」又把荷包裡的肉乾拿出來。「吃一點墊肚子，等一切處理完，估計得到晚上了。」

蘇清河自己拿了一塊，又餵沈懷孝吃了一塊。

暗七帶著人從洞口進去後，便將人分成兩組，順著兩側的石階上去。

等到了上頭，更讓人覺得陰森。此處分布著許多大小不一的石洞，每個石洞的門口都掛著一盞發出綠光的燈籠，從石洞裡則傳來了此起彼伏的打鼾聲。

暗七的心頓時放鬆下來。想必這裡從沒有人闖進來過，因此這些人安逸了太久，甚至連個站哨的也沒有。他點點頭，示意自己的人上前去。

石洞中的黑衣人猛地驚醒。「是誰？」

他不敢相信會有人進來，在他眼裡，這山腹一向是最安全的所在。

當暗七的刀架在他的脖子上，他才恍然。剛才少主的懷疑，是千真萬確的，真的有人闖了進來，而他卻絲毫沒有察覺。

他撕心裂肺地喊了一聲。「敵襲！」接著，他狠狠地咬牙，一股苦澀的滋味瞬間蔓延進喉嚨。

暗七一驚，刀正打算往這人的脖子而去，可定睛一看，一絲鮮紅的血跡從他的嘴角流了出來，顯然是咬破了藏在牙縫裡的毒囊自盡了。沒想到，居然會是死士。

等暗七走出洞口的時候，身上的衣服已經被血染紅了，看起來像是經歷了一場惡戰。

「殿下，已經清理乾淨，但是卻沒有一個活口，全都是死士。」暗七有些懊惱地道。

蘇清河一副早就知道的樣子，笑道：「你不必自責，這麼緊要的地方，若不是死士，黃斌又怎會放心地讓別人駐守呢？」

沈懷孝拍了拍暗七的肩。「殿下說得對，你不必自責。」

「咱們自己人的傷亡呢？」蘇清河問道。

「兩人重傷，其餘的沒有大礙。」暗七回了一句，見蘇清河盯著他看，就赧然道：「在下身上的都是別人的血，不敢勞殿下過問。」

蘇清河點點頭。「既然無礙，那就帶路吧。」

此時的山腹中，已被火把照得通明。原來這山壁上，都是放置著火把的，不過看樣子並不常用。

暗衛營的人正在清理裡面的死屍，而蘇清河則把注意力放在每間石室上，企圖從這裡獲得多一些資訊。

此時的她正站在一間石室裡。

這間石室和別的石室有些不同，裡頭乾淨整潔，頗為雅致，還有一股淡淡的藥味，可見住在這裡的人身體不怎麼康健。細聞那藥味，可以判斷是治療肺病的藥，而肺部有問題的人，是不可能習武的。

她又看了看石床邊的書，就知道此人是個文人。這讓她心裡有些疑惑，為何會有個並非死士的人住在這裡？

當視線落在床頭微微晃動的鈴鐺上時，蘇清河心知不妙。這個人逃了！

這個人能透過鈴鐺判斷出有人進來，還逃走了，卻沒有提醒山腹中的其他人。可見這個人對黃斌並非忠心不二的。

此刻蘇清河更感興趣的，是這個人逃走的路徑。只要能知道這個人是從何處逃出去的，要找到這個人也不過是遲早的事。

這山腹內的路果然夠曲折，若不是蘇清河在火把裡添了藥粉，能從藥粉燃燒的氣味分辨出走過的路，否則還真有可能迷路了。

不一會兒，蘇清河在一個交岔路口發現了遺落在地上的銀錁子，便知道前方的兩條通道，必然有一條是那個人逃走的路徑。

她在沈二耳邊交代了幾句，沈二便朝其中一條通道而去。她又讓眾人先在原地等著。

沈二在通道的盡頭發現了一道暗門，一打開來看，發現正是天龍寺的放生池。他剛一露頭，就被一把刀架在了脖子上。

「二管家，殿下呢？」這是石榴的聲音。

石榴的話音一落，沈二脖子上的刀就離開了。沈二摸了摸自己的脖子，看了一眼站在暗道口的青年。「謝了，兄弟。」要不是這人謹慎，只怕他的腦袋已經搬家了。也是他太過大意，沒有提前打一聲招呼。

他轉頭對石榴笑了笑。「殿下很好，別擔心。」說著又縮了回去。這裡不是公主殿下要找的路。

沈二退回岔路口，向蘇清河回稟道：「殿下，這條路是通往天龍寺的放生池。」

蘇清河點點頭，一行四人這才往另一條通道走去。走到盡頭，又按照相同的方法開啟了暗門。

她一走出來，見天龍寺就在對面山頭，又看了一眼山下的村莊，問道：「這是哪兒？」

沈懷孝四下看了看。「這裡應該離京城不遠，就在近郊。」

「啊？」蘇清河愣了一瞬。「原來在京城腳下，竟藏著這麼一個要命的地方。」

沈懷孝的神情有些凝重。「這地方好似已經修建了百年不止，也不知道是誰修建的？」

蘇清河搖搖頭。「不過，黃斌居然能知道這裡，這一點也讓人十分好奇。」

沈二指了指地面。「主子，快看。」泥地上有著清晰的腳印。

「有漏網之魚。」暗七有些懊惱地道。

蘇清河順著腳印往前走了幾步。這個逃走的人體弱多病，對黃斌又並非忠心，想來也不是太大的威脅。要是她沒猜錯，這個人應該就是高玲瓏口中所說的，那個被囚禁在密室裡的青年。

她擺擺手道：「不用管他了，咱們回去找找看山洞中是否還有什麼重要的線索吧。」

於是，四人便重新往回走。

牆上的火把，在剛才路過的時候，已經被暗七點燃，蘇清河此刻才有心思去打量四周的石壁。雖然沒有尖銳的稜角，但也絕對算不上光滑。顯然，石壁只是被人粗略地打磨過。

再往前走了十幾步，有一塊地方突然凹進去十幾公分。因為凹面極不規則，所以第一次路過時，蘇清河並沒在意，等到這次再路過時，她突然發現，這凹進去的一點點距離，使得整個凹面都籠罩在暗影裡，根本看不清楚石壁。這讓蘇清河有些好奇。

沈懷孝順著蘇清河的視線看過去，便示意沈二用火摺子照一下那凹進去的地方。

「咦？」沈二驚訝地叫了一聲。「主子，此處的石壁是光滑的。」

蘇清河臉上露出幾分了然的笑意。這正是利用了燈下黑的原理，成功地隱藏了一道暗門。好精巧的心思啊！

這道暗門是規則的長方形，周圍不規則的凹面全是為了誤導而設的。門上的機關找了半天，才發現是在最下面，而且不像是經常使用的樣子。也就意味著，這扇門後面可能藏有更大的秘密。蘇清河心想，這個地方知道的人一定十分有限，甚至包括這山腹中的死士，也未必知道這麼一個所在。

門慢慢地開啟，灰塵撲面而來，證明了這個地方久未被人踏足。

幾人摀住口鼻，等灰塵散去。

暗七舉著火把，第一個走了進去。不一會兒，他便回來稟報道：「裡頭只有一條通道，能容納兩人並行，看起來沒有危險。」

沈懷孝便拉著蘇清河，兩人跟在暗七的身後，沈二則負責殿後。

這條通道上並沒安置火把，可見，並不是讓人走的。

走了大概有兩、三百公尺，霍然出現了一間石室，石室裡面有兩副棺槨，靜靜地放在那裡，讓人心裡無端的有些發毛。

沈懷孝將蘇清河擋在身後。「別看。」

蘇清河暗暗地翻了個白眼。「我是大夫，什麼人沒見過？再說最不可怕的就是死人了。而且，你瞧那棺材上的灰塵，只怕這棺木放在這裡已經好幾十年，不管裡面的人是誰，早就成了一堆白骨。」

沈懷孝狠狠地攥了蘇清河的手。這個女人，怎麼能如此大膽？

蘇清河探出頭，看了一眼兩口棺材，眉頭微微地皺起來。「看牆上有沒有火把？有的話，都點起來。」她扯了扯沈懷孝的袖子。「我現在很好奇黃斌跟這兩口棺材中的人，是什麼關係？」

沈懷孝深吸了一口氣，見蘇清河真的不怕，這才慢慢地鬆開她的手。

沈二和暗七將牆上的火把都點著了，整個石室馬上明亮起來。

「竟然放置了二十支火把，可見對這個地方有多重視。」蘇清河先是環顧一周，才感嘆道。

沈懷孝也四處看了一眼，又扭頭看向那兩口棺木。「這似乎一個是主棺，一個是陪葬者的棺木。」

蘇清河跟著點點頭。雖然她對喪葬的習俗不怎麼瞭解，也能一眼看出這兩口棺材之間的關聯。

她讓沈二將棺材上的灰塵拂去了，才上前細看。不管從材質、做工、樣式，甚至是上面的花紋，還有擺放的位置，無一不說明這是一主一僕的格局。

「打開來看看。」蘇清河吩咐暗七和沈二。

兩人不由自主地看向沈懷孝。這裡面裝的肯定是枯骨了，要是嚇著這位公主殿下，可不是鬧著玩的。

沈懷孝無奈地說：「沒事，有我在公主身邊，你們去開棺吧。」他很清楚自己妻子那不達目的誓不罷休的性子。

「主子，先……先開哪個？。」沈二有些結巴地問道。

沈懷孝看了蘇清河一眼。

蘇清河的眼神在兩個棺材之間徘徊，她此時心裡不由得想起從白皇后那裡聽到的事。父皇之所以認為先皇沒死，是因為皇陵裡的棺槨是空的，而這裡出現了兩副棺材，會不會其中一個就是先皇呢？

蘇清河的第一反應就是開主棺，以先皇的身分，怎麼可能淪落到為僕的下場？

但是，一想到黃斌的手段，讓她不由得心中一凜。她咬咬牙，指了那副相對簡樸的棺木。「把它打開。」

沈懷孝見蘇清河的神色不對，便問道：「怎麼了？」

蘇清河沒有多解釋。「只是想證明自己的猜想罷了。」

猜想？什麼猜想？沈懷孝看著那慢慢開啟的棺材，露出了疑惑之色。

棺木並沒有釘死，以暗七和沈二兩人之力，要打開它並不難。

「咦？」暗七和沈二低頭看了一眼，都露出疑惑之色，顯然是沒想到如此樸素的棺木中，死者的穿著會如此華貴。

蘇清河一個箭步走了過去，裡面躺著的是一具骷髏。身上的衣服顏色有些褪色了，卻也能看出是明黃色。那骷髏頭附近，有一頂九珠冠，象徵著九五之尊；也許是受到開棺時的震蕩，九珠冠滾落到了一旁，讓蘇清河輕而易舉地看清楚了骷髏頭上清晰的傷痕。這是開顱手術之後留下的。

她面色一白。此人正是先帝，她的皇祖父。

蘇清河雙膝跪地，深吸幾口氣，穩下心神後才虔誠地三跪九叩。

沒想到一代明君死後卻委屈地被藏在這裡，還被人擺在了僕從的位置上。

她心裡驀地難過了起來。

先帝為了不勞民傷財，根本就沒有花費什麼人力、物力去修建他的陵墓，這在如今的社會背景之下，是十分難能可貴的。歷代的帝王中，也從來沒有像他這樣做的，這讓蘇清河對先帝更多了幾分好感。

是以此時，看到這樣的情景，她心裡可謂是感觸良多。

其他三人被蘇清河的動作給嚇得愣住了。以蘇清河的身分，都如此鄭重地行大禮了，那麼他們就得更恭敬幾分。幾人連忙跪下磕頭行禮。

待禮畢，蘇清河站起身來，吩咐暗七和沈二。「小心地將棺蓋合上，然後把另一道棺木起開。」

她的語氣說不上好，三人都感覺到了其中難以遏制的怒意。

「怎麼了？」沈懷孝問道。

蘇清河搖搖頭。「等會兒再說。」

有了方才的經驗，這一次兩人開棺時明顯輕鬆了許多。棺材起開後，暗七和沈二又朝裡頭瞥了一眼，兩人心中都驚詫莫名。

沈懷孝先一步上前查看，眉頭也皺了起來。棺材中的白骨有兩具，但都是破衣爛衫，還有麻布裹在屍骨上，讓人覺得分外違和。

這樣的兩個人，在主棺裡，而九五之尊，卻以僕人的方式陪葬。也太令人匪夷所思了。

蘇清河走近主棺一看，心裡道一聲「果然」。

「這是……」沈懷孝驚疑不定地道：「這該不會就是傳說中的借氣運吧？」

蘇清河點點頭。「應該錯不了。那主棺裡的，應該就是黃斌的父母。」

沈懷孝默然。

暗七和沈二對視一眼。此等隱秘，他們就算聽到了，也要守口如瓶，絕不透露半分。

「合上吧，咱們先離開。」蘇清河轉身，心裡有著說不出的憤怒。

當棺材合上，石室另一側的牆上，突然有一道門打開了，將幾人嚇了一跳。四人戒備著等了半天，卻也不見再有動靜。

暗七出去看了看，才道：「好像是通往別處。」

沈懷孝恍然地看了一眼棺材。「這機關倒也巧妙，若是對死者沒有足夠的尊重，可能始終無法發現這道暗門。」

蘇清河點點頭。「那就去看看暗門後還有什麼秘密吧。」

順著暗道一路往前，走了半個時辰左右，才又被一道石門給擋住去路。

暗七兩三下就找到了機關，門應聲而開。此刻眼前豁然開朗，似乎又回到山崖下的那處石門般。不同的是，這道石門的兩側沒有石階，但正對著石門的地方，卻有一條相對比較寬廣的路一直往裡延伸，看不到盡頭。此外，旁邊還有另一道石門。

蘇清河示意沈二將另一道石門推開。

沈二一打開石門，亮光便透了過來。幾人走了出去，發現正是天龍寺對面的山崖下，外面還有駐守的暗衛。

「原來兩處山崖之間是有通道相連的，那為什麼還弄了兩個大門？」沈二嘟囔了一聲。

沈懷孝瞪了一眼過去。還能為什麼？當然是因為通往棺材的那間石室，守在這裡的死士都是不知情的，自然也不知道那山崖之間相通的暗道，他們只能由這兩處大門進出。

此時日頭已經偏西，眼看天就要黑下來。

蘇清河轉過頭道：「方才那條路，咱們進去看看它通向哪裡吧。」

沈懷孝心裡已經有了猜測。「應該是橫穿了整座山，再過去就是山的背面，已經不屬於京城的地界了。若是走官道，估計得花個兩、三天的路程。」

蘇清河點點頭。「他們晚上忙忙碌碌的，也得去看看他們究竟在忙些什麼？」

沈懷孝點頭，一把拽住蘇清河。「拉著我，別撒手。」

蘇清河摟住他的胳膊。「這樣行了吧？」

沈懷孝不自在地咳嗽了一聲。「那就走吧。」

沈二率先走在前面，暗七則又調了兩個屬下過來，跟在沈懷孝和蘇清河身後。

這段路程著實不短，足有兩里遠，才被一條暗河擋住了去路。而這暗河的兩側，又有不少石洞，石洞距離暗河有一人多高的距離，想來是怕河水上漲會淹了石洞。

「去看看。」蘇清河吩咐暗七。

暗七帶著兩個下屬，悄悄地靠近石洞。他踩在下屬的背上，輕輕一躍，就跳了上去。

石洞裡並沒有人，而是整整齊齊地擺著一個個大箱子。暗七將箱子上蓋打開，頓時倒吸一口涼氣。裡頭全是軍中的制式兵器，這是要造反啊！

他又陸續打開了幾個箱子，全都是一樣的兵器。他隨手拿了一把刀，就跳了出來。

「殿下，石洞中都是一箱箱的兵器。」暗七恭敬地將刀遞了過去。

蘇清河在涼州的時候，就見過軍中裝備的武器，此時一看，心裡有些駭然。「所有兵器都是這種成色和樣式嗎？」

暗七回道：「都是一樣的。」

沈懷孝接到手裡一瞧，心就狂跳了起來。當時涼州的兵器出了問題，看來不是兵部和工部有奸細，而是有人私設了兵器坊。

「派人守住這裡，本宮和駙馬這就回京，你們等著旨意吧。」蘇清河對暗七道。

「殿下放心，臣曉得輕重，絕不會走漏一點風聲。」暗七點頭應道。

沈懷孝將兵器遞給沈二，接著才道：「咱們從剛才的暗道走，出去就是近郊，再走上幾里路就到京城了。」

蘇清河點點頭。她現在急切地想要回宮，有些事，要親自見了皇上才好說。「那就按你說的走吧。」

第一百零九章 狠心

等三人從山上下來，走到村莊，天已經擦黑了。

「主子，我去買一輛牛車吧。」沈二見蘇清河臉上有些疲勞之色，就道。

「別去。」沈懷孝攔下沈二。「也許村裡就有黃斌的人守著，若貿然進村，必然引人懷疑，消息也會透露出去。」他看向蘇清河。「我揹妳吧。」

蘇清河搖搖頭。「幾里路罷了，還不至於走不動。」

沈懷孝見她倔強，也不再多話，三人沿著村子的周圍，快速地離開了。

等進了京城，蘇清河的腳好似都不是自己的。天已經完全黑了下來，她一路上低著頭，也沒有引起任何人的注意。

沈二隨手攔下一輛普通的馬車，出高價買了下來，這才載著兩位主子，朝皇宮而去。

夏日晚上的夜市，好不熱鬧，沿路經過的幾個小吃攤，時不時傳來香味，讓只吃了早飯的幾人，肚子都叫了起來。

蘇清河揚聲道：「沈二，看見有什麼吃的就買一點吧，咱們都餓著肚子呢。」

沈二索利地在街邊買了幾個驢肉火燒。「殿下，先墊一墊肚子吧。」

蘇清河咬了一口，只覺得鹹香適口，回味悠長。

「慢點吃。」沈懷孝兩三口便吞下一個，看蘇清河乾巴巴地吃得艱難，就拿了過來。

「一會兒進宮後吃點帶湯水的吧。」

蘇清河吃了半個，也沒剛才那樣餓得難受了，就點點頭。「你多吃點。」

兩人在宮門口下了車，守門的將人迎了進去，沈二則留在外頭等候。

福順在乾元殿門口迎了蘇清河。「殿下辛苦了，駙馬也辛苦了。」

「公公客氣。」蘇清河點點頭。「快帶本宮去見父皇，本宮有急事。」

福順腳下更快了兩分。「陛下正等著呢，殿下請跟老奴來。」

明啟帝剛吃了晚飯，一盞茶還沒用完，就見福順帶著蘇清河和沈懷孝進來了。

「見過父皇。」

「見過陛下。」

兩人行了禮，明啟帝趕緊讓他們起身。見蘇清河一身狼狽，連忙吩咐福順。「帶公主去後殿梳洗更衣。」至於沈懷孝，就省略了。一個大男人，想來也沒什麼關係吧。

蘇清河也不矯情，跟著明啟帝身邊的姑姑往後殿去了。

明啟帝又讓人去叫太子粟遠冽後，這才想起沈懷孝，便讓福順給他賜座看茶。

沈懷孝謝恩後坐下，灌了兩杯茶，便瞧見了疾步而來的太子，他這才詳細地說了到天龍寺以後的事。

說到鬼火的時候，明啟帝問道：「這件事，禁衛軍的奏摺中也曾提起。但如此多的人，怎麼就沒人發現山崖下不對勁？清河是靠什麼判斷的？」

沈懷孝搖搖頭道：「這一點臣也無從得知。」

「你繼續說。」明啟帝示意沈懷孝。

等說到山壁上的苔蘚，進而發現山壁是人造的時候，明啟帝和粟遠冽無不驚訝。

蘇清河已梳洗完，換了衣裳過來。她聽見沈懷孝正說到了自己對棺槨行大禮。

明啟帝聽出了其中的蹊蹺，心中也有了猜測。他看著蘇清河。「妳能確定身分嗎？」

蘇清河點點頭。「頭蓋骨上有非常明顯的痕跡。如果皇祖父當時確實動過開顱手術的話，一定是皇祖父無疑。」

明啟帝的臉色越來越蒼白，手也跟著顫抖了起來。「豈有此理！」

「父皇。」蘇清河和粟遠冽趕緊上前扶住明啟帝。

蘇清河按住明啟帝身上的幾個穴位輕輕揉捏。「父皇，不要動氣。好在如今找到了皇祖父的屍骨，這就是萬幸了。」

「是朕這個做兒子的不孝啊……」明啟帝的眼淚瞬間流了下來。

他讓先帝，讓自己的父親，以僕從的身分在地下待了二十餘年，這是他這個做兒子的恥辱，也是整個皇家的恥辱。

沈懷孝低下頭。原來那是先皇啊，難怪……

「父皇，暗七如今還留在天龍寺，咱們得趕緊處理這件事。」粟遠冽提醒道：「也好儘快將皇祖父安葬在皇陵。」

明啟帝點點頭。「你說得對。」他穩了穩心神，抹了一把臉，看著沈懷孝道：「你接著說。」

沈懷孝就將發現兵器的事情，一一說了。

明啟帝冷笑了一聲。「黃斌……其心當誅。」

蘇清河猶豫了半天才道：「還有逃走的那個人，應該就是高玲瓏所說的那個密室中的年輕人……」

不待蘇清河說完，明啟帝就擺擺手，臉上露出幾分複雜的神色。「不用說了，朕知道那是誰，隨他去吧。」

蘇清河看了粟遠冽一眼，見他也是滿臉的疑惑。

既然父皇不說，自然有他不說的道理。不該她知道的，她從來不多問。

「凝兒，去陪陪妳娘。」明啟帝打發了蘇清河，又將剩下的事情，全權交給了粟遠冽和沈懷孝處理。

等大殿裡就剩下他一個人的時候，才對著暗影中的人嘆道：「龍鱗，當初那個孩子……哎，朕是不是錯了？」

龍鱗搖搖頭。「他比起幾位已故兄長，要幸運多了，至少他還活著。」

「你這些話是在安慰朕。」明啟帝笑得有幾分傷感與無奈。「都是朕這個做兒子的不瞭解自己父親的緣故。」

龍鱗沈默半晌，才道：「若是父皇對這個孩子有所安排，總會安排的，就好比我一樣。父皇給了我一條讓我無法拒絕的路，可是對這個孩子，父皇卻隻字未提，那麼，父皇是不是早已經預見了結果？」
明啟帝嘆了口氣。「父皇的做法，有時候真的讓人參不透。既然如今已經這樣了，也只能將錯就錯。你去找到他，暗中護著他一點，看他想過什麼樣的日子，都由他去吧。畢竟是父皇的老來子……當初要不是朕以為父皇還活著，也不會對這個孩子這般狠心，如今說什麼都晚了……他不知道自己的身世，就沒有負擔，對他也是一件幸事。」
當時發現皇陵中先帝的陵寢是空的，他心裡就有了懷疑，這才將這個小皇弟拿來做誘餌。父皇晚年，對這個孩子的生母極其寵愛，他相信，父皇不會看著幼子喪命。結果，這孩子真的被人救走了，沒想到卻是落入黃斌的手中。
「是。」龍鱗點點頭。「我一定將他安置好。」
明啟帝這才揉了揉額角。「你也別守著，去歇了吧，朕想一個人靜一靜，隨便派個人守在外面就好。」
屋裡就這麼靜了下來。
明啟帝知道龍鱗已經退下，他這才疲憊地往椅背上一靠，眼淚順著眼角流了下來。
蘇清河到了寧壽宮，被白皇后牽著手來回地看了好幾次。「以後萬不可再以身犯險了。」
蘇清河點點頭。「娘，趕緊讓人給女兒做點吃的，也讓人給駙馬送一點吃食，今兒一天咱們可都餓著呢。駙馬在東宮，哥哥估計也周到不了。」

「都安排好了。」白皇后埋怨地瞪了她幾眼。「真是白眼狼，就不想著娘在宮裡提心弔膽的，一整天也沒吃東西，只記得自己的駙馬。」

「您看看，讓女兒多關心駙馬的是您，如今吃醋的還是您。」蘇清河嘻嘻笑著。

白皇后將她按到炕上坐了。「聽乾元殿的姑姑說，妳的腳上都磨出水泡了，先上了藥再吃飯吧。看妳若無其事的樣子，難道不疼嗎？」

「沒事，不挑破的話，就算疼也是能忍受的，可一旦挑破，那才真疼呢。就這麼著吧。」蘇清河還真沒把腳上有水泡當一回事。

「胡說。」白皇后讓宮女脫去了蘇清河腳上的鞋襪，粉嫩嫩的腳底板上有好幾個透明的水泡。「都這樣了，還說沒事。」

白皇后親自替女兒把水泡給挑破，又上了藥，再用白布包紮好。「這幾天就歇在宮裡，哪裡也不許去。」

蘇清河心裡一嘆。有娘疼就是好。

她吃了一大碗海鮮餛飩，晚飯就算結束了。

吃飽後，她往炕上的軟枕上一靠，才將天龍寺的事情，小聲地說給白皇后聽。

「幸虧妳心思細膩，又有一番見識，否則，妳皇祖父只怕得一直待在那暗無天日的山腹中了。」白皇后嘆了一聲。「妳父皇心裡也不好受。」

「要不然娘今晚去乾元殿陪陪父皇？」蘇清河笑道。

「死丫頭。」白皇后瞪了蘇清河一眼。「咱們都老夫老妻了，比不上你們年輕夫妻。再說，他大概更想一個人待著。」

東宮

如今的白遠，已經無法時刻跟在粟遠洌身邊。他現在管著太子在宮外的瑣事。

粟遠洌的身邊換了一個叫做張啟瑞的太監。這個太監也是打小就跟在粟遠洌身邊，一直打理著粟遠洌的產業，如今入了東宮，粟遠洌就把他調過來。

張啟瑞對沈懷孝非常客氣，先是斟了茶，緊接著又上了點吃的過來。

沈懷孝配著醬肉吃了幾個荷葉餅，又喝了一碗豆腐湯，整個人都覺得舒坦起來。

等張啟瑞帶著人下去，粟遠洌才道：「你有什麼想法？」

沈懷孝又不傻，這件事他參與到現在已足夠，再深入可就不適合了。山腹之地皇家肯定會收回己用，至於要怎麼用，他還是別知道的好。

他仔細想了想，才道：「臣以為可以先將先帝的屍骨，秘密地送回來。因為那個石室十分隱秘，所以，黃斌想必是極有信心，認為石室絕對不會被發現。不過，若想要知道他設那樣一個風水格局是想幹什麼，就暫時不能打草驚蛇。」

「你的意思是說，換一副屍骨進去，然後將一切恢復原狀？」粟遠洌問道。

「這種類似邪術的東西，還是謹慎處理的好。」沈懷孝道。雖然他心裡是不信的，但要是真出了什麼事，那就不好了，凡事小心為上。

粟遠洌深深地看了沈懷孝一眼。「你的謹慎是對的。」

「太子殿下放心，知道這件事的，除了臣和公主，就只有暗七和沈二。沈二那裡，您儘管放心。」沈懷孝解釋道。

知道的人少，方便封鎖消息，更何況還都是親信。

粟遠冽點點頭道：「那你就去忙安排使臣一事吧。山腹中的事，由孤來處理。」

沈懷孝這才鬆了一口氣，告辭後便退了出來。

第一百一十章 喧鬧

蘇清河第二天一睜開眼，就看見兩個孩子守在她身邊，這讓她的心情頓時明媚了起來。

「不用上學嗎？」蘇清河一把將兩個孩子攬在懷裡。

「今兒休息嘛。」沈菲琪不高興地道：「娘，咱們不回家嗎？」

蘇清河一愣，問道：「宮裡不好？」

沈菲琪看了沈飛麟一眼，垂下眼瞼。「也不是不好，就是想回家。想娘了，也想爹。」

蘇清河鼻子一酸。「妳沒跟娘說實話吧。你們想回家的話，外婆肯定不會攔著的，到底怎麼了？」

沈飛麟看了蘇清河一眼，才無奈地道：「能來宮裡上學的，哪個不是有點身分的。這些人家出來的孩子，都是長了心眼，可姊姊傻乎乎的，又不喜歡玩心機，便覺得和那些姑娘處不來，所以不想去上學。」

「那妳別跟她們玩不就好了？娘記得妳大舅舅家的兩個姊姊，不也在宮裡念書嗎？去找她們玩也行啊。」蘇清河皺眉道。琪兒這遇事就逃避的性子，不知道什麼時候才能掰正過來？

「敏淑和敏嫻兩位姊姊也不喜歡我。」沈菲琪嘟囔了一句。

敏淑郡主和敏嫻郡主，便是誠親王的嫡女。

沈飛麟瞪著眼睛道：「這又不是妳的錯。大舅母是黃家的女兒，對咱們自然喜歡不起來，這有什麼好奇怪的？再說她們作為嫡親的孫女，卻沒有妳一個外孫女受皇祖父寵愛，心裡肯定會不舒服。都跟妳說多少次了，別人喜不喜歡有什麼要緊的？」

蘇清河點點頭，道：「麟兒說得對，不喜歡就不喜歡吧。只要她們面上對妳笑盈盈的就行了。」黃貴妃是個聰明人，將那兩個姑娘放在宮裡，想必會事先教導過，明面上肯定不會跟琪兒鬧起來才對。

「她們是對我笑，看起來也很親熱，但我心裡知道那都是假的。」沈菲琪又垂下頭。

「假的就假的，妳還指望她們對妳有多少真心？」沈飛麟不耐煩地道：「妳乾脆讓娘給妳打造一個水晶籠子，一輩子都關在裡頭別出來了。」

沈菲琪癟著一張小嘴，臉都白了。

蘇清河卻沒有心軟。「妳得學著長大了，娘不能守著妳一輩子。」

沈菲琪擦了擦眼淚。「我知道了。我就是不喜歡她們，可也沒在她們面前說出來啊。」

「人活在世上，哪裡能所有的事情都盡如人意？」蘇清河狠下心。「等妳學會了在不喜歡的人面前笑，娘才能接妳回家。」

沈菲琪瞪著眼睛，見蘇清河不是在開玩笑，有些懵了。

蘇清河的神情越發嚴肅起來。「如今剛過了幾天太平日子，妳就忘了曾經的苦。要是妳真的打算一輩子都渾渾噩噩，那娘現在就接妳回家，以後再也不出門見人，也不讓妳嫁人，就把妳養在家裡一輩子。但妳真的要這樣嗎？」

沈菲琪慌張了起來，連連搖頭道：「娘，我知道錯了。」

「沒有人生下來就什麼都會，誰不是逼著自己長大的？咱們不怕吃虧，吃的虧多了，妳自然就長大了。每天接觸形形色色的人，看著他們說話行事，等妳能看明白他們的內心，妳就算出師了。」蘇清河將頭撇到一邊。「妳這是在宮裡被寵壞了。」被寵得忘了前世的教訓，容不下一絲不如意。

是的，她又忘了之前的教訓。自己現在的行為，不就是娘所說過的逃避嗎？

「我知道該怎麼做了，娘。」沈菲琪點點頭。她決定將發生在自己身邊那些不好的事情，統統記錄下來，每天翻看。即便再艱難，她也會堅持下去，勇敢面對。

「娘等著妳破繭成蝶的一天。」蘇清河摟了摟閨女，心裡卻是疼的。

心理上的疾病，並不是一朝一夕就能解決，這必然是個十分痛苦的過程。但是外人除了能提醒她之外，卻絲毫幫不了她，她得自己走出來。

沈飛麟勸慰道：「妳好好地習武，也好好地學醫。當妳強大到別人都傷害不了妳的時候，妳就不會逃避了。」

蘇清河點點頭。這倒是個好辦法。「妳以後就跟著麟兒一起習武。」

「好。」沈菲琪呼了一口氣，表情認真。

蘇清河看著兩個孩子，心裡也不由得反思，是不是自己對孩子的關心不夠？她努力的初衷，就是想讓孩子過得好一些，可若是因此忽略了孩子，就有些捨本逐末了。

「要不，咱們今天出去逛逛？」蘇清河提議道。她想起去天龍寺的路上，好似有一大片野生的杜鵑，將整個小山坡渲染得紅彤彤的。這種在野外又未經修飾的景色，是宜園中所沒有的。

「娘不是說不接我回家嗎？」沈菲琪眼睛亮閃閃的，滿是興奮。

「不回家，只是出去逛逛。」蘇清河索利地起身。「快去收拾東西，咱們今兒出城去。」

兩孩子歡呼一聲，就衝了出去。

白皇后進來問道：「妳的腳還行不行啊？」她沒有攔著，顯然是在外面聽到了母子三人的對話。

她心中對女兒也有些歉疚。將孩子抱進來，她倒是有人陪伴了，可卻讓他們母子三人分開了。「要不然，還是讓孩子跟妳回去住吧？」她不想女兒和她受一樣的苦，母子分離。

蘇清河一看母后的表情，就知道她是想歪了，便笑道：「孩子在宮裡，女兒又不是見不到，您別多想。這兩個孩子終究是外姓，可偏偏身上又有皇家的血脈，他們得在宮裡學會尊卑，學會跟各式各樣的人打交道，這是任何先生都教導不了的學問。」

白皇后點點頭。「妳的想法是對的，只是才這麼一點大的孩子，就要他們學會忍氣吞聲，未免殘忍了一些。」

蘇清河點點頭，心裡卻一笑。要不是這兩個孩子情況特殊，她哪裡能放得下心。

和母后說完話，她便趕緊去洗漱了。想著等會兒要帶兩個孩子出去逛逛，本要換上一身輕便的衣裝，就見母后拿了裙裝過來。「別總穿男裝，妳的長相跟妳哥太像了，太子哪裡是能輕易露面的？別頂著一樣的臉四處招搖了。」

其實以她的身分，要打扮成什麼樣子出去，也不會有人敢說些什麼。瞧娘這話說的，根本只是不想讓她穿男裝吧。

蘇清河呵呵一笑。「都聽娘的。」

不久後，兩個孩子也都換了一身俐落的騎裝跑過來。

她帶著兩個孩子吃了早飯，這才動身。

宮門外，早有公主府的馬車等在外面，駕車的是沈二。「殿下，主子說晚一點的時候，再過去接您。」

蘇清河搖搖頭。「讓他忙吧，我就是帶著孩子出來透透氣的。」

兩個孩子一出宮就撒歡，馬上竄上馬車。「快走、快走。」

「就去那處杜鵑山坡吧。」蘇清河看了沈二一眼，吩咐道。

沈二了然道：「殿下，您可真會選地方。那裡離京城近，半個時辰就到了。」

護國公主府的馬車浩浩蕩蕩地出了城，京城裡的許多人家也都跟著動了起來。

等蘇清河帶著孩子到了杜鵑山坡，後面陸陸續續地跟來了不少人，都是些有頭有臉人家的夫人、小姐。

「你們只管去玩吧，娘還需要應酬一些人。」蘇清河安慰兩個孩子道。

沈菲琪看著蘇清河，嘆了一聲。「以娘這樣的身分，也有不得不做的事情嗎？」

「是啊。」蘇清河笑道。「只要是人，就都得被束縛，就連妳外公和舅舅都是如此，更何況是娘呢？」

她替兩個孩子整理了衣衫，又叮囑了嬤嬤和丫鬟幾句，便讓他們去玩了。

蘇清河坐在自己的帳篷裡，嘆了一口氣，對賴嬤嬤抱怨。「這些人的消息還真靈通。不過前朝的事情，哪裡是我能插得上話的？她們家老爺的升遷，跟我更是一文錢關係都沒有。妳說她們想燒香是不是走錯了廟門？」

「或許是為了別的事情呢。」賴嬤嬤搖搖頭。「這些夫人來的時候，可都帶著自家姑娘。」

「我又不打算給駙馬納妾，帶姑娘來幹什麼？我還能給她們什麼好前程？」蘇清河覺得這些夫人們的做法實在是可笑。

「今年是選秀年，殿下莫不是忘了？」賴嬤嬤無奈地道：「殿下，這些事情您也該上點心了。」

是了，還有這一碼事。勛貴家的姑娘和四品以上官員家的姑娘，都是要參加選秀的。

「這我就更管不了了。」蘇清河搖搖頭。「真是一個個都鬼迷心竅了，怎會如此急巴巴地把姑娘往火坑裡推？」

「殿下慎言。」賴嬤嬤連忙阻止蘇清河。

「知道了！」她煩躁地擺擺手。「要見哪些人，由妳安排吧。」

賴嬤嬤這才點點頭，出去安排了。

不一會兒，就帶了京兆尹戚海泉的夫人和女兒們走了進來。這位戚夫人長得一團和氣，身後跟著的三個姑娘，也是各有各的美。

蘇清河笑著說：「戚夫人真是好福氣，這三個姑娘如花似玉，養得真好。」心裡卻明白，這三個肯定不會都是她親生的，要不然，年歲不會如此相近。

戚夫人見蘇清河言語溫和，倒也放鬆下來。「都是沒見過什麼世面的孩子，能得殿下青睞，也是她們的造化。」

蘇清河笑了笑，讓賴嬤嬤給了三位姑娘見面禮。

送給這三位姑娘的也不過是幾樣小首飾，不見得金貴，卻勝在精緻，都是內造的。而蘇清河更注意到，賴嬤嬤給了中間那位姑娘裝見面禮的荷包，繡的是金線。金線的荷包自然比銀線的貴重，想來賴嬤嬤已經打聽好了，中間的這位姑娘是嫡出，另外兩位可就是庶出了。

這讓蘇清河覺得十分有趣。中間的那位姑娘不管服飾還是裝扮，都不過中規中矩而已。人看著也木訥，一直低垂著頭，不敢抬眼看人的樣子。倒是那兩個庶出的姑娘，錦衣華服，妝容精緻，細看還有些忐忑和緊張。

她心思一轉，就有些明白。戚夫人只怕是不願意把自己的閨女送進宮，但又架不住家裡男人已下定了決心。於是，就把庶出的女兒推出來，既成全了庶出的野心，又保全了自己的閨女。

「夫人真是一片慈母之心。本宮知道了，本宮也是有女兒的人啊。」她朝戚夫人笑了笑。

戚夫人眼睛一亮，緊跟著眼眶就紅了。她會走這一趟，何嘗不是被自家老爺逼得沒辦法，沒想到這位公主殿下倒是個眼明心亮的人。

她覺得，自己有必要與公主結一個善緣。

蘇清河見她似乎還有話要說，就笑道：「讓姑娘們都出去玩吧，難得出來透透氣。」說著，便有丫鬟帶著三位姑娘出去了。

「夫人有話就說。」蘇清河笑看著戚夫人。

「殿下，臣婦的這點小心思還真是瞞不過您的眼。」戚夫人不好意思地道：「本來，家中老爺也沒有其他心思，只是前幾天有一位萬家的爺登門拜見過老爺之後，老爺突然就變了想法。臣婦就生了一個姑娘，是千嬌萬寵般地養大，也已經和娘家的哥哥、嫂嫂說好了，要將孩子嫁到娘家，將來她的公公、婆婆便是舅舅、舅母，至少不會苛待她。她沒有個親兄弟幫襯，這也是臣婦這當娘的，能為她所做的最好安排了。」

似乎是絮絮叨叨訴苦的話，卻透露了一個極為重要的消息，那就是萬家找過戚海泉。而戚海泉的反應也證明了，萬家定是許諾要讓戚家的姑娘進東宮。

戚夫人透露這樣的消息，只怕也是為了阻擋兩個庶女的上進之路。庶女要是真進宮生了個一兒半女出來，她這個當家夫人可就不好做了。再加上她沒有兒子，就更不會為了戚家謀劃什麼。她所求的，也不過是自己的親生骨肉能夠過得好。

蘇清河想明白了這一點，就點點頭道：「等令千金出閣的時候，本宮一定會添妝的。」

戚夫人頓時感激涕零。這就代表自家的閨女一定會被篩下來，不會進宮。而且要是出嫁能得護國公主的添妝，那可是天大的臉面，閨女在婆家也更會得到尊重。
蘇清河心想，就當是感謝她提供的消息。
送走了戚夫人，蘇清河臉上的笑意馬上消失。
這萬家，也太急切了！
在很多人眼裡，太子是站在萬家身後的，又有誰會想到太子妃身上？不知道的還以為是太子心大，在透過萬家拉攏人脈呢。若不是父皇對他們兄妹的感情是真心實意的，只怕別人挑撥個兩句，太子就該被疑心了。
真是豈有此理！
「殿下，先消消氣。您還是再見見其他人吧，看萬家到底拉攏了多少人？」賴嬤嬤皺眉道。
「那就見吧。」蘇清河強壓下心頭的火氣，吩咐道。
賴嬤嬤接著帶進來的，是陳士誠的夫人苗氏和一位十四、五歲的姑娘。
「有些日子沒見了，夫人可還好？」蘇清河讓她們坐下，問道：「夫人家的幾個孩子怎麼沒帶來？」
「回殿下，孩子今兒還在上學，所以就沒帶來。」苗氏笑道：「要是知道小侯爺和郡主在，臣婦早就帶著幾個皮猴子過來了。」
蘇清河笑了笑，又轉頭看向她身後的姑娘。「這位是夫人的小姑子啊？還是娘家的親妹子？」

苗氏不自在地笑了一下。「是臣婦的小姑子，咱們姑嫂在家裡悶壞了，便出來走走，沒想到會遇到殿下，便帶她過來給殿下請個安，也好讓她見見世面。」

蘇清河心想，這話說得可真是一點也不誠實。

此刻，沈菲琪正指著一株半紅半白的杜鵑，叫沈飛麟看。

沈飛麟瞇著眼細看了半天，才點點頭。「是有些意思，叫丫鬟們做上記號，走的時候連根帶走，移栽到家裡吧。咱們再找找看，說不定還有別的顏色。」他也興致勃勃。因為蘇清河本身就喜歡這些奇花異草，帶回去可以討母親歡喜了。

沈菲琪一拍手。「這個主意好。」

兩人在花叢裡鑽了半天，只覺得遇到的人越來越多，大多數人還會停下來時不時地偷瞄他們一眼。

這讓兩個本來就敏感的人，馬上察覺出不妥。看來要不是嬤嬤們攔著，這些人就要衝過來打招呼了。

真是怪了，一處本來沒什麼名氣的山野之地，居然一日之間來了這麼多女眷。如今又不是踏春時節，晌午熱起來，都能將人給烤熟了。

「今兒是怎麼了？」沈菲琪看了看四周的人，壓低聲音問道：「這處山坡應該沒什麼名氣吧？」她的語氣有些不確定。

「山不在高，有仙則名。」沈飛麟嘲諷地笑了笑。「娘就是那個突然降臨的神仙，於是山也跟著出名了。」

沈菲琪問道：「她們找娘要做什麼？」

沈飛麟看了看一眾的年輕姑娘。「怕是有人將娘看作登雲梯了，認為只要娘扶一把，她們就能直上青雲。」

「你是說選秀啊？」沈菲琪恍然。在宮裡，只要不是瞎子、聾子，消息還是會跑進耳朵裡的。「六舅舅要娶親，咱們娘親也說不上話啊。」

今年需要指婚的只有六皇子榮親王，可他的母親高氏還活得好好的，別人哪插得上話。

「人家盯上的是四舅舅。」沈飛麟鄙視地看了沈菲琪一眼。「四舅舅如今可是太子，那也是一根高枝。」

「那舅媽怎麼辦？」沈菲琪愕然。

上輩子可沒這樣的事。誰不知道安郡王夫妻倆感情好極了，今生好不容易改了命運，怎麼好好的夫妻反而做不成了呢？

「舅媽還是舅媽，但看來兩位表哥的未來，還真是不怎麼樂觀啊。」沈飛麟嘟囔道。

「二表哥喜歡跟大表哥較勁，等將來再有了表弟，說不定他們兩個親兄弟的關係反而就好了呢。」沈菲琪笑道：「這就是有得就有失吧。」

沈飛麟讚賞地看了她一眼。「妳要是早這樣會想，娘不就不用為妳擔心了嗎？」

沈菲琪輕哼一聲。「要不然咱們回帳篷吧，我可不想留在這裡被別人當猴看。」

沈飛麟四下看了看。「那就走吧，人這麼多也掃興得很。看來外面再怎麼寬廣，都不如咱們家的園子裡更清靜。」
兩人沒有猶豫，直接往帳篷走去。

第一百一十一章　鬥豔

蘇清河見沈飛麟和沈菲琪回來，還有些驚訝。「怎麼回來了？是外面熱起來了嗎？」

沈菲琪搖搖頭，微微笑了笑。

這時候，就能看出她在宮中學禮儀的好處。只見她轉身朝帳篷內的客人微微地點點頭，下巴揚起，這個揚起的弧度恰到好處地展現了皇家郡主的驕矜之氣，卻又不讓人討厭。

本來坐在一旁的夫人、小姐一看沈菲琪的動作，馬上都站起身，恭敬地對著兩個小毛頭行禮。

「都起身吧。」沈菲琪笑道：「我年紀小，不用對我行此大禮，當不得。」

蘇清河滿意地笑了笑。「都起來吧，他們都還小，確實不用如此。」

苗氏看了沈菲琪一眼，嘆道：「郡主比之前在涼州的時候，可是長大了好些。」

「夫人過獎了。」沈菲琪開口寒暄。「怎麼不見西西？我都有些想她了。」

西西是苗氏的小女兒，比沈菲琪要大上一歲。

苗氏笑道：「勞郡主記掛，改日一定登門拜訪。」

「等我出宮的時候，會給西西發請帖的。」沈菲琪客氣地笑了笑。言下之意，卻是已經拒絕了苗氏日後藉著她的名頭上門請見的要求。

苗氏不知道這孩子說的話是有意還是無意，但都證明了皇宮確實是個鍛鍊人的好地方。

半年前還是個單純的小丫頭，轉眼間就已有皇家郡主的風采了。自家的兩個兒子，也不知道有沒有機會娶到這麼一個稀世寶貝？光這個郡主身後的財力和勢力，就是自己的兒子奮鬥一輩子也未必能得到的。她看向沈菲琪的目光，不由得熱切起來。

沈菲琪覺得自己像是被苗氏垂涎的一塊肉，她不自在地轉過身，對蘇清河道：「娘，我跟哥哥該午睡了。」就是要趕人的意思了。

蘇清河沒說話，只是揉了揉閨女的腦袋。

苗氏機靈地拉著小姑子，站起身來告辭。

蘇清河也沒有挽留，客氣地將兩人送了出去。

「娘，我方才這樣說，對嗎？」沈菲琪有些忐忑。

「對，太對了。」蘇清河在閨女臉上親了一口。「妳給了娘一個天大的驚喜，果然娘的閨女是最棒的。只要妳想，就能做到最好，什麼也難不倒妳。」

沈菲琪的臉紅了一下。「我是沒弟弟聰明，不過只要娘教我，我就能學會。」

「以後妳得跟著外婆多學一學。」蘇清河揉了揉閨女的腦袋。「娘是公主，所以娘有任性的資格，但是妳沒有。所以，多學學外婆，該軟的時候軟，該硬的時候硬，這對妳將來是有好處的。像娘這般一味硬氣的女子，也是不好的，別跟娘學。」

「在我心裡，還是覺得娘最好。」沈菲琪扯著蘇清河的袖子，小聲道。

「只要爹喜歡娘這樣就好了。」沈飛麟喝完杯中的茶，調侃道。

蘇清河瞪了兒子一眼。「你這個臭小子，學會拿你爹娘開玩笑了。」

沈菲琪在一旁笑了起來。

母子三人正說得熱鬧，就聽見外面傳來喧譁聲。

賴嬤嬤走了進來，回稟道：「殿下，外面的小姐們要鬥詩，請您去評判。」

蘇清河透過帳篷上的窗戶，看了看外面的天，盛夏的晌午，日頭高照，是要鬥哪門子的詩？這些姑娘為了搶風頭，還真是挺拚的。

「哪家姑娘出的主意？」蘇清河問了一句。

「陳家的姑娘。」賴嬤嬤臉上露出幾分嘲諷之色。

陳家姑娘大概覺得她大哥曾是當今太子的屬下，又是駙馬的至交好友，機會就比別人多上幾分，因此在別的姑娘面前，也多了些許傲氣。

蘇清河知道，這陳家姑娘說的是苗氏的小姑子，也就是陳士誠的妹妹。

她撓了撓頭。鬥什麼詩啊，她還真是一點都不感興趣。

「只鬥詩有什麼樂趣，鬥花加鬥詩才好呢。」沈飛麟臉上露出幾分頑皮之色，他吩咐賴嬤嬤。「娘這次本就是來賞花的，如今沒賞成，頗有些遺憾。不如讓諸位參加鬥詩的姑娘，先在花叢中找出自己認為最美的花來，再作詩去讚美它，然後請諸位夫人和娘一起欣賞品鑑，豈不美哉？」

話音一落，沈菲琪噗哧一聲就笑了出來，她指了指外面。「就外面那日頭，可不得把人曬出油來，明兒臉上都得曬脫一層皮。你這主意太壞了。」

蘇清河也有些哭笑不得，指了指兩個孩子。「你們想這般玩，那就玩吧。」

她朝賴嬤嬤點點頭，讓賴嬤嬤去傳話。「就說全憑自願，不用勉強參加。」

蘇清河本以為這個主意一出，大部分的姑娘就該打退堂鼓了，誰知道外面卻更加熱鬧起來。

賴嬤嬤解釋道：「剛才要鬥詩的，都是些自認為有些文采的姑娘，而那些才藝平平的姑娘心裡難免不忿。如今又加上了鬥花，豈不是眾人的機會都是平等的？就算不會作詩，可只要找到出色的花，能得了殿下的青睞，一樣也是個出頭的機會。」

蘇清河這才恍然大悟。沒想到她誤打誤撞，倒成了為大多數姑娘考慮的體貼人。

沈飛麟嘆了一聲。「人為了往前邁一步，還真是費盡心力。我以前只以為男人會為了權力和金錢而拚命，可今天才知道，女人要是拚起命來，一樣可怕。」

他這話說得頗像個小大人，讓屋裡伺候的人都捣著嘴笑了起來。

蘇清河笑了笑。「所以啊，千萬別小看了女人。這世上除了男人就是女人，女人又比男人差到哪裡去？」

外面驕陽似火，年輕的姑娘們頭戴帷帽，在花叢中穿梭。

蘇清河吩咐賴嬤嬤。「我看見帳篷後面有一叢藤蔓，那東西能代替藿香，有解暑熱的效用。妳去採一些熬上，萬一有人中暑，就能派得上用場。」

賴嬤嬤看了看外面嬌滴滴的姑娘們，還真有中暑的可能。她不敢耽擱，轉身去準備了。

沈菲琪打了個哈欠，往羊毛毯上一躺。「睏了，睡午覺吧。」

沈飛麟挨著她躺下，兩人不一會兒就睡熟了。

「到底還是孩子。」蘇清河笑了笑，一邊給兩個孩子搧著風，一邊注意著外面的動靜。

太陽白晃晃地掛在天上，帳篷哪裡禁得住如此炙烤？加上帳篷裡密不透風，此刻如同蒸籠一般。實在忍不住酷熱，想去外面吹吹風，但又怕被太陽直接曬傷了皮膚，真是讓人好不煩躁。

苗氏站在自家帳篷的小窗邊，有些羨慕地看向護國公主的帳篷。那是整個小山坡唯一一處長著灌木的地方，還有幾棵大樹，大樹投下的陰影剛好遮住公主的帳篷；帳篷的後面還有一條不深的小溪，就是取水也方便啊。那帳篷的窗口明顯比她們的大得多，此刻都能看見掛在窗上的紗幔，那紗幔被風吹得揚起，可以想像得到裡面一定是透風的。

她輕輕地嘆一口氣。這已經不是她第一次感覺到這位護國公主對她的疏離，不然以兩家男人的關係，此刻她應該邀請她留下才對。公主的帳篷裡面分了好幾個獨立的空間，招待客人的地方也足夠寬大。

但這種不待見和疏離，她卻不能告訴丈夫。相反地，她還得把護國公主和自己的關係美化幾分。而她這麼做，也不過是為了在丈夫心中增加一些分量罷了。

這次帶小姑子出來，是因為她實在無法拒絕。一方面是婆婆下令了，另一方面是丈夫沒有反對。

她在心裡恥笑。自家小姑子這種目空一切、自恃才高八斗的千金小姐，要是能被太子看上，那才真是見鬼了。

偏偏婆婆一副自家女兒就算是當太子妃都綽綽有餘的樣子，真不知道該說婆婆天真呢，還是沒見識？

她越想越覺得自己這次受的罪很不值得，根本就不該帶著小姑子來這一趟。

想起方才公主的態度，再看看在日頭底下曝曬的那些姑娘們，她心中倒是有些明悟，她不禁覺得好笑起來。這護國公主還真是愛捉弄人，等會兒一個個汗流浹背、妝容模糊，看她們還怎麼有心情作詩？

自家小姑子想必是惹公主生厭了吧？苗氏心裡既痛快，又有些惶恐，害怕回去不好跟婆婆和丈夫交代。

她找來自己的丫鬟。「去找到咱們姑娘，就說，如果實在受不了就回來。有句話叫做『各花入各眼』，哪有什麼一定的標準啊？讓她隨意摘一朵回來就好。以咱們家和駙馬的關係，公主是不會見怪的，讓她可別在外面傻傻地曬傷了。」

那丫鬟點點頭，便跑了出去。

苗氏嘴角露出嘲諷的笑意。以自家小姑子的性格，一定不屑作弊，到時候，可就怪不得她了。

陳姑娘此刻正在一株一株的比較著花朵，聽了苗氏讓丫鬟傳的話，頓時臉蛋脹得通紅。一開始說要鬥詩的就是她，若打了退堂鼓，不就該被眾人恥笑了？

「妳告訴嫂子，就說我知道她的好意，可再怎麼說，我也不能讓哥哥跟著丟臉。」陳姑娘搖搖頭，語氣十分堅決。

那丫鬟本就是苗氏的心腹，自然最知道苗氏的心思，故也不想深勸，只是面上做出一副惶恐之色。

陳姑娘見嫂子的貼身丫鬟對自己這般敬畏，心裡到底舒服了一些，這證明嫂子在私底下也是很看重她的，並不像母親說的那般滿肚子心眼，沒一句實話。

戚家的帳篷裡，少了幾分算計，卻多了幾分溫馨。因為帳篷裡，就只剩下戚夫人和她所出的二姑娘。

果子是丫鬟們放在溪水裡冰鎮過的，山溪的水清涼，這果子也透著一股子涼意。

這位二姑娘哪裡還有方才的木訥之色，此時顯得神采飛揚。

「大姊和三妹還真是辛苦呢。」二姑娘嘴裡這般嘆著，手上卻挑了個大果子往嘴裡塞。

「娘，妳說怪不怪，這果子在這裡吃，怎麼比在家裡吃香甜了幾分？」

那是因為妳心裡沒了心事的緣故。

戚夫人滿臉慈愛地看著她。「好吃就多吃點，這天太熱了，妳跟著娘走這一趟，可是受罪了啊。」

二姑娘嘻嘻一笑。「受罪也值得，很久沒看到這般熱鬧的情景了。」她壓低聲音，小聲道：「娘，您說，這公主是不是故意的？」

戚夫人瞪了自家閨女一眼。「不可說。」

看來，公主的意思她大概看明白了。若是誰想從公主的身上動心思，誰就要倒楣了。

至於自家老爺那裡，她也不想再多說些什麼了。反正這些年她管著家，銀子有一半都進了她的私庫，有這些家當在，她才懶得管別的。

護國公主的帳篷兩側不遠，也就駐紮著戚家和苗家的帳篷。至於其他人家，跟蘇清河沒什麼交情。

戚家還是靠著戚夫人機靈地透露了消息，才換得了這一席之地。

不能跟這位公主攀上交情，讓這些女眷心裡多少有些不甘心。可越是這樣，就越沒有人要提前一步離開，眾人都把希望放在鬥詩和鬥花的比賽中，想要藉此得到公主的青眼。

蘇清河看了看外面的太陽，吩咐賴嬤嬤。「讓她們差不多就行了，再曬下去，恐怕真要出事了。讓她們先去各自梳洗，然後再帶著各自的花和詩過來就好。」

賴嬤嬤點點頭。「好的，殿下。」

沈菲琪和沈飛麟是被外面的喧譁聲給吵醒的。

蘇清河讓他們洗了把臉，又拿了茶給他們漱口，再讓各自的嬤嬤替他們重新梳了頭、換了衣裳，才帶過來。

「快吃點東西。」蘇清河指著几案上的點心和果子。「你們也該餓了。」

「這荷花糕和荷葉糕，看著就爽口。」沈菲琪拿起點心就開始吃。

沈飛麟不愛吃那些甜點，更喜歡香煎包和肉醬餅。

母子三人將桌上的東西吃了個精光，才起身出去。

自家帳篷的前面，是一片草地，而大樹投下的綠蔭，讓草地上多了幾分斑駁的光影。微風一陣陣吹過，此刻眾人才感覺到了山野的清涼氣息。

見蘇清河帶著兩個粉團似的孩子出來，眾人趕緊行禮。

蘇清河在毯子上席地而坐，才笑道：「都別多禮了，坐吧，在外頭不用那麼講究。」

眾人便都三三兩兩地坐下了。

「那就開始吧。」蘇清河實在懶得說什麼客套話。

於是，就有丫鬟拿著托盤，將每個人的花和詩詞都收了過來。

晌午的花草本就不大有精神，還被摘下來，又耽擱了如此長的時間，一朵朵都蔫得垂頭喪氣的，哪有什麼美感可言。

如果說一朵花還不明顯的話，那一堆花堆在一起，就顯出幾分頹然來。

蘇清河笑了兩聲。「看來大家都算不上是真正的惜花之人，倒是有幾分辣手摧花的意思了。」

這話讓眾位姑娘馬上紅了臉。

她的視線突然落在了几案的一角。只見那是個小小的茶杯，一看就是閨閣小姐們出門攜帶的茶杯。茶杯此刻被當成了花盆，裡面種著一株纖巧的杜鵑，杜鵑的藤蔓還沒張開，只有一個含苞的花骨朵在裡頭，嬌嬌弱弱的，別有風姿。

或許在其他時候，這株杜鵑只能稱之為野趣，但在這一堆「殘花」之中，就顯得有幾分巧思了。

蘇清河將茶杯用手托起來，放在自己的掌心上，那白瓷的寬口杯，襯得綠葉紅花越發的精神。

眾人都靜靜地盯著蘇清河的手。

「本宮想，這應該就是今日的花王了。」蘇清河看了看眾人。「大家沒有異議吧？」

人群中傳來一陣議論聲，顯然大家都沒想到可以這樣做。

蘇清河等眾人安靜了，才揚聲道：「這盆花的主人是誰？」

人群中出來一個身穿黃襖紅裙的姑娘，她低垂著頭，緩緩而來。只看儀態，就不難看出她受過嚴格的教導。

蘇清河疑惑地看著眼前的姑娘，總覺得有些不對勁。

「姑娘是哪家的？」蘇清河問道。

那姑娘抬起頭，面上早已染上了紅霞，聲音輕柔甜美，如同三月裡的春風。「回殿下的話，小女剛從江南過來，寄住在親戚家。小女姓李，閨名青蓮。」

蘇清河想了想，確實沒聽過這個名字。可看著這位姑娘的儀態，又不像是出自小戶人家。

她認真地想了想，卻一點也沒想起江南有什麼世家大族是姓李的；而且這位姑娘對自己的身分只是簡單帶過，讓蘇清河覺得她心機頗為深沈。如此含糊其辭，顯然是想引著眾人去探查她的底細。

再加上這位姑娘身上的違和感，讓蘇清河有些戒備，又看了這位姑娘兩眼，卻也沒看出個所以然來。

一旁的沈飛麟看著李青蓮，眼裡的厲色倏地一閃而過。

蘇清河既然看出這位姑娘有些不妥當，也就不再多問什麼。只是示意賴嬤嬤給了打賞，便讓她退了下去。

李青蓮眼裡閃過一絲愕然，才面含笑意地退了下去。

蘇清河放下手裡的那株小杜鵑，翻看著放在几案上的詩詞。說真的，她還真評不出優劣來，便招手叫了戚家的二小姐過來。「本宮知道妳沒參加比賽。正好，如今給妳一個任務，將這些詩詞重新抄成一份，給諸位夫人看看。讓大家一起選出最好的，這樣才公平公正，妳們以為如何？」

那二姑娘眼睛一亮。能被公主記得，真是榮幸之至。她看向戚夫人，見戚夫人點點頭，這才歡喜地應下了，便跟著丫鬟去了公主身後抄寫詩詞。

賴嬤嬤趁著上來添茶的時機，湊到蘇清河跟前小聲道：「那個李青蓮是跟著太子妃的娘家萬家一起進京的。至於跟萬家是什麼關係，老奴還沒有打聽到。不過，京城裡知道這姑娘底細的人，估計是沒有的。」

沈飛麟冷笑一聲。「娘不覺得她長得跟外婆有些相似嗎？更何況又姓李！」

蘇清河猛地一頓。

沒錯，李青蓮的眉眼間確實跟白皇后有許多相似的地方，但又不完全相像。白皇后算不上頂漂亮的美人，她真正吸引人的，是她的氣質，如松如竹，高風亮節。蘇清河之所以會覺得有違和感，就是因為這長相上的肖似，讓自己覺得面善，但氣質卻又跟白皇后完全不同，也就難以聯想到一處。

恰好有這麼一個人，又恰好長得跟白皇后有些相似，更恰好跟白皇后的母家一樣姓李。世上哪有這麼多的巧合？再加上一個刻意不說清楚的身世，可不就誤導別人，不由自主地將這個人往白皇后的母家套了上去。

蘇清河心裡一沈。李青蓮不過是個小姑娘，就算使了再多心計，也不過是一顆棋子，關鍵是萬家找了這樣一個人來，到底想幹什麼？

她有些糊塗了。萬家就算真想謀劃些什麼，也不會把這個姑娘如此明目張膽地送到她跟前才對。

萬家真的就這麼蠢嗎？

第一百一十二章　誤區

蘇清河的心慢慢平穩了下來。

萬家能被父皇看中，還特地指了萬家女兒給自己中意的兒子，就證明萬家的底子還是不錯的，這般把人送到自己面前，根本就不是個世家大族的行事作風。

別說萬家，就是萬氏也不會犯這樣的錯誤。

萬氏打算為自己的丈夫納妾，第一個找的就是白皇后。由萬氏提出來，再請長輩作主賜婚，這才是符合正規程序的。即便是萬氏先挑了中意的人選出來，也得帶給白皇后看一看，待白皇后點頭，才算成了。

她雖然對萬氏心有成見，但是不得不承認，萬氏做事一向極有章法，如果按照古代的禮儀來看，萬氏完全符合一個賢妻良母的標準。丈夫不在京城的時候，萬氏操持家業；丈夫回來了，萬氏主動替丈夫納妾，而丈夫要教導孩子，萬氏也絕不插手。依古代的道德操守來衡量，還真是挑不出萬氏半點錯處。

如此一想，蘇清河才覺得自己似乎走入了一個誤區。

她以自身的行為準則衡量別人，這本身就是不對的。因為她知道，自己受過現代思想的教育，是個特立獨行的人，所以即便是自己的親閨女，她都不想讓孩子跟著她學。

而白皇后的認知裡，也不認為男人納妾是什麼不可原諒的事。要不然，明啟帝那些妃嬪和孩子的存在，就足以讓白皇后對明啟帝絕望了。如今看來，白皇后不願意兒子納妾，更多的是因為自己吃足了苦頭，所以不想讓年輕夫妻再經歷一遍。白皇后覺得，只要兩人感情好，兒媳就會真心對兒子好。有一個真心對兒子的人，比什麼都強。

再仔細一想，萬氏真的就蠢成了這樣？若真是如此，這些年她一個人在京城，又是怎麼應付過來的呢？

何況，哥哥讓她做這個太子妃，自然是因為她本身就當得起。他們是夫妻，要論起瞭解，自然是哥哥更瞭解萬氏。

那麼，是不是有人在利用自己對萬氏的成見呢？難道，她已經在不知不覺中被人引進一個陷阱中了嗎？蘇清河不由得冷汗淋漓。

萬氏是讓人不喜，但更可怕的是，有人藏在暗處想要離間她們之間的關係。長此以往，這隔閡只怕會越來越深。

沈飛麟將果子遞到蘇清河的手心裡。「娘，解解渴。」

蘇清河回過神來，點點頭。有些事情，她得讓人仔細查一查了。

戚家的二姑娘抄寫完，就拿給眾位夫人輪流看著。從頭到尾，蘇清河都沒有沾手。不想最後評出來的詩魁，居然也是李青蓮，這讓蘇清河更加地警覺起來。

如此一個心有巧思、文采出眾的姑娘，一定是受過嚴格教養的，這絕不是一個寄人籬下的孤女該有的表現。

蘇清河嚥下嘴裡的果子，淡淡地吩咐了賴嬤嬤一聲。「賞。」便再也沒有多餘的話，甚至也沒多瞄李青蓮一眼。反倒是叫了其他幾位姑娘上前，問問她們平時都有些什麼消遣、看什麼書？

本來還有些嫉妒李青蓮的姑娘們，心中瞬間圓滿了。看來公主殿下並不喜歡那個叫李青蓮的姑娘。

尤其是苗氏的小姑子，在詩詞上被人壓了一頭，心裡極為不忿，沒想到公主卻特意將她叫過去，還溫聲細語告訴她。「有一個詞叫做『曲高和寡』，意思是說並不是曲子不好，而是沒有遇到懂得欣賞的人。」

苗氏的小姑子馬上紅了眼眶，只覺得得到了公主的認同，難得遇見了一個知音人。

苗氏心裡也是一鬆。不管這位公主喜不喜歡她，至少能證明公主還是給駙馬面子的，也給駙馬的朋友面子。

而蘇清河在沈懷孝還沒查清楚陳士誠的底細前，只能繼續這麼糊弄著，安撫住陳家。

等眾人都散了，李青蓮在丫頭珠兒的攙扶下，上了馬車。

「小姐，現在回去，只怕家裡的夫人要生氣了。」珠兒小聲地道。

李青蓮眼神閃了閃。「沒關係，咱們只是寄居在萬家，即便大夫人生氣，二夫人也不會看著咱們受委屈的。」

珠兒點點頭，又有些不服氣地道：「姑娘，奴婢覺得，公主殿下是不是不喜歡……」

李青蓮的眼裡閃過一絲懊惱之色，不過還是雲淡風輕地道：「我就是一個小小的孤女，若是得了公主的賞識，那些個大家小姐還不得卯足了勁地對我使絆子啊？公主如此做法，才是真的為了我好呢。」

珠兒眼睛一亮。「原來如此。奴婢真沒想到，公主會是這麼體貼的一個人。」

體貼嗎？李青蓮眼裡閃過一道暗光。護國公主，還真是讓人畏懼，那眼神彷彿能看進人的心底。對這位公主，她心裡是有些忌諱的。

李青蓮深深地吸了一口氣，微微一笑，沒有否認。要是連下面的人都對她沒了信心，那她就什麼都別想謀求了。想必萬家的二夫人，會很高興她得了護國公主如此的「青睞」吧。

等眾人都走了，蘇清河也沒了賞景的心情。

「收拾東西，咱們也準備回去吧。」蘇清河看了一眼被眾人踩得不成樣子的花海，有些心疼。多好的一處地方，就這麼糟蹋了。她嘆了一聲。「如今正午已退，趕路正好。」

話音才落，就見沈懷孝掀開簾子進了帳篷。

「爹爹！」兩個孩子異口同聲地叫道。

沈菲琪更是衝了過去，抱住沈懷孝的腿，就這樣掛在他身上。

沈懷孝順手把閨女撈了起來。「怎麼還是一副皮猴子的模樣？」這話說得好像父女倆好幾年沒見面似的。

他又揉了揉兒子的腦袋。「麟兒怎麼瞧著瘦了？」

蘇清河心想，兒子這麼明顯的雙下巴，到底是從哪裡看出來瘦了的？

沈飛麟笑了笑。「夏日太熱，確實有些沒胃口。聽說京城裡有家茶樓的茶點不錯，兒子想去嚐嚐。」

蘇清河和沈懷孝對視一眼。這小子不會查探出什麼了吧？那處茶樓本就是沈懷孝自己的產業，讓兒子知道倒也沒什麼，但這小子是怎麼知道的？此刻他想到了這小子在宜園中養的那幫小子，該不會是這些年紀不大的毛孩子已經頂用了吧？不過，他們查到茶樓也沒什麼，但他們又是怎麼把消息遞到宮裡給兒子的呢？

沈懷孝瞪了兒子一眼。「你想要什麼，直接說。」

「讓府裡替我的那群小子，提升一下伙食吧。他們正在長身子，也在習武，伙食跟不上可不成。」沈飛麟眨巴著眼睛道。

「就這點小事，值得跟你爹耍心眼？讓他們的伙食跟爹的親衛同一個水平，你覺得成嗎？」沈懷孝問道。

「這個好。」沈飛麟嘻嘻笑。「說不定他們裡面也會有幾個沈大、沈二這樣的人物呢。」

心還挺大！沈懷孝在心裡讚了一聲兒子的好算計。這種從小養到大的小子，自然要可靠得多。

目的達到了，沈飛麟也就不說話了。

蘇清河瞪了兒子一眼，才轉頭對沈懷孝道：「你是頂著烈日趕路了吧？這裡離京城這般近，我還帶了這麼多人，能出什麼事？」

「聽說妳這邊今兒可熱鬧了，我還真怕有些不長眼的人衝撞了妳。」沈懷孝抱著閨女往外走。「出來吧，讓人趕緊收拾，咱們得在天黑之前進城。」

蘇清河牽著兒子的手，跟在後頭。「你說，這陳士誠到底是什麼意思啊？怎麼連他嫡親的妹子也想往宮裡送？」

這件事沈懷孝還真不知道。他詫異地挑挑眉。「哦？還有這事？」

蘇清河無奈地道：「你那邊還得抓緊著查了。」

沈懷孝「嗯」了一聲。

沈菲琪看著馬車已經備好了，就嚷道：「要不然咱們先走，留下人慢慢收拾吧。」

沈懷孝就笑道：「還是我閨女聰明，就這麼辦。」

蘇清河本想讓沈懷孝休息一下再走的，可見他這般痛快地應下了，就有些擔憂。

沈懷孝看見她擔心的表情，馬上道：「我不騎馬，跟你們一起坐馬車，不累的。」

蘇清河這才罷了。

公主的車輦本就十分寬大，裡面還分有臥室和客廳。

蘇清河脫了沈懷孝的靴子。「去裡面的榻上躺著歇一會兒。」

兩個孩子也跟著進去，靠在沈懷孝的身上。

蘇清河將車窗上的簾子撩起，就有風透了進來，吹得人甚是舒服。

沈懷孝眯了眯眼。「要是實在喜歡那處的杜鵑，就買下來吧。不過是一處荒山罷了，值不了多少錢。」

蘇清河搖搖頭。「天下美景多了，還能都據為己有？」

沈懷孝笑了笑。「怎麼不能？妳張口要，皇上肯定會賜給妳的。」

「那山川可是能屹立千萬年不變，而我能活到百年，就算是福氣了，要那種東西有什麼意義？」蘇清河白了沈懷孝一眼。「別淨拿我開玩笑。」

沈菲琪接過話。「爹、娘，咱們還是商量一下晚上去哪兒吃飯吧。」

「要不，去吃小吃？」沈飛麟也有些餓了，畢竟晌午就吃了些點心墊肚子。「咱們去吃爆肚兒和滷煮，怎麼樣？」說著，眼神亮晶晶地看向沈懷孝。

沈懷孝很少見到兒子這副模樣，忍不住就想要點頭，不過，他還真不好答應。這爆肚兒和滷煮，都是用下水做的。

大戶人家，那真是食不厭精、膾不厭細。有好肉吃，誰會吃那個？儘管都知道味道不錯，但更多的是嫌不乾淨。就連他小時候，嬤嬤都不許他吃下水的，那都是大了以後，才偷偷地溜出去嚐了嚐。

這小子肯定是聽他那幫小跟班說的，連一旁閨女都被誘得口水連連。

蘇清河對這些食物從來不忌口，她點點頭。「那就去吃吧。」

沈懷孝無奈地看了蘇清河一眼。「要是讓皇后娘娘知道妳帶著孩子在外面亂吃東西，還不得又念叨妳啊。」

「沒事，不讓娘知道就好了。」蘇清河不以為然地道。

等一家子開開心心地吃完飯，天已經擦黑了。

「我把孩子送進宮去，再去一趟東宮就回府了。」蘇清河問沈懷孝。「你是要等我，還是先回去？」

沈懷孝眼睛一亮。「自然是等妳了。」家裡孤單單的就他一個人，有什麼樂趣？

白皇后見兩個孩子回來，才放下心。「吃過飯了嗎？」

兩個孩子都看向蘇清河，就見蘇清河面不改色地道：「吃了，吃了點特色小吃，味道還不錯。」

白皇后也沒細問。親爹、親娘帶著孩子，還能有什麼不放心的？不過還是叮囑道：「外面的東西少吃，不乾淨，想吃什麼就報上個名來，御膳房多的是人伺候。別怕他們不會做，只要是主子想吃的，他們都會學來。」

蘇清河點點頭。「娘，女兒知道了。」她瞥了兩個孩子一眼。「女兒把孩子給您送回來了，就交給您了。女兒要去一趟東宮，找嫂子有點事，談完了女兒就直接出宮，您別等著啊。」一說完，轉身就出門了。

「這孩子……」白皇后急忙追問道：「是不是又出事了？」

就怕您問，您還真問。蘇清河搖搖頭。「沒什麼大事，要是真有大事，女兒就是去找哥哥了，怎麼也不會打攪嫂子。」她怕白皇后擔心，就道：「今兒出門，碰上不少人家的夫人都帶著姑娘。有些夫人不想讓閨女參加選秀，但是又架不住自己男人的意思，就求到我這裡，想讓我幫忙把人給篩下來，如此既能給家裡交代，姑娘的面子上也好看。我知道娘您把選秀一事全交給嫂子處理了，所以這才要去跟嫂子說一聲啊。」

白皇后吁了一口氣。「原來是這樣啊。都是當娘的，難得這一片心，妳做得很對。選秀一事既讓妳嫂子管了，娘就不好指手畫腳，妳快去吧。」
蘇清河笑了笑。「那女兒就先走了。」
沈菲琪和沈飛麟看著自家娘親一本正經地胡說八道，糊弄著外婆，不禁在一旁聽得眼睛發直。
沈飛麟小聲對沈菲琪道：「妳看，這就是善意的謊言。所以，有時候作作戲也挺好的。」
沈菲琪點點頭。「知道了。」
梅嬤嬤就站在兩個孩子身後，聽到這兩個小祖宗的對話，嘴角抽了抽。
沈飛麟回過頭，問梅嬤嬤道：「嬤嬤，您剛才聽見什麼了嗎？」
梅嬤嬤一臉茫然。「沒有啊。」
沈菲琪一臉佩服地看著梅嬤嬤。「您裝得可真像。」
梅嬤嬤無語。只求小主子別說破啊。

蘇清河一進東宮，便直接求見了太子妃。
粟遠冽得了消息，只是頓了頓，就道：「不用管了，公主自有分寸。」
而萬氏正在翻看東宮的帳目，聽了白嬤嬤的稟報，愣了一下。「都這麼晚了，公主怎麼過來了？可是剛從太子那裡過來的？」
白嬤嬤搖搖頭。「是直接求見您的。」

萬氏深吸了一口氣。她對這個小姑子心裡有些發怵。「那就快請吧，別耽擱了。」

白嬤嬤這才快步退了下去。

蘇清河進門，朝萬氏福了福身。「嫂子，打擾了。」

萬氏避開了才道：「自己人，哪有什麼打擾不打擾的，快請坐。」

蘇清河坐下了才開口道：「嫂子，咱們是一家人，有些事，我便直說了。」

萬氏一愣。「皇妹不是外人，自然有什麼便說什麼吧。」

「嫂子，妳可知道，近幾日有一位姓萬的小爺，在京城裡頗為活躍。許多人家都是在他親自上門拜訪後，才讓女兒參選秀女的。」蘇清河低聲說了一句，就盯著萬氏，想看看她究竟是不是真如她猜測的那般，一點也不知情。

萬氏先是愕然，然後是不敢置信，而後是怒氣沖沖，直到最後才臉色灰白。

這些變化不過是在一瞬之間，蘇清河相信萬氏的反應是真實的。

「此事可當真？」萬氏端著茶杯的手指微微有些泛白。她太知道這件事意味著什麼了。

萬家要是真有這樣的人，可是會把東宮拉下水的！

皮之不存，毛將焉附。這個道理，她怎麼會不明白？

第一百一十三章　坦誠

萬氏站起身來，鄭重地朝蘇清河行了一禮。

蘇清河趕緊攔住。「嫂子，別這樣。不管什麼時候，妳都不能掉以輕心，不到最後，誰都不能說是十拿九穩。」

萬氏緩了緩心神，吁了一口氣道：「皇妹說得是。」

「哥哥如今在宮裡，外面的許多事可能都顧不到；而我主要的精力，大都會放在幫哥哥處理外頭的事。嫂子還是多注意一下宮裡的……動靜吧。」蘇清河低聲道：「那位從高處掉下來的娘娘，也不是那麼容易就認命的。」

萬氏心裡了然。她說的是高氏，曾經的皇后，也就是如今的貴妃。

將心比心，要是她有一天也從高位跌落，也不會輕易認命的。那麼一個當了二十年皇后的人，又如何肯甘心？何況，她還曾經管了二十年的後宮。二十年，該有多大的勢力啊。

想到這些，她身上就一層層地冒著冷汗。如今只怕這東宮裡，也不怎麼乾淨，東宮的許多太監，可都是內務府分過來的新人，否則，她打算用自己的娘家人這件事，是如何被人知曉繼而利用的？她相信，父親和大伯父絕不會犯下如此錯誤。

她這段時間太浮躁，失去了最基本的謹慎。

幸虧蘇清河沒有包藏禍心，將所知的事毫不保留地告訴了自己。哪怕她存著一點私心，直接告訴太子或是皇上，那麼，她這太子妃可就真的做到頭了。

蘇清河見萬氏臉上的神色越來越凝重，就抬頭道：「母后的心思，肯定在父皇身上，也只能在父皇身上。這一點希望嫂子明白，這後宮只能靠妳撐著。」

萬氏點點頭。

沒錯！因為自己的婆婆與皇上之間的情分，讓她從沒想過最終上位的不會是自家相公。如果婆婆當上皇后後，就忙著打壓其他妃嬪，急著抓住手裡的權利，那麼，她與皇上之間再多的感情，也會有耗盡的一天。

她頭上的冷汗越來越多。她不僅想明白了他們夫妻的處境，更是從皇后對皇上的態度中，意識到了自己的不妥當。

在丈夫的心裡，是不是也把自己當成了只想抓住權利的女人了？蘇清河今天的話，就如同一把巨錘，狠狠地砸在她的心上。

「嫂子，響鼓不用重錘，但面對嫂子這樣的響鼓，我還是用了一次重錘。」蘇清河欠了欠身。「希望嫂子不要見怪才好。」

萬氏抬起頭，定神看著蘇清河。「為什麼？」為什麼要提醒她？她們之間不是有些不愉快嗎？

「嫂子，咱們倆之間唯一的爭執，就是妳想將琪兒跟源哥兒湊成一對。」蘇清河搖搖頭。「我不是覺得源哥兒不好，而是覺得嫂子沒有為源兒好好地想一想。平心而論，琪兒並不適合皇家，這點妳比任何人都清楚。做皇家的女兒比做皇家的兒媳婦，自在多了。琪兒已經貴為郡主，這樣就足夠了。」

萬氏點頭笑了笑。「琪兒做女兒真的很好。」

蘇清河吁了一口氣。「嫂子喜歡她，就只把她當作女兒疼就好。反正她如今是養在宮裡的，見妳的機會比我多。說不定過兩年，您還真就把她給養熟了。」

萬氏了然地一笑。如此建立起來的情感才是最牢靠的，比所謂的聯姻更牢靠。

蘇清河不知道萬氏想到了什麼，但不管怎樣，將萬氏的注意力轉移到後宮，讓她沒精力再瞎折騰，就是萬幸。

她站起身來，打算告辭，卻像是想起什麼似的，又道：「今兒我還碰到了戚海泉的夫人，便同她多聊了聊。」

萬氏明白了，消息就是從這位戚海泉的夫人身上得來的。戚海泉是京兆尹，這京城的一畝三分地上有點風吹草動，他都能知道。所以說，消息應該是可靠的。

就聽蘇清河繼續道：「這位戚夫人也是個疼女兒的人，早早就打算讓自己的閨女嫁到娘家呢。若咱們也是普通人家，我還真捨得將琪兒再送回給嫂子呢。」說完就呵呵一笑。「大色不早了，我就先走了，駙馬還等著我呢。」

這就是說，不去見太子了。

萬氏心裡更感念幾分，親自將她送出東宮。

「白嬤嬤，公主最後那幾句話是什麼意思？」萬氏回到內室以後，輕聲問道。

「那戚家沒有嫡子，只有一位嫡出的姑娘排行第二，想必是戚夫人親生的。公主的意思應該是，戚夫人不打算讓自己的姑娘通過選秀。」白嬤嬤低聲道。

「她家可還有庶女？」萬氏問道。

「嫡出的行二，至少還有個庶長女吧。」白嬤嬤猜測道。

萬氏就有些明白了。庶不壓嫡，既然嫡女不能進一步，庶女就更不能進一步了。她點點頭，沒有再說話。蘇清河的意思就是把戚家的姑娘全刷下去，這個不難。

這一頭蘇清河一出了宮，沈懷孝就迎了過去。

「等急了吧？」蘇清河搭著沈懷孝的手上了馬車，問道。

「不急。」沈懷孝見蘇清河一臉的疲憊，就道：「這幾天妳在家歇一歇吧。」

「嗯。」蘇清河倒在榻上，馬車搖搖晃晃的，她馬上就睡了過去。

李青蓮回了萬家，就被大夫人身邊的嬤嬤請了過去。

這萬家的大夫人，並不是萬氏的親娘，而是她的大伯娘。萬氏自小就沒了母親，是被這位大伯娘養大的；而府裡的二夫人，是萬氏的繼母。

萬家的大老爺，是位探花郎，不過並未出仕，而是在江南建了瓊林書院，自任瓊林書院的山長，在江南的文人中極有名望。

萬家的二老爺，也是兩榜進士，亦沒有在朝為官，但卻是極有名望的詩詞大家，頗受文人們的追捧。

明啟帝將粟遠冽送到軍中，卻選了萬家這麼一個在文人中極有威望的人家做岳家，可以說是費盡了心思的。

這萬家沒有人在朝中為官，不用顧忌太多。但真要用到他們的時候，萬家又能做到一呼百諾，這在當時的境況下，可以說是最好的選擇了。

萬氏的母親，在她不滿周歲的時候去世了，她一直跟著大夫人長大。大夫人有兩個嫡子，卻沒有閨女，對萬氏可以說是真心疼愛。

等這位繼室二夫人進門的時候，萬氏都已經五歲了，也懂事了。在大伯娘和繼母之間，她果斷地選擇了大伯娘，一直寄養在大房之下。

而這位二夫人，什麼都沒做，就背上了「惡毒繼母」的罵名。

越是世家大族，越是注重嫡長的地位。可以說，嫡長女極為貴重，一點也不比嫡子的地位差。就算是繼母所生的嫡子，也是比不上萬氏這個女兒貴重的。

很多大家族聯姻，都是非嫡長女不娶。整個萬家嫡支，就萬氏這麼一個嫡長女，自然是十分寶貝。女兒教導得好了，將來才能嫁到好人家，才能帶給家裡更多的幫助。

萬氏就是被當作宗婦培養長大的，而萬氏在閨閣中也格外出色，於是萬家人越發讚揚起了大夫人，誇她仁善，誇她慈愛。若不是視如己出，誰能有這個精力去教養一個婆家的姪女呢？

作為陪襯，這位二夫人可真是覺得自己倒楣到家了，平白無故地受了無妄之災。

萬家的二老爺對萬氏這個閨女充滿了歉疚，對自己的大嫂也是心生感激。因此二夫人就算想要吹吹枕邊風，換來的也不過是丈夫的責難。這讓她怎能不心生怨懟？

後母本來就難當，她在沒嫁進來之前，就已經考慮過種種可能了。再說，那到底是自家老爺的親骨肉，當爹的多疼一疼沒娘的孩子，她也不會放在心裡。

就是大老爺，那也是自家老爺的親大哥。老爺敬重大伯，就算她只是個內宅婦人，該懂的道理還是明白的。大伯有許多學生，如今都身在官場，萬家還得靠大伯撐著。

可憑什麼連大夫人她都得敬著？就憑她養了二房的女兒？

難道將女兒放在二房，她自己就不會教養了？這不是踩著自己換名聲嗎？她如何能甘心，如何能服氣？

因此萬家進京以前，收到萬氏的信，想從萬家的旁支中挑選一個姑娘送進東宮。

二夫人知道了這個消息，馬上從自己的娘家那邊選人。這個李青蓮，就是二夫人娘家嫂子的遠方姪女。別說跟萬家是八竿子打不著的親戚，就是跟二夫人，那也是十六竿子都未必勾得著關係的。

可就是這麼一個姑娘，平心而論，萬家的姑娘跟她一比，根本就不在同一個層次上。

大夫人知道後氣得肝疼。這個李青蓮，心機深沈，將這樣的姑娘送到太子妃身邊，這不是助力，而是個禍亂呢！真不知道這個二夫人，到底是懷了什麼樣的心思。

李青蓮跟到京城也就罷了，還敢跑到護國公主面前賣弄，這是要將萬家置於何地？

大夫人坐在正堂裡，面沈如水。

李青蓮面帶微笑，帶著珠兒，踏進了正堂。

「給大夫人問安。」李青蓮福了福身，語調柔和地道。

大夫人看了李青蓮一眼。「李姑娘客居府上，不用這麼多禮，坐吧。」

李青蓮心裡有些詫異，她以為大夫人會勃然大怒呢，沒想到依然心平氣和，真是好教養。她欠了欠身，這才坐下。「多謝夫人。」

大夫人點頭。「進京也有幾日了，聽聞姑娘今日出了門，可是在京城的親眷已經找到了？」

李青蓮愣然。她沒想到大夫人對她去做了什麼、見了什麼人都隻字不提，卻點出她為了跟隨進京找好的理由——尋親。

這就是在下逐客令了。儘管她心思百變纖巧，可被人如此掀了臉面，一時之間還真有些下不了臺。

還不待她答話，外面就傳來喧譁聲。

「大嫂的門如今越發難進了。」二夫人的語氣有些苛刻。

「可是弟妹來了？那就進來吧。」大夫人的眼睛眯了眯。

二夫人是個身材嬌小玲瓏的婦人，若是臉上少了戾氣，確實算得上是位難得的佳人。只見她疾步走了進來，也不行禮，直接往椅子上一坐。「怎麼？大嫂就這麼急著攆我娘家的親戚嗎？咱們萬家還不至於破落到要省一碗飯的地步吧。」她呵呵地冷笑兩聲。「要真是銀錢不濟，那大嫂這主持中饋的，可真有些說不過去。」

大夫人冷冷地看了二夫人一眼。「既然如此，我也就不多事了。弟妹就將李姑娘接回二房吧，一應吃穿用度，全都從二房的帳上出。」她站起身來，突然道：「迅哥兒如今也該說親了吧？」

「那是自然。」二夫人臉上露出幾分笑意。自家迅哥兒到底是太子妃的弟弟，即便不是一母同胞，那也比大房的堂兄親近。京城裡的名門貴女不少，可不由著自己挑？

大夫人意味深長地看了二夫人一眼，又看了李青蓮一眼。「那弟妹慢慢踅摸吧。」家裡住著一個遠方親戚家的孤女，抬頭不見低頭見，誰家還敢把自己的閨女嫁進來？

大夫人直接走了，二夫人這才恍然大悟。她看了李青蓮一眼，眉頭微微皺了起來。她想起來了，前幾天還有婆子跟她說過，迅哥兒總是趁著向她請安的機會，去園子裡轉轉。迅哥兒是住在外院的，除了請安，還真是不怎麼進內院。她還道這孩子總算是長大了，知道孝順她這個當娘的了，沒想到裡頭可能藏著隱情。

當時那婆子的話，就已經在提醒她了，可她當時並沒有多想，只以為這孩子想乘機偷個懶，不想回去背書而已。她竟從沒想過，是有人勾搭她兒子的。

李青蓮是要進宮的，這之前早就跟她說好；甚至今兒李青蓮能夠出門，也都是她安排好的。要不然一個小姑娘，怎麼會知道外面的消息，而且還知道得如此迅速？所以，她壓根兒就沒想過李青蓮會勾引自家兒子。

可如今一看，這李青蓮一副婀娜的身姿，楚楚動人的臉蛋，真是個天生的尤物。她當時選擇這麼一個姑娘，可不就是知道這個姑娘有足夠的資本嗎？眼前就放著一個美人，兒子怎麼可能不動心？

而李青蓮，也未必沒有找一條退路的想法。若是能進宮自然是好的，若是不成，自家兒子不就是她最好的退路？

真是豈有此理！一時間，她看向李青蓮的眼神，就如同帶了刀子一般。

李青蓮大概可以猜到二夫人的心思。不過，對萬家的小少爺，她還真沒往心裡去。若不是她還用得著他，她才懶得跟那個蠢貨有所牽扯呢。

只是沒想到大夫人會如此處置這件事。二夫人嚷著大夫人容不下她娘家的親戚，大夫人就變相地告訴眾人，她這是為了自家姪兒考量——萬家不可能接受一個孤女為兒媳。二夫人這個當親娘的都沒想到的事，還得大伯娘操心，誰能不說一聲大夫人好呢？尤其是這個妯娌每每生事，大夫人還能這般不計前嫌，如此的心胸和氣度，著實讓人讚嘆。

李青蓮暗暗地佩服大夫人的手段。

二夫人此時心中無比懊悔。這個燙手山芋砸在了自己的手裡，讓她一時之間不知道該怎麼處置才好？

都說請神容易送神難，她是真體會到這句話的意思了。

「跟我走吧。」二夫人冷眼看了看李青蓮，低聲道。

「是。」李青蓮跟在二夫人身後，心裡有些不好的預感。

珠兒噘了噘嘴。住到二房她是不大願意的，二房的下人個個都貪財，一條蚊子腿都恨不能刮下二兩油來，要是沒有銀子打點，日子恐怕不會太好過。想到主子身上所剩無幾的銀錢，她心裡就有些發怵。

二夫人帶著李青蓮回了二房，將最偏遠的院子分給她。「反正也住不了多少日子，不用刻意收拾，能住人就行了。」二夫人如此吩咐下人。

李青蓮臉上沒有什麼多餘的表情，始終保持微笑，但眼裡卻閃過一絲惱意。

二夫人吩咐下人馬上替這主僕二人搬家，珠兒只能無奈地去收拾東西，留下李青蓮站在二夫人的面前。

二夫人沒吩咐她坐下，她就只能這麼站著。

等李青蓮回到新分的院子，險些被氣死。

說是院子，其實只有三間房。看得出來，這裡原本是用來擱置不要的舊物。這些下人也就是隨意地掃了一層灰，再幫著珠兒把不多的行李搬過來就算完事。一堆東西都沒整理，這讓人怎麼住？

「小姐，天色不早了，今兒估計是收拾不出來了。不如把床整理一下，先歇著吧。」珠兒看著無從下手的屋子，真是欲哭無淚。

「妳看著辦吧。」李青蓮面上依舊不疾不徐，等肚子咕嚕叫了兩聲之後，才假意道：「沒想到受了公主殿下的賞識，別人還沒對我怎樣，咱們自己人倒是先動起手了。」這話說得很有幾分自憐自艾的味道。

珠兒神色一動。沒錯，小姐可是得了護國公主賞識的，今兒又把滿京城的大家閨秀都給比了下去，要是二夫人知道這個消息，還不得把小姐當鳳凰蛋捧著啊？到時候，看那些鼻孔朝天的下人，還敢不敢小瞧她們主僕倆。

「小姐，咱們晚飯還沒吃呢，奴婢這就去廚下看看。」珠兒眼睛一轉，心中有了一個好辦法。

李青蓮點點頭。「莫與人起爭執，橫豎咱們也住不長，犯不上得罪人，記住了嗎？」

「記住了、記住了。」珠兒連聲地應了，心想自家小姐就是心善啊。

管著二房廚房的婦人，她婆婆是二夫人身邊的嬤嬤，在主子跟前頗為得臉。

如今，天已經晚了，廚房裡的丫鬟和婆子聚在一起用飯，桌上擺了滿滿的肥雞和大鴨子，那魚足有尺長。

珠兒瞧了瞧快要氾濫的口水。「嫂子們，咱們小姐的飯呢？今兒的晚飯，咱們還沒有領呢。」

那婦人滿臉笑意地道。「表小姐可是晚飯後才回二房的，所以，妳們的飯還是歸外面的大廚房管，珠兒姑娘該去大廚房要才是啊。妳是剛來，不知道咱們萬家的規矩，這每頓飯都是有定例的，可不興鋪張浪費那一套。所以啊，咱們小廚房還真沒有表小姐的飯呢。」

珠兒氣得滿臉通紅，指了指桌上的大魚大肉。「這就是不鋪張浪費？一群上不得檯面的婆子，一桌飯就得花費二、三兩銀錢，不知道算是哪門子規矩？」

這下子，不光管廚房的婦人變了臉色，其他眾人也跟著變了臉。這豈不是說他們貪污，中飽私囊？

那婦人冷笑一聲，給了眾人一個少安勿躁的眼神，才道：「姑娘，可不能這樣誣賴好人啊，妳要不服氣，儘管找二夫人告去。這雞鴨都是咱們這些下人自家養的，魚是小子們在城外逮的，菜蔬是自家院子裡種的。咱們自家的東西，併了桌子一起吃，到哪兒說也是占理的。還真是林子大了，什麼鳥都有，你們吃著人家的、住著人家的，還敢挑三揀四。你們家小姐可還沒當上萬家的姨娘呢。」

第一百一十四章 賞識

珠兒一個未出閣的姑娘，哪裡聽得這些個話，頓時又羞又惱，眼淚也跟著落了下來。「我不知道什麼姨娘不姨娘的，嫂子說的這些渾話，我一句也聽不懂，我這就去找二夫人問問，看看嫂子這些話是個什麼意思？」

「二夫人這時候可都歇下了。」外面走進來一個乾瘦的老嬤嬤，她眉頭一挑，冷冷地瞥了珠兒一眼，滿臉的不屑。

「婆婆，您來了。就等著您來了好開飯呢。」那婦人馬上笑容滿面地迎過去。「您快進來，小心腳下。」

這個嬤嬤就是二夫人的貼身嬤嬤，從娘家帶過來的人。如今整個二房，大多都是二夫人從娘家帶來的下人在要緊的位置上當差。

那嬤嬤點點頭。「別讓那些亂七八糟的人，擾了二夫人的清夢。」

那婦人應了一聲。「不過是一些無關緊要的破落戶，理她做甚？」

珠兒就這麼被無視了，她氣哼哼地轉身跑出了廚房，心裡暗恨。日後總有妳們後悔的時候。

大廚房還亮著燈，兩個值夜的婆子在廚房門口坐著，搖著蒲扇乘涼。見珠兒跑了進來，兩人就對視一眼，高個兒的婆子站起身來。「珠兒姑娘可算是來了，表姑娘的飯再放下去，可就餿了。如今的天多熱啊，吃食真是不耐放。」

珠兒聽婆子這麼一說，心裡頓時一暖。大夫人雖然嚴厲，但是從不苛刻，虧她還一直以為二夫人是好人。

另一個胖婆子看見珠兒紅了眼眶，就知道是被二房的人給說了些什麼，她笑得越發和善。「要不，咱們給表小姐重新做一些吃的吧，這飯菜放得久了，即便沒壞，也走味了。表小姐可是嬌客，沒有在咱們家受委屈的道理。」說著，便對那高個兒的婆子使了個眼色。

那高個兒婆子馬上會意，不好意思地道：「只是咱倆的手藝不佳，食材也有限，怕是要委屈表小姐了。但是珠兒姑娘放心，咱倆做的飯菜，絕對是乾淨新鮮的。」

說完，兩人就動手，挑開了灶頭，素炒了一道青菜，涼拌了一道青瓜，切了一盤子滷肉，又炒了三個雞蛋，再加上兩碗清湯麵。這大晚上的，有這些東西就已經非常難得了，更何況還是兩人份的。

珠兒不好意思地捏了捏衣角，她身上可沒有打賞的銀子。「煩勞嬤嬤們了，明兒，我給嬤嬤們打酒喝。」

兩人對視一眼。「這都是咱們的本分，哪裡就要銀子呢？咱們萬家可沒這樣的規矩。」

珠兒的臉上露出不忿之色。「還好嬤嬤們心善，要不然我家小姐今天可得餓著了。不就是今兒得了護國公主的賞識嗎？也不知道礙著誰的眼，這麼作踐我家小姐。」

得了護國公主的賞識？

有了這個消息，今晚多幹的這一點活，還真是不算什麼。一會兒報給大夫人知道，賞錢自是少不了的。

胖婆子呵呵一笑，也不追問，就道：「要不把珠兒姑娘的飯菜留下來，妳就在咱們廚房裡吃，我再打發兩個丫鬟把食盒給表小姐送去。如今天熱，身上易黏膩，沒點熱水洗洗也不自在。姑娘在這兒吃著，我再去給姑娘燒兩鍋熱水來。」說著，不由分說就出去忙了。

那個高個兒的嬤嬤則是把分出來的菜替珠兒擺上，又端來一碟子泡椒鳳爪。「這東西主子們是不吃的，珠兒姑娘要是不嫌棄，就嚐一嚐。」

珠兒心中大喜，果然還是護國公主的名頭好用。於是越發加油添醋的將今兒在杜鵑山坡發生的事，說得繪聲繪影。

吃完飯後，珠兒才帶著兩個挑了熱水的婆子，趾高氣揚地回去了。

廚下的兩個嬤嬤這才讓丫鬟看著廚房，快步去了大夫人的院子。

「得了護國公主的賞識？」大夫人皺了皺眉，心裡是不信的。太子妃能如此忌憚這個公主，就知道她絕不是個泛泛之輩，就憑李青蓮的手段，還想在那位公主的面前玩心機？只怕不大容易。

見兩個嬤嬤靜靜地等在下頭，她才示意丫鬟。「每人賞十兩銀子，這件事妳們幹得好。不管表小姐是不是受到公主的賞識，咱們都得以禮相待，不得巴結逢迎，以免失了咱們萬家的風骨；亦不可見她人微勢孤，就順勢欺壓她。若是可以，就在暗地裡照看一二吧。」她深知做事留一線，日後好相見的道理。

外面突然傳來一陣男子的叫好聲。「夫人說得好。」

原來是大老爺回來了，大夫人一副非常吃驚的樣子。「您回來也不讓人通報，可不嚇了妾身一跳。」

嬤嬤和下人都悄悄地退了下去。

「有夫人在府裡，我是再沒有什麼不放心的。」萬氏的大伯父名叫萬明山，是個四十餘歲的中年人，帶著一身的儒雅之氣。

大夫人伺候萬明山更衣後，才道：「如今二弟妹的這個姪女啊，倒成了禍患，竟然將護國公主牽扯進來，真不知道是誰給了她這般大的膽子？老爺，妾身想去拜見一下這位公主，您看可好嗎？」

萬明山點點頭。「這幾日，我也拜訪了不少故舊，還見了許多咱們書院出來的學生；他們在京裡的時日不短了，知道的肯定比咱們更清楚一些。想不到的是，眾人對這位公主的風評都是極好的。」

「這位公主可是已經參與朝政了？」大夫人不由得問道。

「那倒沒有。不過據說，皇上和太子對這位公主可以說是極為信任的。如今公主的兩個孩子，更是養在皇上和皇后跟前。」萬明山皺眉道：「所以，太子妃和這位公主若是有了嫌隙，並非明智之舉。」

大夫人點點頭。「妾身明白了。只是皇上和皇后如此對待兩個外孫，那東宮的兩位小主子……」

「這正是我最擔心的事。」萬明山拿著摺扇，使勁地搧了搧。「皇上和太子將來都打算擇優而立，所以，往後的事情還真是不好說呢。」

大夫人手一頓，這可不是個好消息。「如此看來，這位公主的態度也是極為重要的，至少她是可以影響皇上和太子的人之一。」

萬明山點點頭。「其實太子妃想要聯姻的想法並沒有錯，只是她太操之過急了。」

大夫人搖搖頭。「老爺是不瞭解當娘的心情，才會這般說的。就拿太子妃來說，雖不是我身上掉下來的肉，可也是我親手帶大的，剛抱過來的時候，還不會走路呢。要不是皇上指婚，我是說什麼也不會把這丫頭嫁到皇家的。這位護國公主，只怕也是個通透的人，不讓自己的孩子嫁進皇家蹚渾水呢。」

萬明山失笑道：「夫人說得也有道理。妳進宮之前，就先去拜見一下這位公主，省得讓人以為是受了太子妃的託付。」

大夫人點點頭，表示明白。

太子妃的前程，就是萬家的前程。萬家之所以前些年不入朝堂，那是因為朝廷太亂了。如今機會就在眼前，這時候不出仕，更待何時？

蘇清河美美地睡了一晚上，早上跟沈懷孝做了兩回床上運動，感覺心情格外美妙。

她吃了早飯，趁著天熱以前，想去逛逛園子，就見蘭嬤嬤拿著帖子進來了。「殿下，萬家的大夫人遞了帖子，前來拜訪。」

「誰？」蘇清河詫異地問道。

「萬家的大夫人，太子妃的大伯娘。」蘭嬤嬤又回稟了一遍。

蘇清河愣了愣。「那就請吧。」嫂子娘家的長輩來了，該有的禮節還是得有的。親近的人來了，一般都在園子裡招待，只有不親近的人，才會在前面的正殿裡招待。她想了想，還是道：「就在湖上的蓬萊閣招待吧。」萬氏的面子還是得給。

蓬萊閣是建在水上的閣樓，只有一面與岸上相連。此時湖中荷花盛開，正是難得的好景致。

大夫人出身江南大家，夫家也是極有名望，宜園她自然是知道的。都說宜園是天下第一園，她心裡多少是有些不以為意，畢竟生在江南、長在江南，江南的園林該是天下之最才對。江南富庶，哪家沒有個像樣的園子，都不好意思待客。

不過，饒是她也見識了許多的園子，此時卻發現沒一處有資格和宜園相比。只這一路走來，走馬看花，就已經讓人覺得迷醉了。

她對蘇清河的受寵有了進一步的認識。什麼是瑤池仙境，什麼是皇家氣派，今日總算是長了見識。

「這位就是大夫人吧。」蘇清河笑語嫣然。「常聽嫂子提起您。這些年她在京城，最掛念的可就是您了，如今好了，都在京城，見面也方便。」

這話既讚了太子妃的孝心，又誇了大夫人的賢良慈愛，若不是大夫人對太子妃好，也不會讓太子妃這般牽掛。

大夫人一愣，這位公主可真是會說話。她不由得抬起頭，眼前的女子滿面都是笑意，但一雙眼睛卻透著威嚴。

大夫人這才一愣，趕緊行了禮。「給殿下請安。」

賴嬤嬤伸手扶住了大夫人。

蘇清河笑道：「大夫人不用多禮，裡面請。」

這是一處極為寬敞的閣樓，一樓緊貼著水面，水裡的荷花甚至都探了進來。微風拂面，帶著點點清涼。

丫鬟們上了茶，便靜靜地退了下去。

蘇清河開口道：「夫人剛到京城，可還都習慣？」

大夫人欠了欠身，回道：「除了乾燥一些，倒還尚可。」

蘇清河笑了笑。「江南人到京城，無不是如此，慢慢就習慣了。」

大夫人不好意思地說：「今兒來得突然，還望殿下不要見怪。」

「夫人這話太過客氣。我一個人在府裡也是寂寞得很，能有個人陪我說說話，那真是求之不得。」蘇清河就這麼跟她寒暄著，她想看看，萬家究竟想幹什麼？

「殿下勿怪，此次前來，一是為了向公主問安，二是為了請罪。」大夫人的語氣頗為忐忑，臉上也有些不好意思。

蘇清河詫異地挑挑眉。「大夫人這話是何意？最近我跟駙馬都挺忙的，也沒和什麼人起衝突啊。」

大夫人微微一頓，才道：「聽聞昨兒有一位姓李的姑娘，衝撞了殿下……」

「原來那個叫做李……李……什麼的姑娘，是萬家的家眷啊？」蘇清河一副想不起來叫什麼名字的樣子，轉頭看向賴嬤嬤。

賴嬤嬤輕聲道：「李青蓮。」

「對，就是叫李青蓮。」蘇清河佩服地看向大夫人。「萬家到底是書香世家，李姑娘還真是文采斐然啊。」

大夫人一愣，心道這就有些意思了。這位公主連李青蓮的名字都記不住，顯然就是並未看在眼裡的意思。不管這位殿下是真的沒記住，還是假的沒記住，傳遞出來的意思就是記不住名字，那就更談不上賞識了，也就沒有什麼衝撞的說法了。

「不過是寄養的一個親戚家的孩子罷了，過些日子找到親眷，咱們就是想留也留不住啊。」大夫人如此說了一句。

蘇清河了然地笑了笑，就不再說話。

兩人就這樣喝喝茶、賞賞景，談談衣裳和首飾。

半個時辰之後，大夫人就告辭離開，蘇清河也沒有留她用飯，畢竟兩家的關係還沒親密到這個分兒上。

蘇清河吩咐賴嬤嬤道：「妳進宮一趟，把萬家大夫人主動來宜園拜訪的事情，告訴母后。」

想必知道這個消息，母后就該宣萬家的人進宮了。

萬家既然進了京城，親家的面子，還是得給的。這也是個信號，要不然萬家在京城還真是不敢有任何動作。

兵馬司衙門

沈懷孝看著前來拜訪的白坤，有些不能適應。

「您有什麼事情，來喊我一聲就是，怎地親自過來了？」沈懷孝親自斟了茶遞過去。

白坤剛要說話，就瞥見院子裡有修剪花草的花匠。要是沒看錯，剛才進來的時候，院子裡是沒有這個人的。他瞇了瞇眼睛，隨意地道：「千秋節馬上就到了，我就來問問，看你們的壽禮準備得怎麼樣了？」

千秋節就是皇后的生辰。今年換了皇后，千秋節自然也就換了日子。

沈懷孝心裡一驚，他還真把這件事給忘了。不過面上仍不動聲色地說：「說來慚愧，都是公主在準備，我還真沒有機會插手。」

他嘴裡答話，眼睛卻跟著白坤的視線看向了院子，見到院子中有人，眸色不由得一冷。

沈大臉都快綠了！是誰這麼大膽，竟把手伸到這裡來了。

沈懷孝心知白坤是有要緊的話說，於是站起身來。「也快到午飯的時候了，要不咱們出去喝兩杯？」

「出去有什麼意思？我記得宜園可是有好酒的。」白坤哈哈直笑。

宜園的酒都是蘇清河蒸餾出來的高濃度酒，都在五、六十度，比起如今市面上三、四十度的酒，那口感是截然不同；在宜園宴客那天，凡是喝過的人就沒有不想念的。可這酒除了宜園，別的地方也沒有，於是越發被人傳得神乎其神。

沈懷孝點點頭。「那就回府吧，好酒夠您喝的了。」

兩人一路上騎著馬，並沒有交談。直到進了宜園，白坤才呼了一口氣。「現如今要找個能放心說話的地方都不大容易了。」

沈懷孝容色一正。「您說得是，咱們裡面說話。」

一進內院，就見蘇清河急匆匆地迎過來。「舅舅來了。」

白坤點點頭。「清河，找個地方，我有話要說。」

「好。」蘇清河沒有絲毫猶豫，轉身就在前面帶路，一路進了蓬萊閣。

白坤見周圍一目了然，就放下心來。

蘇清河讓嬤嬤守在通往蓬萊閣的廊橋路口，不許任何人靠近。這才問道：「舅舅何事這般著急？」說著，便親自斟了茶給兩人遞過去。

沈懷孝也道：「如今很安全，您只管說。」

白坤盯著沈懷孝道：「聽說你跟陳士誠的關係頗深。」

陳士誠？蘇清河和沈懷孝對視一眼，兩人沒想到遍尋不著的突破口，卻被白坤找到了。

沈懷孝搖搖頭。「要真是那麼要好，當初就不會將他調離涼州；回到京城之後，更不會將他閒置至今。」

白坤見二人對陳士誠可能有問題的事，一點也不驚奇，言語間更是透露出早就發現此人的不妥當，心中稍安。「瑾瑜跟陳士誠自幼相識，可知道陳浩此人？」

「陳浩……」沈懷孝念叨著這個名字，擰著眉頭細想。

這個人一定跟陳士誠有關，而且早年在陳士誠的身邊出現過，會是誰呢？他轉著拇指上的扳指，有些焦躁。抬頭看到滿眼的荷花，眼睛突然一亮。「想起來了！陳浩是陳士誠奶娘的兒子，算是他的奶兄。不過，好像早已經死了。」

「死了？」白坤愕然地問道。

「那一年，咱們是十三還是十四歲，我記不清了；也就是那一年的夏天，我、陳士誠還有裴慶生三人一起去城外玩。晌午天熱，咱們三個就脫了衣裳下到野池子去游水，小廝們則在岸上看著衣裳，我記得當時跟著我的小廝就是沈大。可等到咱們上岸後，只有沈大和裴慶生的小廝在，這個叫陳浩的小廝卻不知所蹤。沈大和裴慶生的小廝都說，是陳浩說要去方便一下，讓他們替他看著，但是他始終沒回來。咱們當時一直找到天黑也沒見人影，陳士誠都要急壞了。因為他的奶嬤嬤已經去世了，就剩下陳浩這根獨苗，臨死前託付他千萬要將陳浩照看好，沒想到就這麼莫名其妙地找不到人了。

「又過了幾天，陳浩才被人發現淹死在野池子裡，聽說整個人都泡得面目全非了。陳士誠和陳浩自幼在一起，想必是彼此熟識的，肯定不會認錯。他說是陳浩，那就是了。我當時心裡還想，這小廝竟然敢自己下水玩，一點也不顧著主子。因為那時候，屍身上是沒穿衣服的，咱們自然認為陳浩是下水玩才溺水而亡的。」

「不可能。」白坤搖頭。「陳浩還活著，應該跟陳士誠還有聯繫。」

沈懷孝搖頭道：「不可能。那時候咱們才多大，您該不會是懷疑陳士誠指使陳浩假死好脫身吧？陳浩不過是個下人，放了身契也不難，何苦要假死這般大費周章呢？而且，一個十幾歲的孩子，能有什麼機密之事，需要心腹假死去辦？」

白坤搖搖頭。「這我就不知道了。」他往後一靠。「我只是要說我發現的事。那巡防營裡關押著一批特殊的犯人，這個你應該知道。」白坤看向沈懷孝，問道。

「是天龍寺的和尚。」沈懷孝點頭應道。

「沒錯，就是天龍寺的和尚。」白坤皺眉道：「包括天龍寺的住持無塵大師。」

「無塵大師？」沈懷孝的神色更加凝重起來，他催促道：「您繼續說。」

「那無塵大師身邊有個伺候他的小沙彌，名叫了凡……」白坤的話還沒說完，就被沈懷孝打斷了。

「您說那個小沙彌叫什麼名字？」沈懷孝倏地開口問道。

「了凡。」白坤又鄭重地再說一次。

第一百一十五章　混亂

「了凡……了凡……」沈懷孝念叨了兩遍，才出言道：「這個名字我知道，他和輔國公夫人江氏身邊的紅兒，曾有接觸。」

白坤也不好問輔國公府的事，就接著道：「這個了凡的俗家名字叫做陳元，是陳浩收養的義子。」

了凡竟然是陳浩的義子？陳浩的年紀如今最多就二十五、六歲，怎麼會有這樣一個看起來才十二、三歲的義子呢？

「這些都是了凡招供的嗎？」沈懷孝問道。

「是。」白坤臉色又難看了幾分。「但如今卻無從證實了。」

「這是為何？」沈懷孝追問道。

「就在了凡要招供的時候，突然間口吐白沫。我趕緊將身上帶著的百毒丹餵給了他，也只是爭取了他說幾個字的時間。」百毒丹是蘇清河給親近的人防身用的，一般的毒藥都能解，但還是沒能把人救下來，可見了凡被下的藥有多厲害。

「他都說了什麼？」沈懷孝追問道。

「陳浩……義父……陳少將軍……師傅……」白坤說了這麼一句。

「陳浩……義父……陳少將軍……師傅……」沈懷孝念叨著，轉頭看向蘇清河。

這些訊息放在一起，讓蘇清河感覺分外的雜亂。只一瞬間，她的腦子裡就閃過好幾種理解。

第一，陳浩是了凡的義父。

第二，義父是陳少將軍。

第三，這個義父是除了陳浩和陳少將軍之外的另一個人。

第四，師傅是指陳少將軍。

第五，師傅指的是無塵大師。

第六，師傅指的是其他人。

第七，陳少將軍指的是陳士誠。

第八，陳少將軍說的是另一位姓陳的將軍，年紀不大。

如果陳少將軍是師傅，那麼這個義父就不是陳浩。陳浩不過是奴僕出身，不論這個少將軍是不是陳士誠，他的義子還沒有資格成為一個少將軍的徒弟。

如果無塵大師是師傅的話，就更不對了。因為不管是任何人，提起了凡都會說是「無塵大師身邊的小沙彌」，而不是說「無塵大師的弟子」。身邊侍奉的小沙彌不過就是個伺候起居的雜役，弟子卻是傳承衣缽的人，這兩者是有天壤之別的。

這句話代表的意思格外的含糊，它可能指的是兩個人，也可能是指三個人，更有可能是四個人。

所以，在一瞬間，蘇清河否認了白坤之前的推斷。了凡的俗家名字並不難打聽，但要說這陳元就是陳浩的義子，也有些牽強。
於是，她出言問道：「舅舅是怎麼知道陳元是陳浩的義子？」
「這不是明擺著嗎？」白坤笑道：「難道陳少將軍是義父不成？一個少將軍還不至於讓自己的義子去做小沙彌伺候人。」
蘇清河看了沈懷孝一眼，想聽聽他的看法。
沈懷孝揉了揉額角。「不管有多少種猜測，這裡面只有一個訊息是確定的，那就是陳浩還活著。不管這個陳浩說的是不是陳士誠的小廝，現在最緊要的就是找到他。了凡第一個提到了他，就證明他是跟了凡接觸最多的人，那麼，他一定會經常出現在天龍寺附近，甚至在了凡被囚禁的時候，也傳遞過消息。了凡的中毒，會不會跟此人有關？這個陳浩要真是假死的陳浩，那麼他如今一定是改頭換面，甚至連名字都換了。若要找他，您的人手辦不到，跟陳浩有過接觸的，就是沈大、沈二和沈三，這件事得由我來辦。」
白坤鬆了一口氣。「不瞞你們說，這可是件棘手的事。你們是知道我的，沒有那些個腦子處理這麼複雜的事情，能交到你們手裡，真是再好不過了。」
蘇清河一笑，問道：「了凡中的是什麼毒，您查過嗎？」
「查過。」白坤一臉「不要把我想得那般蠢」的樣子，嘆口氣道：「仵作也不知道那是什麼毒。」
蘇清河看了沈懷孝一眼，沈懷孝頗為無奈地道：「妳是不是想親自去看看？」
「嗯。」蘇清河點點頭。「養父的手札裡，記載了天下所有奇毒，其中還記下了毒藥的產地，即便是秘藥，也記載了出處，甚至包括了這種毒藥曾經用在什麼人身上。這是自養父的師門一直傳承下來的，應該不會有錯。或許，這會是一個線索。」

沈懷孝一愣。「咱們家還有這樣的東西？」這手札太過寶貝，可得保護好了。

「都在這裡。」蘇清河指了指腦袋。「這麼緊要的東西，怎麼敢以書面的形式往下傳，要是流落到外面，被歹人所用怎麼辦？所以，歷來都是閉門弟子口耳相傳的。」

沈懷孝鬆了一口氣。「那就好。」

白坤一臉擔憂。「清河，這死人……可不怎麼好看。」他猶豫了一瞬。「要是讓陛下和姊姊知道是舅舅帶妳去的……舅舅的肩膀可扛不住啊。」

「放心，不會讓別人知道的。」蘇清河笑了笑。「我也怕父皇和母后攔著。」

「那成吧。」白坤站起身來。「我來安排，晚上東城外的義莊見。」

蘇清河忙道：「都到飯點了，用了飯再走吧。」

「給我兩罈子酒就好，倆門那邊得提前安排。」白坤道。

「成。」蘇清河也不磨蹭，站起來送白坤出了遊廊，又趕忙讓賴嬤嬤去拿五罈酒來。

「舅舅愛喝的話，每個月我打發人給您送幾罈子，但再多可沒有了。小酌怡情，身子要緊。」

白坤大喜，連連點頭。「這趟可真沒白來。」

送走白坤，夫妻倆又回到蓬萊閣。此時他們上了二樓，二樓比一樓更寬敞，佈置得也更溫馨，屬於自家的私人領地。

飯菜上桌，有椒鹽炸排骨、糖醋里脊、松鼠桂魚，另外還有幾道時蔬青菜，就是一頓美味的午飯了。

沈懷孝扒著碧粳米，不由得問道：「怎麼拿這個蒸飯？留著給妳熬粥多好。」碧粳米量少，誰家也不會拿它當飯吃。

「內務府又送來了，家裡就剩咱們兩人，足夠咱們餐餐這麼吃。」蘇清河笑道：「輔國公那邊我已經叫人送去了，另外給世子那一房也送了一些，讓兩個孩子也能吃上。」

沈懷孝一下子停住筷子。輔國公府每年也能買到一些碧粳米，不過這都是老爺子、老太太在吃的，像他們這些小輩，一年能吃上兩、三回，就算不錯了。

他還真是沒想到蘇清河會主動往輔國公府送碧粳米。

「妳有心了。」沈懷孝給蘇清河挾了一筷子菜，一時之間竟然不知道該說什麼好。

蘇清河瞋了他一眼。「趕緊吃飯，那椒鹽排骨是專門給你做的，你嚐嚐。」

「都是下飯的菜。」沈懷孝吃得心滿意足。

吃完飯，兩人沿著湖邊散步。

沈懷孝這才道：「內務府雖然是看在皇上和太子的面子上，對咱們頗為上心，但該感謝的還是得感謝。要沒有豫親王的吩咐，內務府也不會這般行事。」

「我知道。豫親王那邊我每個月都打發人送酒，其他幾位王叔也是一樣。園子裡的時鮮蔬果，除了給宮裡，也都會給舅舅和王叔們送去。雖然誰也不在乎這點吃的，但就是個心意。」蘇清河點頭笑道：「你放心，儘管我不出園子，但該做的人情往來我還是會做的。」

沈懷孝點點頭，又問：「今天的事，妳怎麼看？」

「我覺得很奇怪。」蘇清河皺眉道：「不管咱們發現了陳士誠什麼，都有一個共同的點，就是跟黃斌沒有直接牽扯，唯一有聯繫的就是了凡。了凡既跟陳浩認識，又跟江氏身邊的紅兒有接觸，而江氏又是黃斌的人。但僅憑這個就說陳士誠跟黃斌是一夥的，就有些牽強了。

「想要陳家給他黃斌拚死賣命，黃斌還沒有這個資格，他最多就是借助那道方便行事的密旨，命令一些官員罷了。可陳士誠偏偏跟黃斌之間有了一條聯繫在一起的線，這就不能不讓人詫異了。

「我總感覺，與其說他是黃斌的下屬，倒不如說他跟黃斌是兩條平行的線，而他們都是線上的兩個點，而這兩條線，就拽在同一個人的手裡。你說這個人可能會是誰？」

沈懷孝一愣，搖搖頭道：「年齡對不上啊！黃斌同陳士誠的祖父是同一輩，若要用人，為何找的不是陳士誠的祖父或父親？」

「沒錯。」蘇清河認同地點點頭。「這就是我想不通的地方。」她沈吟半晌才道：「我想見見無塵大師。」

「無塵大師？」沈懷孝皺眉道：「妳該不會是懷疑他吧？這位大師可是一位得道高僧，他的信眾從販夫走卒到達官貴人都有，人數眾多。當時將無塵大師抓進大獄時，險些引發民變。還是無塵大師出面，才得以解決。所以，這位大師雖在獄中，但影響力還是不小的。」

蘇清河聽了眉頭卻皺得越發緊了。宗教，便是依靠信仰來控制人的思想。若是已經到了可以引起民變的地步，那就更不能縱容了。

她心裡對這個無塵大師，突然警惕了起來。天龍寺的住持，一位得道高僧，是怎麼被黃斌矇騙的？如果對世事如此不通透，他又憑什麼被人稱為高僧？她心裡突然有了一個更大膽的假設——也許事實正好相反。

黃斌與無塵，究竟誰是主？誰是次？心裡閃過這個念頭以後，她頓時驚疑不定。

「我要見見無塵大師，馬上。」蘇清河看著沈懷孝，表情是前所未有的認真。

沈懷孝看了蘇清河幾眼，見她急切，也就毫不猶豫地答應下來。「我來安排吧。」

巡防營衙門中，有一處僻靜的小院，正是關押無塵大師的地方。

裡面檀香裊裊，讓院外路過的人，心都不由得平靜安穩下來。

白坤親自帶著沈懷孝和蘇清河進了院子。「你們進去吧，我守在門外。」

蘇清河點點頭，和沈懷孝一起舉步朝正堂而去。

正堂供奉著佛祖，蒲團上跪著一位面色慈和的老者，看不出年紀，但鬚眉皆白，比起黃斌，這位大師的年紀應該不小了。

蘇清河和沈懷孝進了正堂，便靜靜地看著無塵大師，沒有出聲。

無塵彷彿一點也沒有察覺，讀完一卷經書後，才輕輕地用雙手虔誠地合上。「女施主，不知妳從何處來？」

「自然是從來處來。」蘇清河眼睛微微一瞇。

也許是她本身就不是原主的緣故，所以有人問她的來處，她總是不自覺地想到前世。但是，此刻她卻不能露出半點別樣的神態來。她不知道這個世上有沒有所謂的神通之人，但是這個人能成為大師，揣摩人心的本事一定是爐火純青的。

無塵大師微微一笑。「女施主請坐。」

蘇清河便盤腿坐在他對面的蒲團上。「大師是方外之人，不受紅塵俗世牽絆，如今卻依舊被紅塵所累，不知大師作何感想？」

「出家人，無處不是修行，無事不是歷練。此處與原處，並沒有太大的差別。」無塵將茶盞推到蘇清河面前。「請女施主飲一杯清茶。」

蘇清河瞥了一眼茶杯中淡綠色的水，並沒有拿起來。「讓大師見笑了。如今養尊處優，有些東西，還真是不能適應了。」

這茶是苦丁茶，在京城並不常見。她又聞見有一股淡淡的橄欖味，就更確定這茶裡一定放了青橄欖。苦丁茶一般都是江南貧苦人家才會喝的，而加入青橄欖，卻只有閩南才有這樣的習慣。而無塵大師的這碗苦丁茶，只見茶湯，不見茶葉，似乎刻意在隱藏什麼。她將這個疑點記在心上，不好意思地朝無塵大師笑了笑。

「無礙。」無塵大師寬容地一笑，渾然不在意。

「聽大師的口音，倒像是魯南人。」蘇清河隨口問道。

無塵大師呵呵一笑。「貧僧自問官話已經說得很好了，沒想到還是被女施主聽了出來。看來，還得要繼續修行啊。」

這就是承認他是魯南人了！一個魯南人，卻保持著閩南的生活習慣，這就有意思了。

「聽聞大師年輕時，曾在各地遊歷，這讓我十分好奇和羨慕。這天下的風景，只怕被您看盡了吧？」蘇清河一臉嚮往。

無塵搖搖頭。「女施主這話，貧僧實不敢當。這萬千美景能領略一二，已是幸事了。」

「從南到北，您最遠到過什麼地方？」蘇清河像是個好奇的學生，虔誠地討教。

「貧僧曾在北遼生活過數年，這算是最北邊了。」無塵如此坦言地說著在北遼的經歷，讓蘇清河不由得側目。

大周與北遼是敵國，而這位大師一點也不擔心這些經歷給他帶來負面影響，不禁讓人覺得他胸懷坦蕩。

「那南邊呢？南邊您去過哪兒？如今海上貿易越來越頻繁，您也出過海嗎？」蘇清河又開口問道。

無塵遺憾地搖搖頭。「這也是貧僧心中一大憾事。貧僧最遠只到了杭州，之後，再也無緣南下。」

「是有些遺憾，但比起其他人，大師已經算是極為幸運的人了。」蘇清河的語氣彷彿透著一股悵然。

「女施主不必遺憾，只要留心，身邊處處是風景。就比如窗臺上的花，今天看與昨天看又是不同的。」無塵指著窗臺上的花道。

蘇清河看了一眼窗臺上的花，不由一怔。是紫玉蘭！這東西據說極為難找，沒想到這裡會有。

她呵呵一笑，掩飾了剛才那一瞬間的失神。「高僧就是高僧，在我眼裡就是一株草，怎麼到您眼裡就是花了？」她站起身來。「得了，今兒打攪了大師，真是不好意思，這就告辭了。」

「女施主要說的話還沒說，就這麼走了，豈不白來一趟？」無塵呵呵笑道：「貧僧是出家人，沒什麼顧忌，女施主想問什麼儘管問。」

他這話說得爽利，可也是在變相地打探她此行的目的了。

蘇清河臉上的笑意一收。「大師果然是大師。」她看著無塵的眼睛，低聲道：「我是誰，我相信大師心裡很明白。這麼說吧，我這次來就是想見見能讓百姓不惜民變也要保下來的高僧，是什麼樣的人？」她冷笑兩聲。「您是方外之人，不管您要渡多少人，都得先保住性命才成。否則，我不介意讓大師去侍奉您的如來佛祖。」

「殿下是在威脅貧僧嗎？」無塵大師臉上也沒了笑意，看著蘇清河問道。

「如果您願意，也可以這樣理解。」蘇清河微微一笑。

「殿下，您應該始終存有一顆仁愛之心。」無塵大師用一種寬恕的眼神看著她。

蘇清河哈哈一笑。「大師，佛家也有怒目金剛，難道他就沒有仁心？我只是要告訴大師，可別過界了。」說完，她抬腳就走，彷彿只是為了威脅無塵而來的。

遠遠還能聽見正堂裡傳來無塵口唸「阿彌陀佛」的聲音。

第一百一十六章　南越

沈懷孝一直站在蘇清河身後，方才在屋裡他一言不發，此時出來了，才耳語道：「可是有什麼發現？」

蘇清河點點頭。「回家說。」

迎面就見白坤迎了過來。「喝杯茶再走，這大熱天的。」

蘇清河目光一閃，就道：「您別說，我還真是渴了，在裡面可是一口水都沒喝。」

白坤哈哈大笑。「幸虧妳沒喝，要不然可有妳受的。無塵大師喝的那東西，不知是什麼樹葉搓成渣泡成的茶，那真叫一個苦啊！也就他們出家人受得了這種苦。」

苦丁茶，本就是用大葉冬青的葉子泡成的，但刻意將葉子搗成渣，應該是要防著被人認出來。

蘇清河吐吐舌頭。「幸虧我沒喝。看著茶湯碧綠，還想著一定很爽口呢。只是不習慣用別人用過的茶具，所以沒喝，沒想到倒是躲過一劫。」

「不知道多少人不好意思拒絕大師，接過來就喝了，那可真是苦到了心裡。」白坤一副上過當的樣子。「不過，妳沒喝苦茶，估計也沒有機會聽到大師講述關於苦茶的禪意，也算是一件憾事了。」

「那我還是寧願遺憾。」蘇清河狀似無意地道：「大師也不在裡面放點蜂蜜什麼的，哪有這樣子誆人的？就是放兩個大棗也好啊。」

「放青橄欖妳要嗎？」白坤笑道。

果然有青橄欖！「不要，那青橄欖的果肉不也是澀的嗎？」蘇清河搖搖頭，一副不敢嘗試的樣子。

兩人喝了兩杯茶，也沒有多待，就直接回了家。

「怎麼樣？發現了什麼？」沈懷孝打發了府中的下人，急忙問道。

「無塵是不是閩南人我不知道，但他幼年一定在閩南生活過不短的時間。那杯茶，就是加了青橄欖的苦丁茶，看他放在手邊的樣子，就知道是他自己常喝的。他一直保持著喝這種茶的習慣，然而，卻刻意將茶葉搗碎，就更讓人覺得蹊蹺。而我問他是不是魯南人，他肯定了。

「他主動承認了在北遼生活過，卻否認他去過比杭州更往南的地方，可他的生活，明明保持著閩南特有的習慣。那麼如今，就只有兩種可能，一是他幼年時，跟閩南的人一起生活過；另一種可能是，他在撒謊。」蘇清河斬釘截鐵道。

「閩南緊靠海島……」沈懷孝也擰起眉。

「是的。所以，我更傾向於他撒了謊。」蘇清河想起那盆紫玉蘭。要是她沒有記錯，紫玉蘭是南越國的國花。

南越國在大周建國的時候，就已經被滅了，如今偏偏出現了一盆南越的國花，真的是巧合嗎？

她問沈懷孝道：「關於南越國，你知道多少？」

「南越國？」沈懷孝想了想，才道：「如今哪裡還有南越國？」他在理藩院幫忙，對周圍的小國，還是比較瞭解的。

「我只知道，南越不肯歸降，被太祖皇帝給滅了。」蘇清河接了一句。

「是啊，南越當時的領地也不小，當然不會束手待斃了。」沈懷孝回憶道：「南越當時占著粵州、桂州，還包括閩南。」

蘇清河一聽到閩南，腦子裡轟的一聲就炸開了。

「南越的皇室呢？」蘇清河連忙問了一句。

「南越的皇室……這個，我就不知道了。」沈懷孝已經意識到了什麼，他看向蘇清河。

「妳懷疑無塵大師是南越皇族後裔？那麼黃斌呢？」

蘇清河嘆了口氣。「這也正是我想知道的。不過『借氣運』的說法，流傳最廣的就是嶺南一帶，而嶺南正是南越的屬地。」

「原來如此。」沈懷孝驚愣了一瞬，才道：「我送妳進宮。」

蘇清河點點頭。她現在急需知道南越的皇族，當時是個什麼樣的下場？

外面的太陽很大，蘇清河卻覺得自己渾身發冷。

明啟帝剛剛午睡起來，就聽到蘇清河進宮了。他沒有猶豫，馬上將人叫進來。

「這是怎麼了？怎麼如此匆忙？」明啟帝見蘇清河滿臉都是汗，趕緊問道。

蘇清河抹了一把臉上的汗。「父皇，您知道南越國的皇室最後都如何了嗎？」

蘇清河的話音一落，明啟帝的臉色就白了。「妳……妳說誰……」

蘇清河看著明啟帝的臉色，眼裡閃過一絲明悟。想來粟家的創國史，或許並不怎麼光彩。

明啟帝看著閨女那了然的神情，露出一絲苦笑，「孩子，南越，是咱們皇家的禁忌。朕還小的時候，身邊有個奶嬤嬤，就因為她無心地說了一句『南越是出了名的富庶』，就被慎刑司拉到門外活生生地杖斃了。那時，朕才六歲。」

蘇清河看著明啟帝。「那麼，對於南越，父皇是不是知道得也有限？」

「是。」明啟帝緩和了臉色，肯定地道。

騙人！蘇清河在心中腹誹。

就聽明啟帝繼續道：「大周朝綿延至今已有百年了，曾經有多少愛恨，也都已經過去了。那些當事人更是都已化為一抔塵土，誰還能記著那些過往呢？」

「可要是對方並沒有忘記滅國的仇恨呢？要是對方將這仇恨的種子，一代一代的延續下來呢？如果女兒沒記錯，粟家的皇帝，可是沒一個得了善終的。」蘇清河壓低聲音道。

「大膽！」明啟帝厲聲呵斥。

福順雙腿一屈，「撲通」一聲跪了下來。心裡想著：我的小祖宗啊，妳還真是什麼話都敢說啊！

蘇清河還是第一次見明啟帝這般疾言厲色，她眼圈瞬間就紅了。「女兒說錯了嗎？皇祖父不就是個最好的例子？要是不把南越人揪出來，爹爹要怎麼辦？他們一定還會對你下手的。」

明啟帝一聽閨女嘴裡叫著「爹爹」，又擔心的是他，心就不由得軟了下來。「妳……看妳這孩子，都已經是當娘的人了，怎麼還動不動就哭？」說完，就罵福順。「狗奴才，還不上涼茶來，再擰條帕子來給公主擦擦。真是越老越沒眼力了。」

福順趕緊爬起來，連忙去準備了。

蘇清河吸了吸鼻子，道：「您別遷怒福順公公，他挺好的。」

「朕還不是心疼妳啊。」明啟帝瞪了閨女一眼。「妳也別整天罵琪兒和麟兒是熊孩子，我看妳才是個熊孩子。」

蘇清河又吸了吸鼻子，就是不說話，只是拿福順遞過來的帕子擦了擦臉。

「以後不能再這麼信口開河了。」明啟帝皺眉道：「如今這皇位上坐著的是妳親爹，妳想怎麼著都沒關係……」

蘇清河心想，換成我親哥哥也不會差到哪兒去。不過嘴上還是道：「那您就一直坐著唄。您長壽些，到時候，女兒跟著您後腳走，到下面也有親爹護著。」

「又胡說八道。」明啟帝讓她說得心裡不是滋味。他指了指椅子，讓她坐了，才問道：「妳是覺得列位先祖的死，跟南越有關？」

蘇清河點點頭。「要不然會是什麼呢？難道還能是粟家被詛咒了？」

明啟帝臉色一白，嘴唇都有些顫抖。

「難道……難道真有這樣的說法？」蘇清河驚訝地問道。

明啟帝正要開口，就見福順跑進來。「太子殿下求見。」

蘇清河朝明啟帝道：「是女兒叫駙馬去東宮喚哥哥的，女兒想借哥哥留在宮外的人一用。」

明啟帝點頭，示意福順將人叫進來。

粟遠冽後面跟著沈懷孝，進來後，彼此見了禮才坐下。

「你已經知道了吧？」明啟帝看著兒子，問道。

「瑾瑜說得並不詳盡，兒子也只聽了個大概。」粟遠冽看向蘇清河。「妳有幾成把握斷定是南越的餘孽？」

「八成。」蘇清河毫不猶豫地道。

「證據呢？」粟遠冽握緊了拳頭。他最近在翻看宮裡的藏書，有許多都是沒有對外公開過的機密，對於南越，他知道的肯定比蘇清河多。

「哥哥知道紫玉蘭嗎？」蘇清河問道。

粟遠冽的手猛地握緊椅子的扶手。「妳說什麼蘭？」

「紫玉蘭。」蘇清河看了一眼粟遠冽繃起青筋的手背，心裡又多了一層思量。

明啟帝垂著眼瞼，看不清神色。

蘇清河看了沈懷孝一眼，道：「有件事倒是忘了，上午不是跟舅舅約好了要出城嗎？要不然你替我走一趟。」

他們約好的時間，明明是晚上。

沈懷孝知道蘇清河這是要把他打發出去。他又不是沒眼色的人，皇上和太子的反應就說明這件事可能牽扯到皇家的秘辛，他還是別知道的好。

他一拍大腿。「還真是把這件事給忘了。」說著就要告退。

明啟帝點點頭。「那你去忙吧。」

蘇清河叮囑沈懷孝道：「要是我今晚沒回去，記著東西一定要先留下。」她說的東西，是了凡的屍體，她這是怕有人銷毀證據。

「放心吧。」沈懷孝慎重地道。

等沈懷孝出去，大殿上只剩下父子三人。

明啟帝這才抬頭看了兒子一眼。「別擔心，既然清河已經發現了端倪，就不會出大事。」

粟遠冽點點頭，看向蘇清河道：「紫玉蘭是南越的國花，只有皇室之人才能擁有，因為這花極難種植。據說，只有皇室才懂得種植的秘法。」

這些事，蘇清河已在原主記憶中得知，都是金針梅郎師門傳承下來的。

「妳究竟在哪裡見過這種花？又怎麼確定妳見到的就是紫玉蘭？」粟遠冽問道。

「這是師門的不傳之秘，但是我以金針梅郎的名譽擔保，不會看錯。」蘇清河鄭重地道：「至於在什麼地方見到的，說起來，這個人早已經進入了咱們的視線之內。」

「誰？」明啟帝問道。

「天龍寺的住持無塵。」蘇清河道。

「是他？」明啟帝眉頭一皺。「此人年紀已過八旬，朕才沒有往這個人的身上想過。一個不知道自己還能活多長時間的出家人，有什麼好追查的？」他看向閨女。「看來妳說得對。若他們不是為了自己，只是單純地想復仇，那麼，這種做法也就能理解了。」

蘇清河點點頭。「這也就是為什麼黃斌毫不在意他的子孫後代會不會有出息，有沒有人能傳承自己衣缽的原因。他自己都是復仇的工具，更何況他的孩子和孫子。」

明啟帝深吸了一口氣。「是啊。黃斌一介寒門布衣，即便有先帝的提攜，就算他自己能力再出眾，也不可能爬升得那般迅速，應該是身後有強大的後援才對，而海上的島嶼，只怕是他們為了南越所經營的復國之地。南越過去的疆土，都是在沿海地區，聽說也有一些漁民，早些年就遷居到了海島上，至今，他們大概仍以南越國人自居吧。」

「這才說得通。」蘇清河認同道。「如果真是深入骨髓的恨，讓他們一邊想著復仇，一邊想著復國，而眼見故土難回，這才打算將修建的海島據為己有。」

粟遠冽點點頭。「成王敗寇，是萬古不變的真理。從古至今，在同一片土地上，有過多少王朝的更迭。他南越所占之地，也不是一開始就是南越的，他們不也一樣，滅了別人，取而代之嗎？怎麼被滅的換作是他們，就不行了？」

「所以，我才想問問，當時南越的皇族究竟是被如何處置的？是什麼事情，能夠讓他們仇恨至今？」蘇清河嘆道：「有時候，我都不得不佩服，這些人就像是飛蛾撲火，明知道是送死，可還是義無反顧。這般不死不休，總得有個原因吧？是什麼點燃了他們整個皇族的怒火，甚至，連時間都難以淡化這一分仇恨？」

粟遠冽看向明啟帝，這也正是他想不通的。

明啟帝看著一雙兒女，突然之間，覺得有些難堪，但還是輕聲道：「你們知道，咱們為什麼姓粟嗎？」

這是什麼問題？姓氏就是老祖宗傳下來的，還有為什麼？

「咱們的先祖，是一個孤兒，不知道自己姓甚名誰、家鄉何處、父母又在哪裡。他就是個沿街乞討的乞兒，一路流落到了南越。」明啟帝說到這裡，頓了一下。

蘇清河和粟遠冽對視一眼，心裡有了不好的預感。

「他餓得很，見馬槽邊的馬正在啃食粟米，就偷偷地溜過去，搶牲口的飼料吃。說來也巧，荒郊野外的，竟讓他遇見了出城打獵的南越王，而那匹馬，正是南越王的坐騎。

「那時候的南越還很弱小，只有嶺南那一小片區域。南越王見他十分可憐，就將他留下，留在身邊做一個馬童。因他沒名沒姓，就被南越王開玩笑般的賜名為粟米，這就是咱們姓氏的由來。」

粟遠冽頓時覺得十分難堪，而蘇清河則是完全聽傻了，原來這個姓氏是這般由來啊。換句話說，粟家人身上生來就貼著一張標籤，那就是他們是南越皇家的奴才，而且是最下等的奴才。馬童是什麼？馬童就是主子上馬、下馬的時候，要跪在地上，讓主子踩著他們的脊背上下的人，他們真的是活在主子的腳底下。

怪不得南越會是粟氏皇家的禁忌呢。雖說英雄莫論出處，可哪個大人物不想有個光鮮亮麗的祖宗呢？

「先祖就這樣在南越王身邊有了一份差事。對於一個四處流浪、無處安家的孩子，能有個地方讓他安身，就足以讓他感激涕零。他越發賣力地幹活，小心地伺候主子，為的就是不想丟掉這份差事。慢慢的，他由馬童做到馬夫，再做到管事。

「南越王也沒有虧待他，等他到了成家的年紀，就賜給他一個媳婦。這個媳婦雖然是個女奴，但真正的身分，卻也頗有些來歷。南越之前的領地只有嶺南一帶，後來向外擴張，滅了句汀國。句汀國的皇室，男丁盡數被斬，女眷充作奴隸。而這個賜給先祖的女子，就是句汀國的海陵公主。

「兩人成婚後，先祖自然是心滿意足。一個乞丐出身的馬奴，能有這樣一個身世顯赫的妻子，那是作夢都不敢想的事，於是，他越發對南越王忠誠了起來。直到在戰場上，為了保護南越王，活生生地用身子擋下了射向南越王的箭，整個人也被射成了刺蝟，就這麼死了。

「而這位海陵公主，此時懷著遺腹子。南越王感念先祖忠勇，也頗為善待海陵公主，又見她身懷六甲，遂將她託付給了王后照看。後來，海陵公主產下一子，被南越王賜名為粟懷恩。」

蘇清河和粟遠冽對視一眼。粟懷恩，就是大周開國太祖。

明啟帝點點頭。「而那個時候，王后所出的南越十皇子，也剛剛滿一歲，王后便將海陵公主母子留在十皇子身邊，一個當作奶嬤嬤，一個充作玩伴。

「海陵公主是個有成算的人，待十皇子盡心盡力，太祖也就這樣留在十皇子身邊，跟十皇子一樣，接受最好的教育。

「而海陵公主到底是一國的公主，她的見識、她的隱忍，不是一般人能比的。或許一開始的時候，人們還會忌諱她的出身，但是她的丈夫為了救主而亡，這樣的遺孀和遺孤，本就讓人們對他們母子寬待了幾分。後來，又見她一路守著十皇子長大，對她也就更沒有戒心了。畢竟在十皇子之上，有九個皇子，作為嫡子，十皇子要面對多少後宮的陰險，想想都叫人不寒而慄。」

「海陵公主敵國女奴的身分，慢慢地被人淡忘了，而忠心的形象，卻越發深入人心。南越王和王后，也是對她信任有加，對太祖更是大力提拔。因為父母都是眾所周知的忠心之人，太祖先天就比別人多了幾分優勢，凡是機密之事，也從來不避諱他。

「他從小站在十皇子身後，如同十皇子的影子，可他偏偏聰明異常，悟性頗佳，他學得比十皇子好得多。隨著年齡增長，他心裡也難免生出了幾分不平。他與那些皇子相比，差在哪兒了？不僅沒差什麼，反而勝過他們良多，可就因為一個出身，將他死死地限制住了。他想建功立業，他想改換門庭。

「那時候的南越王已經老了，南越王從太祖的眼睛裡看出了桀驁不馴。南越王知道，自己的兒子壓不住這個人，心裡就生出了讓太祖殉葬的想法。」

蘇清河心裡一嘆。殉葬是許多地方的風俗，但以太祖的性情，怎麼甘心？

「太祖自小在南越皇宮長大，為人又仗義，結交了不少人脈，因此南越王一有這個想法，他那邊就收到了消息。海陵公主隱忍多年，終於找到了適合的機會向兒子講述自己的國仇家恨，將她的身世和盤托出。

「原來，句汀國跟其他中原之地還是有區別的。中原之地，男子為尊，女子為卑，但句汀國卻沒有這樣的規矩，皇位是男女皆有繼承權，海陵公主就是句汀國主看中的繼承人。一朝國破家亡，海陵公主選擇了忍辱偷生；不僅如此，她還聯絡曾經的族人，雖然都是女子，可這些女子嫁人生子，這些孩子若聚集在一起，就是一股不小的力量。海陵公主將聯絡的印信給了太祖，也把句汀國數代積攢的財富託付給他，然後秘密地送走了兒子。

「為了替兒子爭取時間，海陵公主在南越王的面前自殺了，說她願意代替兒子為南越王殉葬，但看在粟家就這一根獨苗，還是遺腹子的分上，希望南越王給粟家留一條根。她在南越王面前發誓，等太祖有了兒子，就會親自回來領罪，若是不能遵守承諾，粟家人世世代代不得好死！」

第一百一十七章　詛咒

蘇清河面色一變，不由得驚呼一聲。

粟遠冽也跟著臉色一變，連呼吸都急促了幾分。

明啟帝深吸了一口氣，繼續道：「他們夫妻看起來都是為主子盡忠而亡，雖然放走了兒子，倒也填進去自己的命。那南越王本就不是個弒殺之人，心裡反倒多了幾分歉意，便沒有著人再去緝拿太祖。

「太祖就這樣逃了出來，而句汀國的舊部和財富，就是咱們粟家起家的根本。都說時勢造英雄，這話說得很有道理。前朝末年，中原大亂，太祖的雄才大略也有了施展的地方，歷經了十數年，才統一了中原。

「而那時的南越國，也趁著中原之亂，向外擴張，占地著實不小。老南越王早已經死了，新王正是當年的十皇子。此時兩人都已經人到中年，這位十皇子怎麼可能對他曾經的奴才稱臣。

「可是，就如同太祖瞭解十皇子一樣，十皇子對太祖也同樣十分瞭解。他知道這位從小跟在他身後的影子，有著怎樣的心性和才學，他知道自己不是太祖的對手。

「於是，他提早一步，將皇室和不少大臣家眷，統統送出了海。南越國本就靠海而居，在海上，他們更有優勢。

「當太祖攻下南越時，南越的皇室基本上已經空了，而那位十皇子在太祖的面前自戕了。據說，他在臨死前，大罵太祖是忘恩負義的奸佞之人，並用海陵公主曾經的誓言，詛咒粟家人世世代代不得好死。

「太祖已經平定了天下，是為天下之主，他如何受得了這樣的話？頓時大怒。再加上海陵公主的死，讓太祖對南越皇室生出了恨意。在他的心裡，南越王救了他的父親，可他的父親也以命相抵了，他們兩不相欠。雖然南越王對他們母子不錯，可母親也護著十皇子長大，沒讓他死在後宮的心機中。南越王讓他跟著讀書，但他也為了他們拚命過了，真的是誰也不欠誰的。要說起滅國之恨，他也是句汀國皇室後裔，誰又比誰高貴？南越滅了句汀，而今他滅了南越，不過是一報還一報。

「他把自己母親海陵公主的死歸咎於南越王，原本打算要將南越的皇室斬殺殆盡，但是，皇室已沒有人了。太祖暴怒之下，想到自己的父親因為救南越王而死，後來被南越王葬在他的陵墓下面，而自己的母親也給南越王陪葬了，就更加憤怒，當即下令挖了南越國皇室的陵墓。南越歷代先王及皇室所有成員，都被挫骨揚灰之後，拋入大海，無一倖免，就是要令南越永世不得翻身。」

明啟帝說完，無奈地嘆了一口氣。「太祖晚年，也十分後悔當日的行為。那時他身染惡疾，皮膚一點一點的潰爛，最後嚥氣時，身上都沒有一塊完整的肉了。這些都記錄在帝王的起居注裡，只有登上皇位之後，才有機會閱看，內容絕對是真實的。」

聽完這些話，蘇清河和粟遠冽久久沒有說話。

這裡面的恩恩怨怨，哪裡還說得清呢？

可這最後的挖墳掘墓、挫骨揚灰，確實狠了一些，難怪南越後裔會這麼不死不休。誰沒有父母和親人，誰沒有祖宗？若自己的親人和祖先，連死了都不得安息，換個角度想，似乎也能理解南越後裔心中的恨意了。

但自己如今是粟家人，頭上懸著一道「不得好死」的詛咒，對蘇清河而言，就不那麼美妙了。

粟家的人，能得善終的真的很少。

太祖臨死前一定痛苦極了。蘇清河剛才一聽就知道，他那是中了毒，而下毒的人是誰，自然不言而喻。

蘇清河撓了撓頭。碰上這種不死不休的對手，還真是有些棘手。

「太祖就沒想過要永絕後患嗎？」粟遠冽問道：「既然已經將人得罪得死死的，又知道尚有後人在世，而且人數還不少，在這樣的情況下，不是應該斬草除根嗎？」

「怎麼會沒想過？只是當時天下初定，人心不穩，更何況要在海上找人，光是船隻就建造不起來。後來，有能力找的時候，太祖已經病入膏肓了。太醫查不出病因，就更相信這是詛咒的力量。之後新君繼位，又是新一輪的權力角逐，誰還有時間管那早已消失的南越國呢？」明啟帝嘆道。

蘇清河終於知道父皇為什麼能及時發現先帝的屍骨不在了。畢竟自己祖上就幹過挖墳掘墓的缺德事，所以，他比別人更在意皇族的陵寢。要不然，誰會好端端地打開已故先人的陵寢啊？

她一抬頭，就看見另外兩人皺著眉，一副深思的模樣。

蘇清河笑了笑。「如今也過去好幾代了，粟家的人也搭進去不少。就比如皇祖父和王伯們，肯定少不了這些南越後人在裡面挑事，就連女兒和哥哥，不也差點沒保住性命嗎？當日太祖確實過分了一些，但粟家死了那麼些個人，還不夠嗎？還想怎麼鬧？如今，為了子孫後代，一定要把這些人連根拔起了。」她看著明啟帝道：「父皇和哥哥的飲食也要格外小心才是，這些人的手段還真是防不勝防。一會兒女兒開個單子，請父皇讓人替女兒搜集一些藥材來。這些藥材極為罕見，女兒要用這些稀有的藥材來配製保命丸。」

粟遠冽神色一動。「可是在涼州戰場上給我吃過的那種？」

「正是。」蘇清河點點頭。「咱們有備無患吧。」

明啟帝應了一聲。「妳將單子交給福順就好。」

粟遠冽想了想，對明啟帝道：「要不然把南越的事情交給清河辦如何？別人兒子信不過。」

明啟帝從腰上摘下一塊玉珮。「妳拿著這個，不管到哪兒，都能暢行無阻。」

蘇清河接過來，仔細一看，羊脂白玉上面刻著「如朕親臨」四個字。這東西有些燙手，但確實是好用。

她也沒矯情，馬上將玉珮收起來。「父皇放心，交給女兒辦吧。」說完，又轉頭看向粟遠冽。「哥哥，我可能會用到白遠，提前跟你打個招呼。」

「妳儘管用。」粟遠洌點點頭。「他對妳說的話，不敢馬虎。」
「如今，要從哪裡著手？」明啟帝問道。
「就從無塵和了凡入手。」蘇清河瞇了瞇眼睛，心裡有了決定。
蘇清河出宮的時候，日頭已經慢慢地落下了，但依舊熱得讓人渾身難受。
沈懷孝等在宮門口。「快上馬車，車上涼快。」
車上有不少冰塊堆在玉盤上，透著涼意。
蘇清河往榻上一歪。「你怎麼不找個地方等？車裡多悶啊。」
「哪裡悶了？」沈懷孝給她遞了條帕子。「我打發沈二去義莊看著了，不會有事。」
蘇清河點點頭。「那就好。咱們如今先找個地方吃飯吧。吃完飯，讓馬車回府，咱們再出城。」
「已經準備好了。」沈懷孝見她的安排跟自己不謀而合，就道：「跟我走就是了。」
蘇清河歪在榻上點點頭，隨著車的搖晃，有些昏昏欲睡。
吃飯的地方是一家靠近城邊的酒樓，很有幾道拿得出手的特色菜。
兩人用了飯，便回到馬車上換了衣服。待馬車返回宜園，他們便帶著人騎馬直接往義莊而去。
到義莊的時候，天已經黑了。
義莊的門口，掛著兩盞白燈籠，顯得有些陰森森。

「會怕嗎？」沈懷孝拉了蘇清河的手給她壯膽。

「無事。」蘇清河搖搖頭。

義莊在荒郊野外，四周都是野地，時不時傳來幾聲夜鳥的叫聲，搭著風聲，營造出來的氣氛確實讓人歡喜不起來。

沈大走在最前面，沈三則跟在主子身後。

義莊的門從裡面被打開了。沈二舉著火把迎出來，跟在沈二身後的，還有白坤。

「舅舅倒是先到一步。」蘇清河笑道。

白坤上下打量了蘇清河，搖搖頭。「妳這丫頭，膽子還真大。」

「這個世上，活人比死人可怕。」蘇清河抬腳往裡面走，回了一句。

白坤點點頭，心裡倒是有些感觸。他見跟在周圍的都是親信，就問道：「今兒妳見那無塵時，可是發現他也有問題？」

「舅舅怎麼會這麼問？」蘇清河挑眉看向白坤。

「真當妳舅舅傻啊。妳打聽無塵那老禿驢飲茶的習慣，不是懷疑他是什麼？妳問我不就是為了求證嗎？」白坤沒好氣地回了一句。

蘇清河展顏一笑。「您不愧是我的親舅舅，真是……」說著，她豎起一根大拇指。「真是什麼都瞞不過您。倒不是不想跟您說實話，實在是您那院子裡，不知道有多少耳朵聽著呢。」

「還真是防不勝防啊，如今妳一說，我就知道了。放心，我一定會把這個老禿驢看得死死的。」白坤咬牙道。
蘇清河點點頭，就進了義莊放置棺木的大堂。
白坤將仵作的那套工具，重新讓人置辦了一套。
蘇清河收拾好自己，讓眾人也戴上口罩，才讓沈二前去開棺。
人死了，在這大熱天的，很快就有了味道。
蘇清河上前，用棉籤將屍體嘴角的殘餘物抹了下來，眯著眼睛細看。
要是沒看錯，製作此類毒藥的原料，全產自海裡。有一味最主要的成分就是蛇毒，這個蛇毒是屬於海蛇的，海邊的漁民應該都知道，但在內陸，基本上是見不到的，可它卻偏偏用在了凡的身上。
蘇清河放下棉籤，吩咐沈二道：「檢查這個人，全身上下都要檢查，看看還有沒有其他傷痕？包括身上的紅點都不要放過。」
說完，她自己則背過身去。畢竟男女有別，她還不至於這般離經叛道。
「是。」沈二答應了一聲，心裡卻叫苦連天。這到底是什麼差事？
沈大和沈三不忍心，也上前搭了把手。三個人三雙眼睛，盯得很仔細。
好半天，才聽到三人「咦」了一聲。
「發現了什麼？」蘇清河沒有回頭，急忙問道。
「一個小紅點，在腰後。」沈懷孝湊過去看了看，才道。
「是不是有點像是針眼？」蘇清河問道。

「沒錯，很像是針眼。」沈懷孝詫異地看著蘇清河的背影。她這麼問，肯定是心裡已經有了決斷，如今不過是在驗證罷了。

「那就錯不了了。」蘇清河道：「把人收拾齊整，再放回去，死者為大。」

沈二索利地應了一聲。

沈懷孝和白坤，則跟著她出了大堂。

「這就完事了？」白坤問道。

蘇清河點點頭，看著白坤道：「舅舅再想想，審訊的時候，有沒有誰靠近過了凡？」

白坤一愣。「妳是懷疑有人乘機扎了了凡一針？」

蘇清河點點頭。「針眼在腰後，想來是這個人靠近了凡之後，便扎了他一針，可是卻沒有引起大家的注意，就證明他應該是在了凡的背後。要不然，動作一大，可就有些顯眼了。」

白坤的臉色有些難看。「審訊了凡一事，事關重大，不是親信我是不敢帶進去的。我一直都以為他是被人提前餵了藥，只是過了一段時間才發作，從沒有往親信們身上想。」

「不可能是舅舅所說的這種狀況。藥性因人而異，不可能控制得那麼好，在了凡要招供的時機便發作了，就算是神仙也控制不到那般精確。再說了，審訊過程中誰也無法預料他是不是會招供？況且，這種毒藥其實是種海蛇的蛇毒，一旦進入血液，會馬上毒發。另外，這藥中添加了幾味特別的東西，所以，一般的解毒丹根本就壓制不住毒性，就是務必要讓了凡閉嘴的意思。」蘇清河解釋道。

「那就是我身邊的人有問題。」白坤沈聲道。

「舅舅，千萬小心，要防著狗急跳牆。」蘇清河叮囑道。

「放心，妳舅舅能活到今天，也不是白活的。」白坤的眼神閃過一絲冷厲。「逮到人，我會直接交給白遠，妳找他要吧。咱們接觸得太頻繁也不好，小心打草驚蛇。」

「有急事，可以叫舅母或是表妹到宜園來。」蘇清河道。

白坤點點頭。「知道了。妳跟瑾瑜先走，我和沈二等一下要把痕跡清理乾淨。」

「有人可能對了凡的屍體感興趣，你們也儘快撤離吧。一會兒讓人守在暗處，看看是何方神聖？」蘇清河小聲道。

「明白。」白坤鄭重地應了下來。

沈懷孝陪著蘇清河回到宜園的時候，並不晚。兩人泡了很長時間的澡，才覺得不那麼晦氣。

「這件事急不得，妳也別著急，慢慢來。」沈懷孝安慰蘇清河道。

蘇清河心裡著急，卻也不能說什麼，皇家的秘辛最好還是別告訴他。

她漫不經心地玩著手裡的玉珮，對沈懷孝點點頭。「沒事，我不急。」

沈懷孝看出了她的言不由衷，可她不說，他也不會問。

他看著她手裡的玉珮，笑道：「妳若是愛白玉，明兒我讓人給妳找一些來。」他湊過去，想把玉珮拿開，心想難道他這個相公，還沒有玉珮要緊？

蘇清河感到身上一重，就見沈懷孝已經壓在她身上。她一著急，手裡的玉珮便揚了起來。沈懷孝抬頭看見「如朕親臨」四個字，頓時嚇得什麼心思都沒了。

蘇清河愣住了。

沈懷孝整個人也僵住了。

到底要不要起來行禮？

蘇清河第二天起來，心裡還有些好笑。

昨晚那塊玉珮，真的將沈懷孝給嚇萎了，一晚上都沒有鬧騰她，今早起來的時候，他還一臉的怨念。

送他出了門，蘇清河才叫來葛大壯。「去找白遠，讓他來宜園一趟。」

葛大壯領命，一點也不敢耽擱，直接出去了。

白遠見了葛大壯很客氣。「葛兒怎麼來了？」

葛大壯還是跟以前一樣恭敬，一點也沒有恃寵而驕。「殿下有命，請白大人去宜園一趟。」

昨兒太子就從東宮傳出話來，讓他聽公主的調遣，他就知道定是出了大事。今兒葛大壯一來，他更知道事情有多緊急了。

白遠馬上站起身來。「那現在就走吧。」

他一路跟葛大壯趕到宜園，便被領進去見蘇清河。

蘇清河看到白遠，見他比以前多了幾分穩重和威嚴，心裡就不由得點點頭。

「有一件要緊事要你去辦。」蘇清河也不廢話，開門見山地道。

「姑奶奶吩咐就是。」白遠還是習慣以前的稱呼，覺得親近。

「我要你派人替我去查兩個人。一個是黃斌，去他的老家暗訪，要他從小到大所有的經歷。哪怕是再小的事情，只要能打聽到的，都要詳細記錄好，然後呈上來。另外一個人是無塵大師。」蘇清河指了指几案上的畫像。「打發絕對可靠的人去閩南和魯南，我要知道無塵在這兩個地方是否生活過？生活了多長時間？和誰一起生活的？他是自幼出家還是有什麼緣故才出家的？都要打聽清楚。

「這兩個如今可都是名人，相信他們的出身之地，一定有很多關於他們的傳言。不管是多虛假、多不可靠的傳言，都要記下來。你派去的人，我不需要他們甄別什麼，只要帶著耳朵、帶著嘴，做好記錄就好。務必小心，別讓人發現。」蘇清河吩咐完，看向白遠。「都記住了嗎？」

「記住了。」白遠點點頭。「您放心，在下會以最快的速度完成。」

「小心為上。記著，人一定要可靠。」蘇清河不放心地又叮囑了一次。

「小的知道輕重。」白遠鄭重地點點頭。

「很好，我等你的好消息。」蘇清河吁了一口氣道。

送走白遠，蘇清河回到書房，將這些線索，全都一一記錄下來。

她覺得自己如今扯到了一個線頭，要是從這條線往下查個徹底，就一定能挖到對方的老巢。

只是當筆尖指向陳士誠的時候，蘇清河的手就頓住了。
這個人的破綻又在什麼地方呢？
還有那個陳浩，他究竟藏身在哪兒？

第一百一十八章　狡猾

正在她一籌莫展之際，賴嬤嬤進來說是沈二有事稟報。

蘇清河吩咐賴嬤嬤道：「讓他進來吧。」

沈二滿頭大汗的進來。「殿下，有了新線索。」

「什麼線索？」蘇清河忙問。

「昨晚子時剛過，就有人悄悄地靠近義莊。隨後，義莊便起火了。」沈二抿了抿發乾的嘴唇，繼續道：「當初沒有帶了凡的屍身出來，就是怕有人查看屍體發現破綻，而打草驚蛇。沒想到這個人根本不去檢查，只是快速地放了一把火，然後就離開了。咱們想著那屍體也沒什麼用了，便沒去救，而是尾隨那個人，直到他進了一家叫做嬌春樓的妓館。小的讓人守著，沒輕舉妄動，可見那小子到如今還沒出來，就察覺出有異。此人要麼已經脫身，要麼這個妓館本身就有問題。」沈二回道。

蘇清河聽完卻皺了皺眉。「你是說，他沒有前去檢驗屍體是不是了凡的，就直接在義莊外頭放了一把火？」

沈二點點頭。

「也沒等著看裡面是不是已經燒起來，就趕緊跑了？」蘇清河眉頭皺得更深，問道。

沈二依然點頭。「沒錯。」

「他一路上走得急嗎？」蘇清河又問。

「在城外的時候，急得很，像後面有鬼追著他一樣。那時候已經是三更半夜了，他進了城外的一家小店，窩在裡面喝了一晚上的酒，一直到早上天亮的時候，才進了城。進城之後，反倒悠閒起來，晃悠悠的進了妓館。」沈二回憶道。

「那就不要動了，這家妓館沒有問題。燒義莊的大概也只是個小人物，拿人錢財、替人辦事而已。」蘇清河搖頭道。

見沈二皺著眉頭，一副十分不解的樣子，蘇清河解釋道：「他沒去檢驗屍體，就證明在他的心裡，義莊裡有什麼一點也不重要；他不等火燒到裡面就跑，也證明他不在乎火是不是能燒到裡面。那麼於他而言最重要的事，就是讓義莊著火，你想想這是為什麼？背後的人想毀掉了凡的屍體是真的，卻更想知道是不是已經有人在暗地裡盯上了，於是便狡猾地雇了個人。雇人的時候，已經不知道過了幾次手，想找到背後的人，肯定是難上加難。若是那人放火的時候，你們就撲上去抓人，可不就把自己暴露了？

「你想想這個人，急匆匆地放火，像是急著完成任務。在城外為什麼走得急？那是因為他害怕，所以連城外的驛站都不敢住，喝了一晚上的酒壯膽。一進城，也不管還是白日，就往妓館跑，證明他手裡突然有錢了。突然有錢的人，可不就想著要怎麼爽快地花一回？他一晚上沒睡，擔驚受怕，又喝了酒，此時肯定已經睡下了。讓你的人撤了吧，這個人沒什麼價值了。」

「那豈不是白忙活了？」沈二有些懊惱。不過幸好沒貿然行事，否則還不得被反算計了？

「那倒未必。」蘇清河想了想，笑道：「要不，你另外派一撥人，暗地裡繼續跟著這個人，看看除了咱們，還有誰在悄悄地關注他？而這個關注此人的人，就是咱們要找的人。」

沈二一聽，頓時明白了。對方想找他們，他們便也在暗地裡找對方，接下來比的可就是耐心和本事了。他不由得苦笑。「殿下，這活兒不好幹啊。」

蘇清河親自倒了一杯茶遞過去。「我相信你們的能力。」

沈二受寵若驚地接過茶盞，只覺得這杯茶喝下去，都不好消化了。不過，他還是硬著頭皮說：「小的一定完成任務。」

蘇清河這才笑著目送他離開。

寧壽宮中，白皇后正笑盈盈地看著萬家的大夫人。「平身吧，不用多禮了。」又吩咐萬氏。「去把妳大伯娘扶起來。」

萬氏眼眶都紅了，感激地朝白皇后笑了笑。這麼多年來，她終於見到親人了。沒想到白皇后這麼給她臉面，讓她一時之間有些百感交集。

「大伯娘。」萬氏扶起大夫人，笑著叫了一聲。

大夫人就著萬氏的手站起身來，拍了拍萬氏的手，便打算俯身給萬氏行禮。萬氏硬是攔了下來，這才作罷。

「本宮這個媳婦是極好的。」白皇后笑著誇讚萬氏。「她這些年跟著太子，也吃了不少苦，即便這樣，還是把王府打理得很好。這都是萬家的家教好，也是夫人教導得好。」

「實在當不得皇后娘娘的誇獎。」大夫人沒想到白皇后如此和善，看樣子對太子妃也沒什麼不滿，她的心便稍稍放鬆了一些。

白皇后笑了笑。「妳也別謙虛，萬家在江南，那可算是書香世家，就連在京城，也常能從一些官家女眷的口裡，聽到萬家的盛名。」

「能得皇后盛讚，是萬家的福分。」大夫人也覺得與有榮焉。

萬氏知道這段時間，自己的作為是有些問題，婆婆對她也有所不滿。但看今日白皇后的樣子，她心裡還是有些感激的。

一陣寒暄過後，萬氏將大夫人帶回東宮，她們這才在榻上坐下，說起了體己話。

「惠兒，這些年苦了妳了。」大夫人拍了拍萬氏的手，嘆道：「咱們家這些年也沒能幫上妳，更沒能幫上太子殿下，妳大伯父和爹爹，心裡都有些愧疚。本該早點來東宮拜見的，但到底是……」話沒有說完，但意思十分明顯，是覺得沒臉見太子。

萬氏搖搖頭，道：「家裡的做法是對的。當時的情況……前途未卜，我怎能將家裡牽扯進來？誰又能想到會有今天的局面呢？」

大夫人滿意地點點頭。到底是自己教養出來的，心裡分得十分清楚，知道顧念娘家。有困難的時候，也絕不拖累娘家；有前程的時候，卻絕不會忘記娘家。她感激地笑了笑。「妳能這麼想，真是讓大伯娘無地自容。」

萬氏微微一笑。大伯娘的心思，她早知道，但是知道了又如何？畢竟不是親生母親，這份親情裡包含了利用的成分也是在所難免。大伯娘教她重視娘家，不過是想讓自己拉拔兩個堂兄罷了。有難處的時候，她不向娘家求助，只因為她知道，娘家不會幫她。掌權的不是她的父親，內宅作主的也不是她的親生母親，她跟大夫人，沒有任何血緣關係。對娘家，親情不能說沒有，但在利益面前，這點親情還是太薄弱了。

大夫人看著太子妃的神色，心情有點微妙。到底是好些年不見了，當初的小女孩如今也長大了。她從太子妃的神情和動作上，已看不出太子妃的心思了，於是悵然一嘆。「惠兒到底是長大了，也跟大伯娘生分了。」

「大伯娘。」萬氏的聲音很柔和，她握住大夫人的手。「我如今都是兩個孩子的娘了，可不長大了嗎？再過幾年，我也該娶兒媳婦了。」

大夫人手一頓，認真地朝萬氏看過去。

萬氏一笑。「大哥家的姊兒也有五歲了吧？下次大伯娘將孩子帶來，留在宮裡給我解解悶也好。我沒有個閨女，側室生的庶女，我也喜歡不起來；再者，和庶女太過親近了，她的生母該多想了。倒是護國公主家的長樂郡主也養在宮裡，只是母后疼得跟心肝肉似的，且輪不到我疼呢。」

大夫人的呼吸有些急促。太子妃的意思，她要是沒理解錯，是想將自己的孫女大姊兒許給源哥兒，且會當作親生閨女疼愛。源哥兒是太子的嫡長子，如此的身分意味著什麼，她心裡非常清楚。她想一口答應下來，這樣，就可以保住萬家幾代的富貴。萬家雖然是書香世家，但她的兩個兒子讀書並不出色，老大至今也只有個秀才的功名。可最終，理智還是讓她壓下心頭的狂喜，謹慎地道：「這件事，只怕還要太子殿下點頭吧？而且長樂郡主貴為護國公主的女兒，自然更得太子殿下喜歡。」

萬氏微微一笑。「大伯娘說得沒錯，太子殿下十分喜歡琪兒，這疼愛之心是真切的。」

大夫人是何等聰明人，馬上就明白萬氏說的是什麼意思。正因為是真心疼愛，才不會將那孩子拉入這場後宮的角逐。以郡主的身分，自是可以一輩子逍遙自在，活得舒心如意。她又問道：「護國公主真的一點也不動心？」雖然心中早有猜測，可還是有些訝異。

「大伯娘覺得護國公主是什麼樣的人？」萬氏轉著手裡的茶杯問道。

大夫人一愣。「探不清深淺的人。」

萬氏點點頭。「以前是我想簡單了。她是護國公主這一點，不管發生什麼都不會變。」

大夫人點點頭。這位公主的尊位比太子還要牢固，真的沒有必要蹚渾水。她沈吟半晌才道：「大姊兒放在妳身邊我自然是放心的，但就怕妳伯父他……妳知道的，咱們萬家是一股清流，可自從妳進宮，萬家就被貼上外戚的標籤，我就擔憂妳伯父心裡的坎過不去。」

萬氏理解地笑了笑。「我也就是說個提議。」

大夫人的眼睛微微瞇了瞇。如果太子妃跟護國公主沒有交惡，也沒有讓白皇后不滿，那麼，太子妃的依仗可不是只有萬家，但萬家卻非太子妃不可。

萬氏親手給大夫人奉了茶，才道：「家裡還要仰仗大伯娘多留心。」她笑咪咪的，又接著說：「京城裡有一位姓萬的小爺，在四處活動。別人看在咱們萬家的面子，也看在我和太子的面上，都給了他幾分臉面。」

大夫人愣然地瞪大眼睛。「此話當真？」

萬氏點點頭。「護國公主說的話，想必不假。」

大夫人驚怒交加。「太子殿下知道了嗎？」

「是公主親自告訴我的。」萬氏臉上的神色越發嚴肅起來。「大伯娘，我不敢指望咱們家裡能助我什麼，但求不扯後腿。家裡的事還得大伯娘多照看，交代給別人我可不放心。」

護國公主掌握了嫂子的把柄，並沒有握在手裡，也沒有直接告訴太子，而是悄悄地通知了嫂子，這讓她得重新估量太子妃與護國公主之間的關係了。如果護國公主果真是偏向太子妃的話，那麼萬家倒是可以下這個注。她眼裡閃過一絲暗光。「家裡的事就交給我吧。」

「至於二夫人那裡，大伯娘不必顧忌。」萬氏搖搖頭。

「大伯娘省得。」大夫人看了萬氏一眼，才道：「妳在宮裡，長日裡也是寂寞，下次進宮，我就將大姊兒給妳帶來。」

萬氏點點頭。「倒要對不住大嫂了。」

「妳大嫂巴不得呢。孩子能得到宮裡的教養，還有什麼不放心的？」大夫人寬慰道。

萬氏心裡鬆了一口氣。這就算是達成共識了。

大夫人被萬氏留在宮裡吃了飯，才帶著皇后和太子妃的賞賜，滿腹心事的回去了。她也不知道今天如此倉促的決定，到底對不對？

萬氏在送走大夫人後，眼神放空。

白嬤嬤提醒道：「主子，您今兒是不是有點草率？」

萬氏搖搖頭。「我答應她什麼了嗎？什麼也沒有。我只是想念娘家人，才打算接姪女過來小住。」

白嬤嬤眉頭一皺。「那要是將來主子改變了主意，該怎麼對娘家交代？」

「走一步、算一步吧。不然以大伯父的性子，可是不見兔子不撒鷹。」萬氏嘆道。

「要是大老爺問到太子面前，又該怎麼辦？」白嬤嬤還是不贊同。

萬氏眼睛一瞇。「大伯父這個人謹慎慣了，他不會貿然提問的。就算是問了，太子殿下也不會拆了我的臺，嬤嬤放心吧。」

白嬤嬤也不知道這樣的萬氏究竟好不好，只是讓人看起來累得慌。在她看來，萬家的大老爺會不會多想她不知道，只知道自己的這位主子就是想得太多了。

而這一頭大夫人剛回到家，就聽說李青蓮又出了門，她不由皺眉道：「二夫人不是將她禁足了嗎？」

「二夫人今兒一早就到城外的廟裡上香去了。二房的奴才您還不知道啊，都見錢眼開的，給個三、五兩銀子，有什麼事不敢做？」丫鬟鄙夷地道。

大夫人皺了皺眉，也就不再管了。她腦子裡還盤桓著太子妃今兒說的話。

她沒想到，就因為此刻的疏忽，差點引來大禍。

第一百一十九章　圖案

沈二隱在暗處，守在妓館對面，尋找同類的氣息。卻沒想到，倒是讓他發現了一個熟人，一個不可能出現在這裡的熟人。

此人五短身材，一張憨厚的面孔。沈二之所以記得他，是因為此人正是陳士誠的馬夫劉五，而這劉五還是個啞巴。對此，他曾經覺得陳士誠算得上是個仁義之人。

可劉五怎麼會在這裡？這間茶館因為在妓館的對面，生意倒也不錯，劉五一個人坐在角落，著實讓人覺得可疑。

劉五是自己來的，還是在等人？一個馬夫能等的人除了主子，還能有誰呢？

沈二的心跟著狂跳起來。他一直查不到陳士誠的破綻，也許今天會有不一樣的收穫。

他仔細地觀察劉五，見劉五的注意力並不在妓館，而是在人來人往的大街上。他心裡一突，難道他的目標不是妓館？

劉五用衣襟抹了一把汗，手裡抓了一把花生也沒吃幾個，便連灌了好幾碗涼茶。他猛然站起身來，放了個銀角子在桌上，然後急急忙忙地出了茶館。

沈二不放心別人跟著，便自己悄悄地跟上去。眼見劉五狀似隨意地在大街上走著，可在沈二看來，他是跟著一輛馬車的。這輛馬車是普通到不能再普通的一款，滿大街都是這種馬車，實在看不出有什麼特殊的標記，能讓劉五一眼就認出來。

難道是馬車夫嗎？他往前趕幾步，想看清馬夫的樣子。路上人來人往，馬車走得並不快，沈二是易容過的，也不怕被人認出來。他越過劉五，一副著急趕路的樣子，等他路過馬車車廂的時候，車窗上的紗簾被風吹了起來。沈二看了一眼，心裡一驚。

怎麼會是她？這個女人他見過，正是那天杜鵑山坡上，在公主面前出頭的那位姑娘。知道了是誰，沈二依然沒有放鬆。他腳步連頓都沒頓的往前趕，路過車夫的時候，又隨意地瞄了車夫一眼，就鑽進了前面的胡同。直到馬車跟劉五都過去了，他才又轉了出來，跟在劉五的後面。

馬車在一家胭脂鋪停下來，那對主僕也從馬車上下來，直接進了店鋪。到了這裡，就不好再跟了，這讓沈二不由得皺起眉頭。正尋思著該怎麼辦才好，就聽見後面傳來一聲跋扈的嬌叱。「我說大叔，你擋了我的路了。」

沈二頓時有些暴躁，轉身就要走，就聽後面的女聲又道：「大叔擋了路，不道歉就想走？」

今兒真是出師不利，他可不想被人發現，怎麼偏偏就遇上不講理的小娃兒了？聽那聲音，也不過是個十歲上下的小丫頭，怎地如此刁蠻？

為了不引人注意，他回過頭，剛要說對不起，就見那丫頭板著臉，眼裡帶著笑意，小眉頭還挑了挑。

他頓時大喜，朝四下望了望。牆下曬太陽的小乞丐，餛飩攤子上吃餛飩的小屁孩，還有眼前兩個不大的丫頭，不都是自家小侯爺養的那班小祖宗嗎？

就見那丫頭瞪著黑白分明的眼睛，裝扮得跟個小戶人家的小姐似的，身邊還帶著一個上不得檯面的黑瘦丫頭，看起來不怎麼打眼。

就見那丫頭側過身，小聲道：「大叔，要幫忙嗎？」說完還瞟了瞟胭脂鋪子。

需要，太需要了！這孩子簡直來得太及時了。

不用說，這群小子肯定是看穿了他的偽裝，一路跟著他來的，可自己對這些個小人兒，還真沒注意到。

沈二大聲道：「是大叔的錯。」然後小聲道：「快去，晚上給你們買烤鴨吃。」

這丫頭嬌蠻地哼了一聲。「這還差不多。」說完，就往胭脂鋪子裡衝去，還不忘回身對跟在後頭的黑瘦丫頭喊道：「醜丫，快點跟上。」

沈二差點沒笑出來。誰是醜丫啊？那個被叫做醜丫的丫頭，才是真絕色呢。也不知道怎麼塗的，弄得黑漆漆一團。

見兩個丫頭進去了，外面又守著幾個小子，他心想，這幾個孩子在一塊兒可不會吃虧，便沒有任何遲疑地繼續假意趕路。

劉五坐在涼粉攤上，盯著沈二看了兩眼，直到沈二像是真有急事一般，急匆匆地走了，他才轉過頭來。可他卻沒有注意到，他側面的牆下，正蜷縮著一個小乞丐。那小乞丐似乎是在盯著他面前的涼粉發呆，其實一點也沒有錯過他臉上的任何表情。

李青蓮進了胭脂鋪了，便四處打量。

櫃檯的後面坐著一個無精打采的女掌櫃，顯然，這熱烘烘的天讓人昏昏欲睡。

珠兒見她們進來半天了，也不見掌櫃的前來招呼，心裡頓時就不樂意了。

「醒醒，還做不做生意了？」珠兒敲著櫃檯，提醒道。

那女掌櫃掀起眼皮看了兩人一眼。雖說穿著的都是好衣裳，但從細節處還是能看出兩人的窘迫來，一瞧就不是出手大方的主子。小姐當然是亮麗的，只是這丫頭身上，未免寒酸了些，連個像樣的首飾都沒有。她也算是有見識的人，要真是體面人家出來的，那丫頭們個個都跟小姐似的，就這對主僕的窮酸樣，她還真沒有心情招待。

她挑剔地看了珠兒幾眼。「咱們家的貨，可是出了名的貴。兩位要什麼？銀子夠嗎？」

珠兒面色頓時就紅了起來。「妳狗……」剛要罵狗眼看人低，就被李青蓮給攔下來。

「掌櫃的，東家在嗎？」李青蓮笑了笑。「把妳的東家請出來吧。」

那女掌櫃瞇了瞇眼睛，看著李青蓮。「東家可不是好見的。」

李青蓮朝女掌櫃笑了笑。「我只是聽聞有人在這裡見過我的一個故人，所以才來打聽打聽的。」

女掌櫃收斂了臉上的神色。「不知道這位姑娘的故人姓甚名誰？」

「這個麼，只有見了東家才好說。」李青蓮臉上露出幾分高深的笑意來。

這時候，從外面進來一個十來歲的小姑娘，帶著一個黑瘦的丫頭。

小姑娘看了掌櫃的一眼，又回頭對李青蓮笑道：「這個姊姊長得真好看。」說著，就朝掌櫃的道：「這個姊姊買什麼，也給我一份，我看看用了是否也能長得這般俊俏？」

珠兒不屑地恥笑了一聲，扭頭撇撇嘴。

就見那小姑娘頓時就拉下了臉。「笑什麼？我問妳笑什麼？有什麼好笑的？這個姊姊神仙般的樣貌，怎地身邊跟了妳這麼沒禮貌的丫頭？」

珠兒就要還嘴，李青蓮馬上攔住她。「妳都多大了，還跟個孩子一般見識？行了，讓著些吧。」

就見那小姑娘不停地對著珠兒扮鬼臉，一副小頑童的樣子。

那個一直不出聲，畏畏縮縮的黑丫頭，湊過來拉住小姑娘的手道：「別……別……別鬧了，小……小姐。」

珠兒頓時就哈哈大笑。「還小姐呢？妳這小姐可真體面啊，帶著個黑醜的丫頭就罷了，怎麼還是個結巴？」

黑丫頭趕緊躲到小姑娘的背後，低下頭後才小聲道：「看那個姑娘的左邊袖子，她的左手一直沒有亮出來過，那裡一定有要緊的東西。」

小姑娘瞪著珠兒，手在背後捏了捏黑丫頭的手，表示知道了。

珠兒只看著那小姑娘直笑。就見那小姑娘跟隻小老虎似的，猛地撲了過來，就連櫃檯後的女掌櫃都嚇了一跳。

珠兒哪裡見過如此粗野的丫頭？頓時身子一歪，向下倒去。

小姑娘順勢也往下倒，她的手胡亂撲騰著，一把抓住了李青蓮的裙子。

李青蓮的裙子被這麼大一個孩子拉住了，她顧不得其他，兩手急忙抓緊自己的裙子。如今可是夏天，衣衫單薄，要真是走了光，可就慘了。

黑丫頭眼睛一亮，急忙跑過去，一把扶住李青蓮。「姑娘……姑娘……姑娘站好，我家……我家……小姐才能起來。」

等三人都站起來了，珠兒還沒開罵，小姑娘就先哭了起來。

「欺負人，妳欺負小孩。」小姑娘拽著黑丫頭就往外跑。「我去叫我娘，看今天不扒妳一層皮下來。」

女掌櫃頓時就黑了臉。「哎喲，今兒的生意是做不成了。」

李青蓮整理好衣裳，慶幸這時候沒人進來看見她這般狼狽的樣子。她見女掌櫃愁眉不展，於是問道：「怎麼？掌櫃的認識那小姑娘？」

「周圍那麼多人家，我哪裡認得清啊？不過看那姑娘年紀不大，肯定不是遠處來的，家應該就在周圍的幾條胡同裡。身邊又帶著個小丫頭，估計也是有些家底的，這附近可都是些小武官的家眷，粗俗得很，妳瞧那小姑娘的作派，可不活脫脫一個女土匪？姑娘如此，可見姑娘的老子和娘親是什麼德行，就怕他們時常來鬧騰。做生意可不容易，哪裡禁得住三天兩頭被胡鬧啊？」女掌櫃有些無奈。

李青蓮瞪了珠兒一眼，才略帶歉意地對女掌櫃道：「今兒真是給妳添麻煩了，對不住了。」

那女掌櫃擺擺手，看了李青蓮一眼。「妳不是找東家嗎？東家今兒不在，妳若是想找故人，留個口信下來，我幫妳轉達也行。」

李青蓮點點頭。「如此有勞了。」她也沒想著一次就能聯絡上。等將手伸進左袖口，她頓時僵住，不死心地再摸了摸，又看了看方才跌倒的地方，臉色一下子刷白了。

「東西呢？」

李青蓮也不是蠢人，僵了一瞬間之後，想起剛才的一連串變故，馬上神色一愣，朝店外跑去。此時街上依然人來人往，熱鬧非常，可早已不見兩個小姑娘的身影。

「哎喲，小姐，您跑什麼？」珠兒追了出來。「您這樣子，讓人瞧見了多不好。」

李青蓮看著珠兒，眼裡閃過一絲冷冽。今兒要不是這丫頭多事，哪會有這般的無妄之災？

她此時沒有多想，只以為那兩個孩子就是尋常的偷兒。因此雖然心裡怨怒，但也並不驚慌。只要不被人發現那枚印章的用處，其實也沒什麼大礙。

如今要緊的事，得趕緊找到那兩個孩子。京城就這麼大，若找到人，大不了多掏點銀子贖回來就是了。

能替她辦好這件事的，除了萬迅，她再也找不到第二個人。

李青蓮沒有信物，也就不再回到胭脂鋪，她吩咐珠兒。「咱們回去吧。」

「喔。」珠兒也知道剛才可能是惹到自家小姐了，心裡有些忐忑。「奴婢去叫馬車。」

馬車還是剛才那輛，兩人上了馬車，很快就離開了。

女掌櫃這才走出來，看著離開的馬車若有所思。然後她朝著劉五的方向，搖了搖頭。

劉五在涼粉攤子上放了十幾個銅板，就馬上起身離開了。

那小乞丐這才站起身來，好似剛睡醒的樣子，伸了伸懶腰。而餛飩攤子上一個不大的小孩，站起身來，認真地數了幾個銅板，放在桌子上，才轉身離開。

那餛飩攤子的老闆嘀咕道：「這孩子，年紀不大，胃口倒是不小。這都吃三碗了，真是怕把人家孩子給撐著了。」

幾個孩子，進了不同的胡同，最終卻繞到同一個院子裡。沈二正在院子裡等著他們。

「孩子們，幹得漂亮。」沈二一人摸了一下腦袋。「我這就回去向主子回話，晚上的時候，就會有車來接你們。我一會兒會讓廚下給你們烤鴨子，晚上定夠你們幾個吃的了。」

幾個孩子立刻就歡呼起來。

蘇清河一邊把玩手裡的印章，一邊聽沈二講述今天的一連串過程，直到聽見這個東西是幾個孩子弄過來的以後，蘇清河臉上露出暢快的笑意。

「今兒參與的幾個孩子，一人給二十兩銀子，沒參與的也都賞十兩。晚上再給孩子們加一道麻辣蝦和糖醋魚。還有莊子送來不少黃鱔，也都拿給這些孩子們加菜。」蘇清河吩咐賴嬤嬤。

賴嬤嬤笑著去安排了。

「這些小子，待遇都快趕上府裡的老親信了。」沈二嘀咕道。

蘇清河白了他一眼，揮揮手道：「繼續忙你的去吧。那個劉五就相當於是陳士誠的破綻，還有那個胭脂鋪子，你都得盯住了；另外，那個李青蓮，她要是縮回萬家，咱們還真是拿她一點辦法都沒有。不過，你盯著萬家的爺兒們，估計這個李青蓮得託付他們辦些事。」

「萬家的爺兒們能聽她的？」沈二不解地道。

「李青蓮是個姑娘，又是個美貌的、惹人憐惜的姑娘。」蘇清河不冷不熱地道。

「美人計啊！」沈二撇嘴。「還是豁得出去。」

等沈二出去了，蘇清河才將印信印在白紙上。

這個印信上的不是字，也不是花，看起來倒像是一種海獸。她有些懷疑這是不是圖騰的一種。

直到屋裡點起了燈，蘇清河才回過神來。

沈懷孝已經進來半天了，見蘇清河一直出神，也沒有打擾，怕突然出聲嚇著她。

這會子蘇清河還是對屋裡突然多了一個人，有些驚嚇。「你怎麼不出聲啊？」

沈懷孝笑了笑。「妳拿著什麼？看得這麼入神。」

蘇清河也不隱瞞，將印信遞過去。「你瞧瞧，可認識這個？」

沈懷孝拿到手裡把玩，看了半天才道：「這東西我好像在什麼地方見過。」

蘇清河一愣，連忙追問：「在哪裡見過？」

沈懷孝皺著眉頭，又仔細觀察了那圖案半天。「這個圖案，我肯定見過。至於在哪兒……還真是想不起來了。」

蘇清河也沒有失望，只是道：「這應該是一種身分的象徵，或者是一種傳承。」

沈懷孝點點頭。「這個東西很要緊嗎？」

蘇清河「嗯」了一聲。「凡是有這個東西的人，恐怕都不怎麼乾淨。」

沈懷孝往椅背上一靠。「可我怎麼就是想不起來在哪裡看過呢？」

「可能是你小時候看到過，也可能是你無意間在一個熟人的身上看見過，又或者是在什麼印象深刻的事情中見到過。你腦子裡有印象，但卻想不起來，估計應該是時間太久了。」蘇清河道。

「妳容我想想。」沈懷孝急得恨不能砸開自己的腦子。

直到吃完晚飯，兩人躺在床上，沈懷孝還是什麼也沒想起來。

「行了，別想了，估計是久遠的記憶了。」蘇清河打了個哈欠。「睡吧，再慢慢查就是了，如今有這些線索也不少了。」

沈懷孝應了一聲，但還是輾轉反側，不知道過了多久才睡著。

半夜裡，一聲驚雷將蘇清河驚醒了。她坐起來一看，就見沈懷孝雙手握拳，呼吸急促，額頭上密密麻麻的出了一層汗。

這是作噩夢了。

蘇清河皺眉。她從沒見沈懷孝作過噩夢，也從沒見他睡得這般沈。

「孩子他爹？」蘇清河輕聲呼喚沈懷孝。

沈懷孝此時陷入噩夢裡。

那是在遼東的戰場上，下著鋪天蓋地的雪。他們一隊人馬被人伏擊了，刀狠狠地刺穿了他的胸膛，那刀柄上的圖案……對，就是這個圖案！

沈懷孝猛地坐起身來，喘著粗氣。

蘇清河撫著他的脊背。「沒事了。」

沈懷孝擦了一把頭上的汗。「我想起來了，剛才在夢裡想起來了！」

蘇清河下了床，給他擰了條濕帕子。「先擦一擦吧，瞧你渾身汗涔涔的。」

沈懷孝接過來，簡單地擦洗了一下，才道：「當年，在遼東，就是妳養父救我之前的那場大戰，伏擊咱們的根本不是敵軍，而是刀柄上刻著海獸圖案的人！那個地方，敵軍想設伏的困難很大，但是……」

但是什麼，沈懷孝沒有往下講。

蘇清河心裡卻明鏡似的。

敵人不好設伏，但是自己人卻可以。若是軍中混入這樣一股勢力，其危險簡直難以想像。

一道亮光劃過窗戶，緊跟著就是轟轟的雷聲。

蘇清河的腦子頓時劃過一個名字——陳士誠。這個人在軍中的作用，很有可能就是領導這樣一支軍中軍。

蘇清河看向沈懷孝，沈懷孝朝她點點頭，顯然也想到了這一點。

「如今只能擒賊先擒王了。」蘇清河的臉在一道道閃電之下，顯得有些晦暗不明。「要麼不動，要麼就要雷霆一擊。」

話音剛落下，一聲炸雷響起，彷彿要劈開混沌的天地一般。

「這件事不能拖延，咱們趕緊給宮中遞消息吧。」沈懷孝道。

蘇清河點點頭。粟遠冽對涼州有絕對的控制權，若是可以早一步安排，就多一分勝算。

第一百二十章　替換

粟遠冽在東宮，接到蘇清河半夜送進來的秘信，就再也無法入睡。想起上面寫的消息，真是讓人如鯁在喉。

但這件事，能交給誰去辦呢？如今，他誰也不敢輕易相信。

送消息進來的是白遠，此刻白遠守在書房的外間，等著太子的回話。

「白遠。」粟遠冽從裡面出來，看著白遠。「將手頭的事情先交給下面的人處理，你回去收拾一下，咱們明天就啟程去涼州。」

「主子！」白遠臉都白了。如今主子是什麼身分，怎麼能輕易離開呢？「有什麼事，不能交給我去辦嗎？」

「不是不相信你，而是這件事……實在有些棘手。」粟遠冽皺眉道。

「不是有姑奶奶嗎？還有駙馬啊？」白遠問道：「反正主子是不能隨意離開京城的。」

「清河和瑾瑜能辦成的話，孤會親自去嗎？」粟遠冽瞪了白遠一眼。「涼州的事情，除了孤，誰也無法解決。」

「但是太子不能離京。」白遠道。

「放心，太子仍在京城，只是護國公主病了，誰也不見。」粟遠冽輕聲道。

「您又要讓姑奶奶李代桃僵？」白遠不敢置信地道。

粟遠洌嘴角一翹。這就是有個同胞妹妹的好處，若換作是個弟弟，他還真擔心換上去容易，換下來難。

天還沒亮，蘇清河就被賴嬤嬤給喚醒了。

「怎麼了？」蘇清河揉了揉酸澀的眼睛，只覺得睏得厲害。「什麼時辰了？」她抬頭見窗外還黑漆漆的，就皺眉道：「看著還早啊，難不成天陰著？」

「公主殿下，太子來了。」賴嬤嬤小聲回了一句。

蘇清河愣了一下。「現在？有誰跟著？」

沈懷孝也坐起身來。「先把人安置在外書房，我跟公主馬上就過去。」

賴嬤嬤急忙道：「太子殿下雖然沒有帶著東宮的儀仗來，但也沒有刻意避著人。」

蘇清河覺得自己還有些恍神，一時不知道自家哥哥在盤算些什麼。

「不管為了什麼，快起吧。」沈懷孝示意賴嬤嬤。「先給公主擰一條濕帕子擦臉。」

涼帕子一貼到臉上，蘇清河就清醒了。她兩三下就收拾好，趕緊和沈懷孝去了書房。

「哥，出什麼事了？」蘇清河一進屋，見到坐在書房的粟遠洌就問。

「見過太子。」沈懷孝行了禮，把下人都打發了，只剩下白遠和沈大在門口守著。

粟遠洌朝兩人點點頭。「先坐下，我有話要說。」

蘇清河看著粟遠洌，坐到了他身邊。「究竟發生了什麼事，哥哥怎麼親自過來了？」

粟遠洌點點頭。「真的什麼都肯幫為兄嗎？」

「當然啊。」蘇清河沒有絲毫猶豫地道。

沈懷孝看了蘇清河一眼，垂下眼瞼沒有說話，他也看不明白太子想幹什麼。

粟遠冽笑了笑，才道：「我把父皇專用的太醫請來了，從現在開始，護國公主病了，需要閉門休養。放心，此人是父皇的心腹，不會說不該說的話。」

蘇清河不解地看了看粟遠冽。「哥哥想讓我裝病？這個容易。這園子這麼大，還能把我關悶了？反正平時我沒事也是不出府的。行，沒問題，不就是裝病嗎？這個我在行。別說是父皇的太醫，就是隨便一個太醫來，我也叫他摸不清楚脈象。」

沈懷孝都有些無語了，這是重點嗎？重點是好端端的，為什麼要裝病？太子想要幹什麼？

蘇清河什麼也不問，就只是看著粟遠冽。

粟遠冽指了指旁邊榻上放置的包裹。「去看看。」

蘇清河沒有絲毫猶豫地上前，打開一看，是一身男裝，再抖開來，才覺得這衣裳眼熟。不正跟太子身上的那件一模一樣嗎？

「哥！」蘇清河的臉色都變了。她要是再不知道哥哥是什麼意思，那就是真傻了。

「我要去一趟涼州，但東宮不能沒有太子。」粟遠冽聲音不高，卻格外的堅決。

「哥，你瘋了?!」蘇清河瞬間就跳了起來。

粟遠冽認真地看著蘇清河道：「這是如今唯一的辦法。」

「不行，會露出馬腳的。」蘇清河十分有自知之明。太子可是要上朝的，即便再像，她也沒有處理政務的能力啊。「哥，你看這樣行不行，由我去涼州……」

「妳去涼州，先不說那邊那些驕兵悍將能不能服妳，就說身手吧，妳當我的一身功夫是妳能偽裝的？那裡拚的可是真刀真槍，一出手，妳就露餡兒了。上次妳能矇住耶律虎，那是因為對方並不瞭解我，可這次不同。妳要面對的全是我的屬下，咱們對彼此都非常熟悉；況且，此次要對內部的人下手，要查清楚裡面有多少是奸細，或者已經叛變的。一旦讓人識破妳是假的，妳覺得他們會相信妳，還是會相信和他們同生共死的袍澤？」粟遠洌問道。

蘇清河知道粟遠洌說的，都是對的。

「那就告病吧。哥哥告病……」蘇清河話還沒說話，自己就先洩氣了。

這天底下誰都能生病，就只有皇上和太子不能生病，否則會使朝堂人心不穩。偶爾的小病小痛是正常的，但要是超過三天不露面，朝臣們就會人心惶惶；再加上，還不知有多少人想把太子拉下來呢。尤其此次涼州的事情，沒有兩、三個月的時間，肯定是處理不好的。太子要是真的病上這麼久，朝堂可就亂了。

粟遠洌看著頹然的蘇清河。「現在想明白了吧？」

「父皇也同意你去？」蘇清河問道。

粟遠洌點點頭。「沒有父皇的配合也行不通啊。」

「那哥哥手上的政務怎麼辦？」蘇清河問道：「先讓父皇收回去？」

「那朝臣會以為我這個太子失了君心，誤會咱們父子失和了。」粟遠洌無奈地道：「妳要讓好不容易平靜下來的朝臣，再一次不安？」

蘇清河心頭慌亂不已。「那怎麼辦？就算是我能處理，就算父皇為我打掩護，但是，字跡怎麼辦？我寫的字，可是跟哥哥完全不同的。」

「妳能左手寫字，我也能。」粟遠洌笑道：「沒人見過我的左手書，也沒人見過妳的左手書。」他哈哈一笑。「而太子殿下的右臂恰好受傷了。」

蘇清河愕然地睜大眼睛。這想得還真是周到。

「知道這件事的，絕對都是可以信任的心腹。」粟遠洌認真地道。「妳越是裝得像，對我來說，就越是安全。」

沒錯，一旦有人知道太子喬裝離京，那可就真是萬分凶險了。沒當太子的時候，哥哥就被數次刺殺，更何況是如今呢？

蘇清河閉了閉眼睛。「我知道了。」她看著粟遠洌。「你一定要好好的，儘早回來，否則，我可就被架在上面，下不來了。要等到源哥兒長大，還有好多年呢。」

這是已經表明，哪怕出現最不好的萬一，她也會為他守住，等到源哥兒長大成人。

粟遠洌鼻子一酸，揉了揉蘇清河的腦袋。「知道了。父皇讓那個人暗地裡配合我，我自身的安全是無虞的。」

那個人，應該是說龍鱗。

蘇清河了然地點頭。「何時動身？」她問道。

「馬上。」粟遠洌也不拖泥帶水。

蘇清河穩了穩心神。「那太醫對外就說，我是因為勞累過度小產了。為了不影響以後生育，得靜養。再讓暗衛營的替身代替我，搬到湖心島上去，那裡夏天涼快，又四面不通，正好避人耳目。這件事，只能讓貼身服侍我的幾個人知道，即便是在公主府，也要格外小心。」她昨天還活蹦亂跳的，要想有個讓別人不懷疑的病因，小產是最好的理由。而且，這就沒有時間上的限制，養上好幾個月都是正常的。

粟遠冽點點頭。「那就這樣吧。妳快去換裝，也該回宮了，今日還有早朝。」

蘇清河的身子一下就僵住了，好半天才點點頭。「我知道了。」

沈懷孝低聲道：「我暫時留在府裡兩天。」公主才剛小產，他哪能去外面晃蕩。

「該你盯著的事，你還是得盯著。」粟遠冽囑咐道。

沈懷孝點頭道：「太子殿下儘管放心。」

蘇清河這才叫了賴嬤嬤和蘭嬤嬤進來，她將御賜的那面玉珮拿出來，見兩人惶恐，這才道：「父皇有令，讓我替皇兄辦一件事情，得暫時離開京城一段時間，但這件事不能讓太多人知道，妳們知道該怎麼辦，對吧？」

粟遠冽點點頭。即便對這兩個嬤嬤，蘇清河也沒有說出要進宮假扮他的事，這就把洩密的可能降到了最低。

蘭嬤嬤和賴嬤嬤也沒太訝異。這位公主三天兩頭就一身男裝的往外跑，這次只怕是時間要更長一些，才先跟她們打了聲招呼的。

「公主殿下放心。」賴嬤嬤道。「內院有老奴在呢，出不了岔子。」

「對外的事務老奴會處理好的。」蘭嬤嬤應道。

「駙馬不跟我走，他就在外院，有拿不定主意的事情，只管問駙馬。」蘇清河吩咐道。

蘇清河帶著兩個嬤嬤進了裡間，換好了衣服。

這次跟上次可不一樣，上次是矇外人，這次可是要矇自己人的。即便兩人再怎麼相像，還是男女有別。尤其是身材上，根本不是高矮的不同而已。

肩不夠寬，看著不夠壯，還有那胸，該怎麼掩飾？這些都是問題。

賴嬤嬤先是替蘇清河將胸纏了起來，這才將包裹裡的一件肉色皮衣拿出來。也不知道這皮衣是用什麼做的，穿上去倒也清涼透氣，且完全像是個男人的上半身了。

接著貼上喉結，蘇清河又用金針刺了咽喉，讓聲音嘶啞起來。

等她再站出來，已經能以假亂真。幸虧近日常往外跑，曬黑了一些，要不然這皮膚上的色差，也是不好修飾的。

粟遠冽又將自己身上的配飾，給蘇清河戴上。「這樣就更好了。」

蘇清河看了自己的一雙手。即便剪了指甲，看起來還是太纖細。

粟遠冽遞了一雙手套過去。「跟那件皮衣一樣的，可以讓妳的手看起來厚實些。」

「這都是從哪兒弄來的？」蘇清河問道。

「小叔給的。」粟遠冽低聲道。

蘇清河點點頭，表示知道了。

今日是大朝會，官員陸陸續續地往宮裡走。途中見到太子的車駕，都紛紛避讓行禮。

就有人好奇道：「這天還沒亮，太子殿下是去哪兒了？」

另一人就低聲道：「這你都不知道，太醫院那邊傳出消息，說是護國公主病了。」

「還有這事？」這人馬上小聲地問，心中還想著下朝之後，要讓家裡的女眷去送份禮，進不了門沒關係，見不到人也沒關係，只要把這份心意遞上去就行。

另一人好似知道他的心思，笑道：「我勸兄臺還是別去討人嫌，聽說公主是小產了。」

這人馬上拱手道：「多謝提醒。」人家正鬧心呢，誰過去誰送死。

輔國公連同世子沈懷忠都聽到了這個消息，一時間焦急萬分。這件事若是真的，那流掉的可是沈家的孫子。見沈懷孝還沒上朝，就不由得更確信了幾分。

蘇清河看著送他回宮的白遠，吩咐道：「你去忙吧，但也別忘了我吩咐的差事。」說著，又拿出一個瓷瓶來，悄悄地遞給白遠。「救命用的，交給哥哥。」

白遠點點頭。「放心。」他必須先把「太子」送回宮，才能離開。此刻，自家主子已經出城了。

蘇清河一揮手。「我這裡有張啟瑞，外面有駙馬在，把你的人都帶走吧。」

白遠行禮之後，才站在一邊，等待蘇清河的轎輦離開。

張啟瑞知道回來的這位已不是自家主子，但伺候他得比伺候自家主子更精心。

「殿下，您該回東宮換朝服了。」張啟瑞欠身提醒道。

蘇清河點點頭道：「那就走吧。」

進了東宮的書房，蘇清河來不及打量，就見一個嬤嬤走進來。「殿下，請跟老奴來。」

這人卻不是蘇清河所熟悉的，她不由得看向張啟瑞。

張啟瑞低聲解釋：「殿下最近上火，嗓子都啞了，陛下覺得咱們伺候得不經心，特意賜了這位嬤嬤過來，在外院照顧殿下的起居。方嬤嬤今兒一早剛來，有一手好廚藝。」

蘇清河心裡了然，原來是父皇給的人。她的嗓子雖然聽上去嘶啞，但並不覺得不舒服。不過，有這樣一個貼身伺候的嬤嬤，讓她方便許多。

她跟著方嬤嬤進去，換上太子杏黃的禮服，上面的金龍熠熠生輝，平添了幾分威嚴。她的公主禮服雖然也是杏黃色，但到底少了這分氣勢。

蘇清河還在看著鏡子中的自己發呆，外面就傳來張啟瑞提醒的聲音。「殿下，該起駕了。」

蘇清河深吸一口氣，問方嬤嬤道：「妳覺得我像嗎？」

「不是像，您本來就是。」方嬤嬤沈穩地道：「您也該自稱孤了，殿下。」

蘇清河深深地看了方嬤嬤一眼。「那就起駕吧。」

坐在太子的肩輿上，蘇清河第一次感覺到了高高在上的孤獨，也第一次感覺到了坐在這肩輿上的戰戰兢兢。

大殿裡，朝臣已經站在自己的位置上了，三三兩兩的湊在一起交頭接耳。

隨著太監的一聲唱名，蘇清河邁進了大殿。

她不敢露出絲毫的膽怯來，挺直了腰背往前走，所過之處，眾人無不彎下腰來。

這種時刻都高人一等的感覺，蘇清河還真說不出來是什麼滋味。

她從側面走到玉階之上，這才朗聲道：「平身吧。」

「謝殿下。」眾人起身後，朝她善意地笑了笑。

誠親王站的位置離蘇清河最近，他問道：「太子這是怎麼了，嗓子為何變成這樣了？」

「多謝大哥關心。」蘇清河笑笑。「無甚要緊，上火而已。」

「那得吃點清淡的。」誠親王道。

「是啊，父皇特地給了孤一個擅做素菜的嬤嬤。」蘇清河隨口道。

「那就好。」誠親王低聲問：「四皇妹現在如何了？」

蘇清河這才皺眉道：「讓駙馬看著呢，得好好靜養。」

「怪可惜的。」誠親王也嘆道：「皇家女子想要平安生養孩子，可是不易啊。」

兩人有一搭沒一搭的聊著閒話，讓周圍的人都不由得側目。今兒這太子似乎有些不大一樣啊。往常都是高冷的，站在上面閉目不言，今兒倒是好心情地跟兄弟聊起了家常。

等到福順進來，眾人就都噤聲了。福順深深地看了蘇清河一眼，朝她微微地點頭，才高聲道：「皇上駕到。」

然後蘇清河慢一拍的跟眾人一起跪下，高呼「萬歲、萬歲、萬萬歲」。

明啟帝就在這樣的喊聲中坐上了龍椅。「平身吧。」聲音不大，甚至是雲淡風輕，但在這大殿裡，卻顯得那樣的舉足輕重。

蘇清河站起身，有些佩服地看著明啟帝。

明啟帝自然能感覺到自家閨女那閃亮亮的崇拜小眼神。

福順揮動了一下手裡的拂塵，算是給蘇清河提個醒，注意一下表情啊。然後才朗聲喊道：「有本早奏，無本退朝。」

蘇清河默默地補了一句。「有事快說，沒事滾蛋。」

她覺得自己是在心裡說的，但到底小聲地嘟囔了出來，下面的人肯定是聽不見的，可福順和明啟帝就聽了個正著。

福順差點沒給她跪下來。小祖宗，這地方可不是這麼玩的。

「臣有本要奏。」

這一聲，將蘇清河的視線給吸引過去。原來是戶部尚書站了出來。

「啟奏陛下，今年夏稅該收了，許多地方上了摺子，請求減免賦稅，還請陛下示下。」

蘇清河聽明白了，是下面的地方官請求給當地的農民減稅，能為百姓想，當然是好事。但就怕那些陽奉陰違的，一邊讓上面減稅，一邊在下面貪污，鬧得民不聊生。

明啟帝點頭道：「那就把上摺子的州縣情況先整理出來，隨後再議。」

接下來許多朝臣都上奏了一些事情，但似乎都是一些無關緊要的事。很謹慎的處理方法，蘇清河不禁挑了挑眉。

禮部說哪個州、哪個縣出了個孝子，咱們得好好表彰。

刑部說，如今刑獄重案越來越少了，天下太平。

兵部說，周圍那些小國都被聖上的天威所震，真是四海承平。

吏部說，咱們大周的官員都是愛民如子的清官，不但把自家的房子給災民住，將自家的米糧散給百姓，連自己的孩子快餓死了，也不為所動。這已經不是愛民如子了，這是愛民勝過親子啊，這樣的官員得好好提拔。

蘇清河僵著一張臉，簡直都懵逼了，她真想一巴掌呼到這些人臉上。

明啟帝心裡一笑。許多事情都是朝臣們經過幾番衡量之後，才敢到前朝上奏的。

最近太子新上任，沒有誰會在這個時候出來冒險，因此大家都是謹慎的。寧願無功，但求無過。這些朝臣們表面上不會露出自己的態度和傾向，但要是不說話，又會沒有存在感。所以，便都只說一些不犯忌諱的話題，於是，天下就太平了。

但這樣的局面，不能再繼續下去了。

明啟帝早看見了蘇清河的隱忍，於是扭頭問道：「太子有什麼看法？」

蘇清河一愣。怎麼問起我來了？不帶這麼坑人的。

明啟帝鼓勵地看了蘇清河一眼，她瞬間就冷靜下來。

這些人能位極人臣，難道不知道輕重？難道真沒有能力？都不是！

那究竟是為了什麼呢？她心中隱隱有了猜測。想起剛才諸位大人的話，她突然想起一個詞，叫做刷存在感。

這些大臣需要在皇上面前刷存在感，難道太子就不需要在朝臣面前刷存在感了？需要！不僅需要存在感，更需要豎立威信。

蘇清河定下神來，轉身就朝吏部尚書開炮。「什麼愛民勝過親子？放屁。」

這一聲出來，不光明啟帝和福順愣了，下面的朝臣也都愣住了。

這畫風不對啊……

蘇清河冷著臉。「愛民如子這話，不過是誇張的讚揚，是咱們的理想，是百姓們的願望。可理想就是理想，離現實那是相差甚遠的。各位家中都有姪子，這對兒子和姪子尚且有差別，更何況是對待陌生人呢？當然了，能做到愛民如子這一點的都是聖人，常人做不到也沒人會強求。但凡哪個官員能做到恪盡職守、清廉自律，那他就當得起典範。

「至於那些沽名釣譽之徒，留著做什麼？連自己的兒子快餓死了，都能置之不問，如此冷心冷情，還指望他愛民如子嗎？百姓們要是知道了那位大人是如何對待兒子的，一定不會希望被那位大人當作『親子』般愛護。」

蘇清河說完，就扭過身，微瞇著眼不看人。

那吏部尚書頓時就跪下了。他實在是沒話找話說，這種話，不光他不會深想，就連皇上也不會深想，這是彼此的默契啊。

沒想到太子會跳出來，在眾臣面前訓了他一番。太子只差沒明說他昏聵了，這可真是把他的老臉都給丟盡了。

如果說以往的太子一直都在施恩，那麼今日的太子，就是在立威！

——未完，待續，請看文創風517《鳳心不悅》5（完結篇）

為流浪貓狗加油 和貓寶貝 狗寶貝 廝守終生(一定要終生喔！)的幸福機會

對人來說，貓寶貝狗寶貝只是生活的一部分，
但妳（你）對牠們來說，卻是生活的全部，領養前請一定要考慮清楚——

▲ 機靈又逗人的小短腿　Sun

性　　別：男生
品　　種：米克斯
年　　紀：1歲
個　　性：活潑不怕生，極為聰明靈巧
健康狀況：身體健康，2016年8月已接種疫苗
目前住所：台中市霧峰區

本期資料來源：台灣認養地圖

『Sun』的故事：

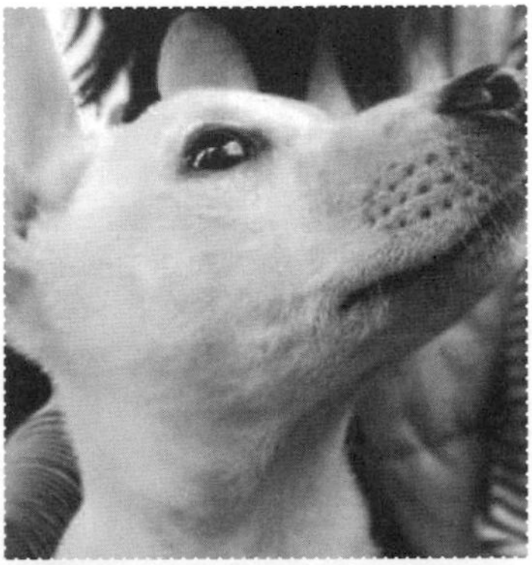

Sun被救援時是在2015年寒流來襲的前夕，當時牠只有兩個月大，對一切都還懵懵懂懂。中途發現牠時，牠正一副不知天高地厚的模樣，四腳朝天的躺在車速極快的路上，自己開心地玩著。中途怕Sun一不小心就會遭遇不測，便趕緊將牠帶離，安置在園裡一個叫「貓屋」的地方。

然而中途察覺，Sun對身形比自己大的狗有高度的恐懼，光是遠遠地看著都會發出慘叫聲，甚至想要盡可能地遠離。中途猜想，Sun在外頭或許曾被成犬攻擊過才會如此，而那麼小的毛孩子卻總是驚慌失措的樣子，讓人十分心疼；於是，Sun就被志工帶回家中照顧，對大狗的恐懼也才漸漸有所改善。

待在志工家中一段時間後，Sun又回到「貓屋」生活，牠不像一開始那樣對其他成犬感到害怕，甚至還迅速篡位成了「貓屋」裡的狗王呢！中途表示，最令他們感到好笑又有趣的是，Sun剛來到園裡時，腳掌很大，腳骨又粗，大家都堅信牠長大後是大型的米克斯，沒想到後來卻變成矮矮壯壯的小短腿，這讓大夥們都非常意外呢！

如果您喜愛並有意收養可愛的矮壯小短腿Sun，歡迎來信leader1998@gmail.com（陳小姐），或傳Line：leader1998，或是搜尋臉書專頁：狗狗山。

認養資格：

1. 認養者須年滿20歲，有獨立經濟能力，並獲得全家人的同意。
2. 須同意簽認養寵物切結書，並能讓中途瞭解Sun以後的生活環境。
3. 同意送養人日後之追蹤探訪，並對待Sun不離不棄。
4. 同意讓Sun絕育，且不可長期關、綁著Sun，亦不可隨意放養。
5. 為讓中途對您有更深入的瞭解，中途會先有份線上問卷請您填寫。

來信請說明：

a. 個人基本資料：姓名、性別、年齡、家庭狀況、職業與經濟來源等。
b. 想認養Sun的理由。
c. 過去養寵物的經驗，及簡介一下您的飼養環境。
d. 若未來有當兵、結婚、懷孕、畢業、出國或搬家等計劃，將如何安置Sun？

文創風 516

鳳心不悅 4

國家圖書館出版品預行編目資料

鳳心不悅 / 桐心著. --
初版. -- 臺北市 : 狗屋, 2017.04
冊 ; 公分. --（文創風）
ISBN 978-986-328-717-9（第4冊 : 平裝）. --

857.7　　106002032

著作者　桐心
編輯　江馥君
校對　黃薇霓　簡郁珊
發行所　狗屋出版社有限公司
地址　台北市104中山區龍江路71巷15號1樓
電話　02-2776-5889～0
發行字號　局版台業字845號
法律顧問　蕭雄淋律師
總經銷　知遠文化事業有限公司
電話　02-2664-8800
初版　2017年4月
國際書碼　ISBN-13　978-986-328-717-9

本著作物由北京晉江原創網絡科技有限公司授權出版

定價250元
狗屋劃撥帳號：19001626
網址：love.doghouse.com.tw　E-mail：love@doghouse.com.tw